STEFANIE RICHTER

Commissaire Finot tappt im Dunkeln

Buch

Commissaire Finot freut sich in Honfleur auf den ersten gemeinsamen Urlaub mit Laura, da gerät er holterdiepolter mitten in einen Mordfall und muss der resoluten Kommissarin Dominique Magimel als Zeuge Rede und Antwort stehen. Er zähmt seine angestachelte Neugier und schaltet wieder auf Urlaub um, bis Julien ihn nach Dieppe zurückruft: Ein neuer Fall erfordert seine Anwesenheit. Da Finot persönlich betroffen ist, stellt Motas ihm Julien als ständigen Begleiter zur Seite. Beides, der versäumte Urlaub und seine verlorene Eigenständigkeit, hebt Finots Laune nicht gerade… Die Ermittlungen konfrontieren ihn mit der eigenen Vergangenheit und auch mit Dominique muss er sich auseinandersetzen. Die beiden Fälle scheinen irgendwie zusammenzuhängen. Es soll lange dauern, bis sich der Schleier lüftet und klar wird, was wirklich passiert ist. Dabei geht es Finot schließlich im wahrsten Sinne des Wortes an den Kragen. (Band 3)

Autorin

Stefanie Richter wurde 1972 in Köln geboren und lebt und schreibt nach einem Psychologiestudium und einigen Jahren wissenschaftlicher Arbeit heute in Bückeburg im Schaumburger Land.

Bisher erschienen:

COMMISSAIRE FINOT lässt nicht locker
COMMISSAIRE FINOT sucht das Mädchen

Stefanie Richter

Commissaire Finot tappt im Dunkeln

Ein Normandie-Krimi

Der vorliegende Krimi spielt in Dieppe, Honfleur, Le Havre und Umgebung, und viele der beschriebenen Schauplätze gibt es wirklich, doch sind sämtliche Figuren und Geschehnisse frei erfunden. Ähnlichkeiten mit lebenden oder verstorbenen Personen sind rein zufällig und nicht beabsichtigt.

Juli 2020

Umschlaggestaltung: S. Richter unter Verwendung von Cover-Creator und einer privaten Abbildung
ISBN: 9798656578967
Imprint: Independently published
Stefanie Richter, D-31675 Bückeburg, srichter@finot.de

I

1

Finot ließ seinen Blick über den alten Hafen gleiten, wie er es schon so oft getan hatte. Er war nicht das erste Mal in Honfleur und ertappte sich bisweilen dabei, gar nicht mehr zu wissen, ob er nun zu Hause oder in Urlaub war. Es bestand eine gewisse Ähnlichkeit zu Dieppe, wenn Honfleur auch etwas pittoresker daherkam. Im Hafenbecken schaukelten die Boote mit Segelmästen und Seilen wie Spinnennetze. *Le vieux bassin*, das alte Becken von 1681, wurde im Westen vom *Quai Sainte-Catherine* begrenzt, auf dem sich Restaurant an Restaurant reihte. Touristen mit umherschweifenden Blicken und Einheimische saßen bunt gemischt auf den handtuchgroßen Terrassen oder spazierten an den Restaurantbesuchern vorbei. Links von Finots Sitzplatz aus gesehen lag *la lieutenance,* das frühere Stadttor. Der Gebäudekomplex aus hellbraunen Backsteinen hatte ehemals Wohnungen des Leutnants des Königs beherbergt. Die letzten Überreste der Stadtmauer waren Ende des siebzehnten Jahrhunderts auf Befehl von Jean-Baptiste Colbert, Finanzminister unter Ludwig dem XIV., abgebaut worden. Genau gegenüber der *lieutenance*, auf der anderen Seite des Hafenbeckens, drehte sich ein altertümliches Kinderkarussell.

Das war also *le vieux port de Honfleur*, der kleinen Hafenstadt mit den rund achttausend Einwohnern an der Mündung der Seine, die jahrhundertelang im Vergleich zum gegenüberliegenden Harfleur ein eher unbedeutendes Dasein gefristet hatte. Heute war der Ort bei Touristen beliebt, die nicht nur die windschiefen, bunten Häuser hier am alten Hafen bewunderten, sondern auch die Kirche *Sainte-Catherine*, die Mitte des fünfzehnten Jahrhunderts ganz aus Holz gebaut worden war und mit einer Dachkonstruktion in Form eines Schiffsrumpfes aufwartete.

Finot saß an diesem strahlenden Sommertag unter einer roten Markise an einem runden Tischchen und genoss das süße Nichtstun. Blanche lag gemütlich zu seinen Füßen. Sie hatten einen kleinen Spaziergang durch die Stadt gemacht, die Finot auch noch beim hundertsten Besuch liebte, so wie einen Film, den man immer wieder gerne sah, auch wenn man ihn längst auswendig kannte. Finot war glücklich; er fühlte sich leicht und unbeschwert.

Sein zurückliegender Fall als Kriminalkommissar in Dieppe hatte noch einiges an Arbeit nach sich gezogen, wenn auch nicht für ihn persönlich. Andere Abteilungen der Polizei waren zuständig gewesen, und selbst wenn Finot hätte ermitteln wollen – er wäre gar nicht dazu in der Lage gewesen. Sein Arzt hatte ihn vier Wochen krankgeschrieben, eine lange Zeitspanne, die er aber auch gebraucht hatte, um wieder völlig hergestellt zu sein. Den kompletten Juli hatte er im Bett verbracht, umsorgt von Laura, seiner – es hörte sich für ihn noch ungewohnt an – Partnerin, vor allem aber von seiner Vermieterin Pauline. Und das, nachdem deren Enkelin Sophie gerade erst nach mehreren Wochen Rekonvaleszenz-Aufenthalt zu ihren Eltern zurückgekehrt war. Jetzt hatte Finot zwei Wochen Urlaub und Pauline das kleine Haus endlich für sich allein.

Er war gestern in seinem Ferienhäuschen angekommen, hatte gelüftet, geputzt, den Kühlschrank gefüllt und sich nach ein paar Stunden erholsamen Schlafs heute gemütlich auf den Weg in die Stadt gemacht. Ohne Plan, ohne Aufgabe. Er ließ die Leute an sich vorbeiziehen und erfreute sich an der Überzeugung, dass es ihnen sicher genauso gut ging wie ihm und es keine Probleme zu lösen gab. Er musste sich um nichts kümmern, außer um Blanche. Und um Laura natürlich! Sie würde am nächsten

Tag eintreffen und den Rest der Ferien mit ihm verbringen. Endlich hatten sie mal richtig Zeit füreinander. Finot bestellte ein Glas Wein und Austern; Blanche bekam etwas von dem Brot ab. Selbstvergessen grinste er in die Gegend.

Julien sorgte in Dieppe dafür, dass der Laden lief. Finots Mitarbeiter, selbst angehender Kriminalkommissar, meldete sich nur ab und zu, um bei kniffligen Fragen um Hilfe zu bitten, was Finot eine willkommene Abwechslung war. Ehrlich gesagt vermisste er die Arbeit sogar ein bisschen. Mit Martine, seiner Mitarbeiterin, stand er lose in Kontakt. Sie war im Moment mit verschiedenen Aufgaben unterschiedlicher Abteilungen betraut und nicht nur für Julien zuständig, der Finot vertrat. Julien, Martine und Finot waren inzwischen zu einem Team zusammengewachsen, das reibungslos funktionierte. Finot sah dem Tag, an dem Julien selbst zum Kommissar aufsteigen würde, mit Schrecken entgegen – auch wenn er dem jungen Vater den Erfolg von ganzem Herzen wünschte und gönnte.

Aber das war zum Glück noch etwas hin. Die wichtigste Frage im Moment war, wie er den restlichen Tag verbringen sollte. Auf seiner Terrasse sitzend und lesend? Oder einfach nur auf der Terrasse sitzend? Zwar mussten die blauen Fensterläden dringend gestrichen werden, aber die könnten auch noch ein Weilchen warten. Die einzige Aufgabe, die sich nicht verschieben ließ, war ein weiterer Abstecher zum Supermarkt, um noch ein paar frische Lebensmittel zu kaufen.

Er zückte gerade sein Portemonnaie, um hineinzugehen und zu zahlen, da hörte er einen Schrei. Finot schreckte auf. Es hatte sich nach einer Frau angehört. Oder bildete er sich alles nur ein? War er berufsbedingt übersensibel? Aber ein paar der anderen Gäste sahen sich ebenfalls fragend um.

Er erhob sich. „Warte hier, Blanche!“ Das würde auch die Kellnerin beruhigen, wenn sie Finot nicht am Platze antraf. Sie sollte nicht glauben, er wolle die Rechnung prellen. Finot quetschte sich durch die Tische und wandte sich nach links, von wo der Hilferuf gekommen war.

Unmittelbar neben dem Restaurant gab es einen kleinen Durchgang zu einem Hinterhof, von dem nun aufgeregte Stimmen zu hören waren. Hier war er richtig. Auf dem Hinterhof befand sich der Eingang eines Hauses, in dem zwei Arztpraxen untergebracht waren. Aus den Augenwinkeln sah Finot ein Schild neben der Tür, die durch einen Keil aufgehalten wurde. Im Eingangsbereich stand eine Frau über einem am Boden liegenden Mann. Er hatte eine blutige Wunde auf der Brust und wand sich stöhnend auf dem Boden. Ein Mann mittleren Alters in weißem Kittel kniete neben ihm. Vermutlich ein Mitarbeiter einer der beiden Praxen.

„Ich bin François Finot von der Polizei in Dieppe. Was ist hier los?“

„Jemand hat ihn niedergestochen!“, sagte der Arzt, während ihm eine zweite Person im Kittel zur Hilfe eilte.

Wie bitte?, dachte Finot ungläubig und ungeachtet der Tatsache, dass die blutende Wunde wenig andere Möglichkeiten zuließ. „Wer?“ Finot richtete die Frage an die Frau, die das Opfer wohl gefunden und geschrien hatte.

Sie runzelte die Stirn. „Da war dieser Mann“, sagte sie langsam, „aber ich…“

„Wie sah er aus?“

„So ein Typ mit langen Haaren und Bart. Der kam gerade vorne raus, als ich am *Quai de la Quarantaine* um die Ecke bog.“

„Wohin ist er gegangen?“

„In meine Richtung, also zum *Quai de la Quarantaine.*“

Inzwischen hatten sich zahlreiche Patienten und Mitarbeiter im Treppenhaus versammelt. Hier müsste dringend abgesperrt werden, dachte er. „Schicken Sie die Leute wieder rein“, rief er dem Arzt noch zu, als er sich in Bewegung setzte. „Und rufen Sie die Polizei!“ Dann war er weg.

Bestimmt war der potenzielle Täter schon längst über alle Berge. Andererseits war noch nicht so viel Zeit vergangen und der Mann würde sich verdächtig machen, wenn er liefe. Zudem hatte er eventuell gar nicht mitbekommen, dass die Frau ihn gesehen hatte.

Am *Quai de la Quarantaine* angekommen, entschied Finot spontan, nach rechts zu laufen. Diese Sache hier war sowieso das reinste Glücksspiel. Er lief am alten Becken vorbei auf das *Carrousel de Honfleur* zu. Dabei sah er sich suchend um, aber nichts. Kein Mann, keine langen Haare, kein Bart. Aber halt, was war mit der Person, die gerade hinter dem *Carrousel* quer über den Parkplatz lief? Hatte Finot mit seiner Vermutung doch richtig gelegen, dass der Täter noch nicht weit gekommen war? Oder war das einfach *irgendein* Mann? Der Kommissar verlangsamte sein Tempo, war aber immer noch zügig unterwegs, um an ihm dranzubleiben. Finot hatte seit Ewigkeiten keinen Sport mehr gemacht und war jetzt schon außer Atem. Würde ihm das zum Verhängnis werden? Selten tat sich die Möglichkeit auf, ein Verbrechen im Handumdrehen aufzuklären. Es wäre eine Schande, wenn sie ungenutzt bliebe.

Hinter dem Parkplatz lief Finot vom *Quai Sainte-Etienne* aus in eine kleine Straße mit mehreren Galerien, die in den weitläufigen *Place Arthur Boudin* überging. Der Mann überquerte den Platz gerade, als er sich plötzlich umdrehte. Hatte er Finots Blicke in seinem Rücken gespürt? Der Kommissar tat unbeteiligt, während er gleichzeitig versucht, sich das Gesicht einzuprägen. Das war aufgrund der vielen Haare und der Sonnenbrille gar nicht so einfach. Die restliche Erscheinung war schnell zusammengefasst: schwarze Turnschuhe, Jeans, blaue Jacke. Die Größe schätzte Finot auf rund einen Meter achtzig, das Alter auf irgendwas zwischen dreißig und fünfzig. Der Mann verschnellerte seinen Schritt und als er die *Rue de la ville* erreichte, verfiel er ins Laufen. Mist, dachte Finot, und rannte ebenfalls los.

Er folgte dem Mann durch die enge, gepflasterte Straße, ignorierte die hübschen Läden und Restaurants mit den bunten Holzvertäfelungen genauso wie die Touristen, die sich über seinen Spurt wunderten. Dann bog er wie der Flüchtige links ab, vor ihm die *Médiathèque Maurice Delange de Honfleur*, eine öffentliche Bibliothek im modernen Gewand, die neben unzähligen Büchern, Musik- und Filmmedien auch Ausstellungen, Lesenächte und Schreibateliers anbot. Er rannte den *Quai Lepaulmier* entlang, der ironischerweise zum *Commissariat de Police* führte. Inzwischen rief Finot, soweit sein Atem es zuließ: „Halt, stehenbleiben, Polizei!" Warum hatte er bloß seine Dienstwaffe nicht dabei? Aber was war das für eine Frage, immerhin war er im Urlaub. Davon abgesehen hatte er seine Waffe auch *im Dienst* selten dabei.

Schließlich beobachtete Finot, wie der Täter links in den *Quai de la tour* abbog, der später in den *Quai de la Quarantaine* übergehen würde. Wollte er etwa zurück zum Tatort? Als Finot endlich die Straßenecke erreicht hatte, war der Mann nicht mehr zu sehen. Der Kommissar lief noch auf den großen Parkplatz, der rechts des *Quais* lag und hielt schwitzend und schnaufend ein paar verdutzte Fahrer an. Aber der Flüchtige war leider nicht darunter. Vorgebeugt, mit den Händen auf den Knien, um wieder zu Atem zu kommen, musste Finot sich eingestehen, dass er ihn verloren hatte.

2

Finot hatte bisher gar nicht so sehr geschwitzt, aber wie auf Knopfdruck lief der Schweiß plötzlich in Strömen. Er kümmerte sich nicht darum und überlegte stattdessen, ob er Julien anrufen und ihn bitten sollte, im Kommissariat in Honfleur anzurufen, so dass die Kollegen eine Fahndung veranlassen konnten. Er war schon wieder mit schnellen Schritten auf dem Rückweg, als er entschied, das selbst zu tun. Da er keine direkte Durchwahl hatte, wählte er einfach die Siebzehn. In knappen Worten erklärte er dem Mann in der Notrufzentrale, was passiert war. „Inzwischen sind sicher schon weitere Notrufe bei Ihnen eingegangen."

„Moment" sagte die ruhige Stimme und für einen Weile, die sich für Finot unendlich in die Länge zog, herrschte Stille in der Leitung.

Dann war der Mann wieder zu hören. „Unsere Kollegin ist schon auf dem Weg. Die Fahndung ist veranlasst. Sie sollen zurückgehen und sich umgehend bei ihr melden."

Das hätte Finot sowieso getan. Er bedankte sich und legte auf.

Auf dem *Quai Sainte-Catherine* war nichts davon zu merken, dass nur ein paar Meter weiter ein Verbrechen begangen worden war. Das würde sich bald ändern, dachte Finot und ging zurück zum Tatort. Der Ersthelfer stand neben dem auf dem Boden liegenden Mann und schüttelte den Kopf, als er Finot sah. Die Frau, die das Opfer gefunden hatte, saß wie betäubt auf einem Mäuerchen vor dem Haus. Neben dem Eingang stand eine Gruppe von Leuten; Finot nahm an, dass es sich um Patienten handelte, die einen Termin hatten wahrnehmen wollen. Allen stand der Schock ins Gesicht geschrieben. Genauso wie den Personen im Haus, die Finot von der ersten Etage des Treppenhauses aus entgegenstarrten.

Es herrschte eine gespenstische Stille, bis der Arzt verlauten ließ: „Ich habe gesagt, alle sollen bleiben, wo sie sind."

„Das war sehr gut, danke. Die ortsansässige Polizei müsste jeden Moment eintreffen."

Und so war es. Kaum hatte Finot den Satz zu Ende gesprochen, stöckelte eine kleine, etwas mollige Frau mit kurzen, aschblonden Haaren in den Hof. Sie trug einen engen Rock und ein ebenso enges Oberteil, dazu hochhackige Schuhe. Zwei Sanitäter drängelten sich mit ihrem Equipment an ihr vorbei zum Opfer vor. Sie taxierte die Lage kurz und gab ein paar knappe, mit zackigen Gesten untermalte, Anweisungen an einen jungen Mann, der neben ihr lief und dazu mehrfach nickte.

Dann ging sie, ohne Finot oder sonst jemanden zu beachten, zielstrebig zum Hauseingang. Dem Kopfsteinpflaster zum Trotz hatte sie einen eleganten, sicheren Gang, der klar erkennen ließ, dass sie *immer* Absätze trug. Die Sanitäter unterhielten sich schon mit dem Ersthelfer, ein paar Polizisten sperrten die Durchfahrt ab und postierten dort einen Kollegen.

Finot ging unter der Absperrung hindurch und an den Fahrzeugen der Polizei und dem Rettungswagen vorbei zurück ins Restaurant. Mittlerweile fühlte er sich sehr unwohl in seinem verschwitzten Hemd, vor allem hier unter den anderen Gästen. Wobei deren Aufmerksamkeit durch das Polizei-Spektakel vor ihrer Nase erkennbar ausgelastet war. Finot streichelte Blanche, die brav gewartet hatte, und lobte sie für ihre Geduld. Sie nahm es gelassen zur Kenntnis, war sie doch lange genug bei Finot, um zu wissen, wann es angebracht war, zu warten. Er beglich seine Rechnung. „Was ist denn da draußen los?", fragte die Kellnerin naserümpfend. Finot zuckte nur die Achseln. Wieder draußen sah er, dass die Spurensicherung ebenfalls eingetroffen war und ihre Arbeit aufnahm. Er stellte sich an die Absperrung und wartete. Komisch, hier zu stehen, und nichts damit zu tun zu haben, dachte er.

Nach ein paar Minuten trat die Frau mit den kurzen Haaren aus dem Ärztehaus und kam auf Finot zu. „Sie sind der Kommissar, der die Fahndung veranlasst hat?“ Eine Beweismitteltüte mit dem Telefon des Opfers baumelte in ihrer Hand.

„Der bin ich.“

„Ich heiße Domi…“

Das Telefon in der Tüte klingelte. Sie fischte es heraus und nahm das Gespräch an. „Ja, hallo? Hier ist Dominique Magimel, Kommissariat Honfleur, mit wem spreche ich?“

Sie lauschte konzentriert.

„Nein, Monsieur Cassard kann leider nicht an den Apparat.“ Sie erklärte dem Anrufer, was passiert war und ließ ihm eine Weile, das Gehörte zu verdauen. „Ja, das glaube ich, dass das ein Schock für Sie ist.“ Dann fragte sie: „In welchem Verhältnis standen Sie zu Monsieur Cassard?“

Wieder der konzentrierte Gesichtsausdruck. „Gut, danke, wir melden uns dann bei Ihnen!“

„Dominique Magimel, wollte ich sagen.“ Sie ließ das Telefon zurück in die Tüte plumpsen. Einen Händedruck sparte sie sich angesichts der Handschuhe, die sie trug. „Was können Sie zum Täter sagen?“

Finot gab eine Personenbeschreibung ab. „Gibt es hier Überwachungskameras?“

Sie schwieg einen Moment, was Finot nicht recht deuten konnte. Empfand sie Finots Vorschlag als Anmaßung?

„Prüfen wir bereits“, antwortete sie. „Ist das Ihr Hund?“

Finot nickte. „Wer ist der Mann?“

„Er heißt Stéphane Cassard. Er war vierundsechzig Jahre alt und Arzt, Kardiologe. Er hatte hier seine Praxis.“

Sie zeigte in Richtung Hauseingang. „Ein paar Stiche ins Herz, wie es aussieht, aber auch auf den Rücken."

Makaber, dachte Finot: ein Kardiologe, getötet durch Stiche ins Herz. Aber wohin sollte der Täter auch sonst stechen. Außerdem: Mord an sich war makaber.

„Was ist mit der Tatwaffe?", fragte Finot.

„Hatte der Flüchtige sie nicht in der Hand?"

„Nein", erwiderte Finot perplex. Er hatte sich bis zu diesem Moment keine Gedanken über die Abwesenheit der Tatwaffe gemacht.

Sie rief ihren Mitarbeiter zu sich und gab ihm Anweisung, nach dem Messer suchen zu lassen.

„Was machen Sie hier in Honfleur?", fragte Madame Magimel weiter.

„Urlaub. Ich habe in der Nähe ein Ferienhaus."

Sie nickte. „Haben Sie die Tat beobachtet?"

Finot erklärte, dass er nebenan im Restaurant gesessen hatte und erst auf die Sache aufmerksam geworden war, als die Frau geschrien hatte. „Dann habe ich geguckt, was hier los ist und bin dem Täter anschließend hinterhergerannt."

Sie sah ihn prüfend an. „Wir müssen noch Ihre Aussage aufnehmen. Vorerst will ich Sie aber nicht länger aufhalten. Ich melde mich."

Finot gab ihr noch seine Adresse und Telefonnummer, dann fuhr er aufgewühlt nach Hause.

3

Finot betrat nachdenklich sein Feriendomizil, ein altes Steinhaus, an das sich eine rote Kletterrose schmiegte. Die hölzerne Eingangstür war rechts und links von Blumenkübeln mit lilafarbenen Hortensien eingerahmt. Normalerweise nahm Finot die Schönheit dieses Ortes bewusster wahr; die Erholung begann mit dem Knirschen des Kieses unter seinen Füßen, wenn er aus dem Auto stieg. Auch den moosig-frischen Geruch des nahen

Waldstücks und das Zwitschern der Vögel bemerkte er an diesem Nachmittag nicht.

Finot verbrachte seine Ferien so gut wie immer hier, manchmal auch das Wochenende oder Feiertage. Ein befreundeter Nachbar hatte in den Zeiten seiner Abwesenheit ein Auge auf das Haus. Der Kommissar verdiente zwar nicht übermäßig viel, doch blieb bei seinem sparsamen Lebensstil immer noch genug für sein Hobby, die Fotografie, und diese kleine Immobilie übrig.

Sie befand sich in der Nähe von Graimbouville, einer Gemeinde mit rund sechshundert Einwohnern, die etwa fünfundzwanzig Minuten Autofahrt von Honfleur und eine gute Stunde von Dieppe entfernt lag. Von dort aus erreichte Finot auch Le Havre, Étretat und Fécamp in überschaubarer Zeit, genauso wie den regionalen Naturpark *Boucles de la Seine Normande,* der sich zwischen Le Havre und Rouen rechts und links der Seine erstreckte. Der Fluss wand sich durch die saftig-grüne Region, daher der Name *Schleifen der Seine in der Normandie.* Die Uferlandschaften der Seine begünstigten aufgrund ihres Mikroklimas den Obstbau, während das Flachland im Süden vor allem für Ackerbau und Viehzucht genutzt wurde. Im Staatswald *Forêt de Brotonne* waren mehrere Schlösser und Abteien, eine Kirche, eine Mühle, ein Museumsdorf sowie ein Apfel- und Leinenmuseum zu bestaunen.

Finot atmete einmal tief durch. Endlich zu Hause! Nach dem Eintreten stand man direkt im Wohnzimmer mit den Holzdielen, unverputzten Steinwänden und Holzbalken unter der Decke. Dazu gab es einen Tisch mit einer Eckbank und einen im Winter behaglich bullerndem Ofen, vor dem ein gemütliches Sofa und ein Sessel standen. Statt einer eigenen Küche – aber dennoch nicht ganz so minimalistisch wie in Dieppe – besaß er eine Kücheninsel und an der Wand stand ein Schrank mit

Küchenutensilien und Lebensmitteln. Dazu hingen dort ein paar Regalbretter mit einer chaotischen Sammlung von Gewürzen. Das Schlafzimmer befand sich unter der Dachschräge, genau wie ein Gästezimmer sowie ein kleines Bad mit schwarz-weiß gefliestem Boden. Er sprang schnell unter die Dusche und zog sich saubere Klamotten an.

Derart erfrischt ging er in den rückseitigen Garten, der fast komplett von einem knorrigen Apfelbaum eingenommen wurde und unter dem Blanche gerne ihr Nickerchen machte. Im Frühling sah der Baum so aus, als hätte der liebe Gott eine riesige Packung Watte darauf ausgeschüttet. Auf der Holzterrasse standen ein Tisch mit zwei Stühlen und eine Liege mit einem Beistelltisch. Den Steingrill hatte Finot selbst gebaut. Vervollständigt wurde das Ensemble durch ein paar Töpfe mit Kräutern auf der einen und einen Pflanzkübel mit der an Flieder erinnernden Kreppmyrte auf der anderen Seite. Finot war kein großer Gärtner.

Er setzte sich an den Tisch, so wie er sich daransetzen würde, wenn er einen Brief zu schreiben hätte: konzentriert und mit einem Plan. Auch wenn es für einen außenstehenden Beobachter eher so aussehen musste, als würde er gar nichts tun. Doch das Denken nahm ihn voll in Anspruch.

Was war hier gerade passiert? Ein Arzt war vor seiner eigenen Praxis erstochen worden. Von einem Mann, der hoffentlich auf Bändern einer Überwachungskamera zu sehen war. Von denen gab es in Frankreich genügend. Aber wenn er zu sehen war, konnte man ihn überhaupt erkennen? Finot dachte an das lange Haupthaar und den Bart. Wer hatte ein Motiv, Cassard umzubringen? Und hatte die Person ihn überhaupt töten wollen? Oder nur verletzen? Doch dafür waren die Stiche zu genau platziert worden. Mitten ins Herz.

Warum war Cassard überhaupt im Treppenhaus gewesen?, überlegte Finot weiter. Hatte er das Haus verlassen wollen oder war er von einem Termin zurückgekehrt? Der Täter musste ihm aufgelauert haben. Hatte ein Zeuge ihn dabei beobachtet?

Finot tauchte aus seinem Gedankenstrom auf. Er wurde gewahr, dass er sich diese Fragen gar nicht stellen musste und dass er, wenn er es doch täte, keine Antworten bekäme.

Er kochte sich einen *Café* und nahm ihn zusammen mit seinem Tablet-Computer mit auf die Terrasse. Auf der Homepage der regionalen Zeitung war das Verbrechen schon angekommen; Finot betrachtete ein Foto mit Blumensträußen und Kerzen, die Freunde, Bekannte, Patienten, aber wahrscheinlich auch mitfühlende Fremde neben dem Durchgang zum Hof aufgestellt hatten. Eine spontane Umfrage des berichtenden Journalisten hatte ergeben, dass niemand wusste, wer dem Arzt nach dem Leben getrachtet hatte. „Na, Blanche, was meinst du dazu?", fragte Finot gedankenverloren, aber seine Hündin hörte ihn drüben beim Apfelbaum gar nicht.

Sein Telefon meldete die Ankunft eine Nachricht. Sicher Laura, dachte Finot, und er hatte recht.

Sie hatten sich über die Arbeit kennengelernt; Laura war die Chefin der *Police Scientifique et Technique* oder PST, also der Kriminaltechnik. Zwar arbeiteten sie schon eine Weile zusammen, aber der Funke war erst vor kurzem übergesprungen. Sie schrieb unbefangen, dass sie sich freue, ihn morgen zu sehen. Finot wählte ihre Nummer.

„Nanu?", sagte sie.

„Ich bin gerade einem potenziellen Mörder hinterhergelaufen", sagte Finot mit Bitterkeit in der Stimme und berichtete ausführlich, was er erlebt hatte.

„Das ist schlimm", sagte Laura mitfühlend. „Was wirst du tun?"

„In Bezug auf den Mord?" Er war sich nicht sicher. Natürlich interessierte ihn die Sache... „Erst mal meinen *Café* zu Ende trinken und mir überlegen, was wir morgen kochen können. Dann noch Einkaufen fahren..."

Er hielt inne. War er eigentlich komplett verrückt geworden? Mit so viel Bestimmtheit, wie er aufbringen konnte, fuhr er fort: „Ich bin nicht zuständig, so gesehen werde ich in Bezug auf den Mord gar nichts tun!"

Nach dieser Bekanntgabe besprachen sie noch kurz, wann Laura eintreffen würde, dann überließ sie ihn seinen Plänen. „Wir sehen uns morgen! Ich freue mich!"

„Ich mich auch!"

Als er das Telefonat beendet hatte, gab er die Begriffe „Stéphane Cassard" und „Honfleur" in das Suchfeld seines Browsers ein. Er rechtfertigte sein Verhalten damit, dass jeder andere, der von dem Mord erführe und nur ein Fünkchen Interesse für seine Umgebung an den Tag legte, es genauso machen würde.

Der erste Link führte zu dem Zeitungsartikel, den Finot schon gelesen hatte, der zweite zur Webseite von Cassards Praxis. Es war eine sehr professionell aussehende Seite in dezentem Hellgrau und wohlüberlegten Mengen von Grün. Fotos der Praxis wechselten in gemächlichem Tempo in einer Diashow. Die Praxisräume waren weiß gestrichen, mit dunklem Holzboden und schicken Ledersesseln im Wartezimmer. An der Wand hingen abstrakte Ölbilder; auf Beistelltischen und dem Tresen standen Orchideen und frische Blumensträuße. Die Anmeldung bestand aus einem schicken, geschwungenen Tresen. Unter der Diashow strahlte Cassard die Leser und potenziellen Patienten konstant von einem Foto an; die Kontaktdaten standen direkt daneben.

Finot klickte auf die Seite mit den Mitarbeitern. Es war ein ganzer Stab an Leuten in hellgrünen Polohemden und weißen Hosen. Neben einer Gruppenaufnahme gab es auch einzelne, mit Namen versehene Fotos. Cassard war ein stattlicher Mann gewesen, etwas kleiner als Finot, aber mit breiteren Schultern, dazu silbernes Haar und eine gesunde, aber nicht aufdringliche, Bräune. Das blühende Leben, fiel Finot dazu ein. Er schluckte. Das Gruppenfoto wirkte harmonisch, so als herrsche ein gutes Arbeitsklima. Alle lächelten frei in die Kamera. Aus dem Begleittext ging hervor, dass die Mannschaft in dieser Konstellation schon seit vielen Jahren erfolgreich zusammenarbeitete. Man nahm es ihnen ab.

Praxismanagerin war eine Sabine Lambert, deren Lächeln nicht ganz über das etwas verhärmte Aussehen hinwegtäuschen konnte. Sie war um die fünfzig und hatte lange, glatte, schwarze, von grauen Strähnen durchzogene Haare, die ihr ein etwas freundloses Aussehen verliehen. Cassards Frau Eugénie arbeitete ebenfalls in der Praxis, sie war Sprechstundenhilfe und stand auf dem Gruppenfoto zum Teil verdeckt in der hinteren Reihe. Über sie ließ sich gar nichts Besonderes sagen. Sie war mittelgroß, nicht dick, nicht dünn, hatte ein hübsches Gesicht, wenn auch auf unauffällige Art, und mittelblonde, mittellange Haare.

Die Vita des Doktors hätte noch den skeptischsten Patienten davon überzeugt, dass er hier gut aufgehoben war. Ein Studium im Schnelldurchlauf an einem, so vermutete Finot, angesehenen medizinischen Institut, dazu diverse Auslandsaufenthalte. Danach hatte Cassard ein paar Jahre in der *Clinique Saint-Étienne* in Caen gearbeitet. Die Doktorarbeit hatte einen wichtig klingenden und mit so vielen Fachbegriffen gespickten Titel, dass Finot es aufgab, herausfinden zu wollen, worum es dabei ging. Schließlich hatte Cassard sich selbständig gemacht.

Finot trank den Rest des *Cafés*, der längst kalt geworden war, und musterte nachdenklich den Liegestuhl mit der weichen Kissenauflage. Das Buch, in dem er gerade las, lag einladend darauf. Es war ein wirklich spannendes Buch über die Geschichte der Fotografie. Sanfte Strahlen der späten Nachmittagssonne fielen jetzt noch auf die Terrasse, bevor die Sonne langsam hinter dem Haus verschwinden würde. Es wäre der perfekte Zeitpunkt, sich niederzulassen und zum Ausklang des Tages noch ein Gläschen Wein zu trinken und zu lesen. Er sah hinüber zu Blanche, die immer noch unter dem Apfelbaum schlief.

Finot stand auf, ging hinein und stellte die Tasse in die Spüle. An der Kücheninsel stehend begann er, einen Einkaufszettel zu schreiben. Mit dem Stift tippte er gegen seine Unterlippe. Nach ein paar Minuten kam Blanche herbeigelaufen. Er hatte bisher nur „Butter" notiert.

„Na? Wieder wach?"

Blanche stupste ihn an die Wade.

„Ich überlege, was wir morgen kochen können", erklärte Finot und starrte auf den Zettel; das Wort „Butter" verschwamm vor seinen Augen. Er tippte noch ein paar Mal mit dem Stift gegen die Unterlippe, dann seufzte er vernehmlich: „Komm, Blanche, wir fahren nochmal nach Honfleur."

Blanche sah ihn an, als hätte sie genau verstanden, was er gesagt hatte, hielte die Idee aber für schlecht.

„Ja, ich weiß, es geht mich nichts an…"

4

Fünf Minuten später saß er im Auto und fuhr von Graimbouville über die A29 zurück nach Honfleur, ohne zu wissen, was er sich davon versprach. Was war es, das ihn antrieb? Übersteigertes Verantwortungsbewusstsein? Ein schlechtes Gewissen, weil der Langhaarige ihm entwischt war? Schnöde Neugier? Das Gefühl, das *Commissaire Magimel* es allein nicht hinbekam? Er lachte. Nein, das war die einzige Möglichkeit, die er konsequent ausschloss.

Ein Polizeiauto war vor dem Durchgang in den Hof geparkt worden und verdeckte die inzwischen gewachsene Ansammlung von Blumen und Kerzen, die Finot schon im Internet gesehen hatte. Trauernde kamen und legten mit gesenkten Köpfen weitere Aufmerksamkeiten ab. Polizisten in Uniform und Menschen in weißen Schutzanzügen liefen geschäftig hin und her.

Finot beobachtete das Schauspiel ein paar Minuten, dann wurde ihm klar, wie unnötig seine Aktion gewesen war. Zwar war er immer noch von einer inneren Unruhe erfasst, aber die würde vergehen. Er entschied, noch kurz bei dem Feinkostladen am *Place Pierre Berthelot* vorbeizuschauen, um *Rillette* und Käse zu kaufen, und dann zurückzufahren. „Du hattest recht, Blanche, es war eine Schnapsidee." Er wandte sich zum Gehen, da klingelte sein Telefon.

„Martine, was gibt's?"

„Hallo, Chef!", sagte sie. „Sie machen ja Sachen! War Ihnen langweilig?"

Martine hatte immer einen Spruch auf den Lippen, auch wenn dieser im Gegensatz zu sonst eher bestürzt als flapsig geklungen hatte. Finot fielen ihre Bemerkungen meist gar nicht mehr auf, denn seine Grenze dessen, was er als unangemessen empfand, hatte sich mit der Zeit immer mehr nach hinten verschoben. Martine hatte ihn erzogen.

„Eine schlimme Sache, das mit Cassard!", fuhr sie fort.

„Sie haben davon gehört?"

„Ja, natürlich. Ist Madame Magimel noch in Honfleur?"

„Sie kennen Sie?"

„Ja, ich hab' sie vor ein paar Jahren kennengelernt", murmelte Martine beiläufig. „Was machen Sie gerade?"

„Ich stehe auf dem *Quai-Sainte-Catherine*, mehr oder weniger vor dem Tat…"

Plötzlich tippte ihm jemand von hinten auf die Schulter, so dass er vor Schreck das Telefon fallen ließ. Er fing es im letzten Moment wieder auf.

„Schlechtes Gewissen, Monsieur Finot?"

„Madame le commissaire!"

„Chef?", hörte er Martine rufen. Er signalisierte Madame Magimel, kurz zu warten und sprach ins Telefon. „Ich muss Schluss machen, *à tout à l'heure!"*

„Monsieur Finot", sagte sie, mit Betonung auf *Monsieur.* „Was führt Sie schon wieder hierher? Ich sagte doch, ich melde mich bei Ihnen."

„Ich... ich", stotterte Finot.

„Ich kenne Sie", sagte sie. „Martine Colange; Sie sind ihr Chef. Wie geht es ihr?"

„Gut, sie war gerade am Telefon." Er biss sich auf die Zunge, das hätte er besser nicht gesagt, jetzt dachte sie bestimmt...

„Sie haben ihr aufgetragen, Ermittlungen anzustellen."

„Nein!", rief Finot empört.

Sie musterte ihn kritisch. „Kommen Sie morgen zu mir ins Kommissariat, zehn Uhr." Sie stöckelte davon, ohne sich zu verabschieden.

II

5

Das Kommissariat Honfleurs lag südöstlich des alten Hafens und war ein weißes, nichtssagendes Gebäude. Finot hatte Laura am Vortag noch einmal angerufen und sie gebeten, früher zu erscheinen. Sie waren zeitig bei Finot losgefahren und standen nun Punkt zehn, artig wie Schüler, die zur Schulleiterin gebeten wurden, vor Dominiques Schreibtisch.

Ihr Büro sah dank der vielen Blumen und dem wilden Mix aus Kunst an den Wänden eher wie ein Wohn- denn wie ein Arbeitszimmer aus. Auch eine kleine Anrichte mit Kaffeemaschine, Wasserkaraffe, Gläsern und Naschereien gab es. Alles wirkte sehr einladend und behaglich, was Finot irritierte, der eher ein zweckmäßiges Ambiente erwartet hatte. Dominique trug denselben Rock wie am Vortag, aber ein anderes, enges Oberteil.

„Wo ist Ihr *Bichon Frisé*?“, fragte sie.

„Ich habe Blanche zu Hause gelassen.“

„So, so, Blanche.“ Ein Lächeln huschte über ihr Gesicht. „Und Sie sind?“

Laura nannte ihren Namen und erklärte, dass sie die Chefin der in Dieppe ansässigen Kriminaltechnik sei.

Dominique blickte zwischen ihr und Finot hin und her, sagte aber nichts. Dann wies sie auf einen Tisch, auf dem schon ein paar Akten und ein Tablet-Computer bereitlagen. Finot und Laura setzten sich.

„Einen *Café*?“, fragte Dominique und machte sich, ohne auf eine Antwort zu warten, an der Kaffeemaschine zu schaffen.

Laura und Finot warfen sich verstohlene Blicke zu. Eine etwas peinliche Stille breitete sich aus, die Dominique völlig unbeeindruckt zu lassen schien.

Als die Kommissarin den ersten *Café* vor Laura abstellte und dafür mit einer harschen Bewegung auf dem Tisch Platz schaffte, entdeckte Finot eine Ausgabe der hiesigen Tageszeitung unter den Akten. Sie machte natürlich mit den Ereignissen des vergangenen Nachmittags auf. „MORD AM ALTEN HAFEN! Wer hat den beliebten Kardiologen umgebracht?" Finot seufzte.

Dominique fixierte ihn. „Sie können gleich, wenn wir hier fertig sind, bei meinem Mitarbeiter Abidal Ihre Aussage machen. Er sitzt direkt nebenan."

Sie kümmerte sich wieder um die Getränke und stellte wenig später eine Tasse vor Finot ab.

„Merci."

Als Dominique den dritten *Café* fertig hatte, war Finot auch mit dem Lesen des Artikels durch. Zum Glück war er weniger reißerisch, als die Überschrift hatte vermuten lassen.

„Wie Sie wissen, haben wir gestern mit den Mitarbeitern der Praxis gesprochen", sagte die Kommissarin, indem sie ihre eigene Tasse in eine Lücke auf dem vollbeladenen Tisch rangierte und sich setzte. Sie nahm eine der Akten zu Hand. „Hier ist zum Beispiel Sabine Lambert…

„Die Praxis-Managerin", platzte Laura heraus. Finot hatte ihr die Ergebnisse seiner gestrigen Recherche auf dem Weg ins Kommissariat kurz umrissen.

Dominique hielt abrupt inne. „Ich sehe, Sie haben sich schlau gemacht."

War sie ärgerlich deswegen? Er hatte keine Zeit, sich darüber Gedanken zu machen, denn Dominique fuhr schon fort: „Sie arbeitet seit etlichen Jahren für Cassard. War schockiert über die Nachricht. *Warum tut jemand sowas…?* und so weiter. Sie hat also keine Idee, wer es gewesen sein könnte."

„Wer weiß", gab Laura zu bedenken, „vielleicht fällt ihr später noch etwas dazu ein."

Dominique lehnte sich im Stuhl zurück und griff nach ihrer Tasse.

„Nur so eine Idee", sagte Laura.

Es gab also doch Menschen, die sie einschüchterten, dachte Finot.

Dominique trank einen Schluck, beugte sich wieder vor und erklärte weiter: „Sie lebt allein. Scheint den Laden gut im Griff zu haben. Die erste, die morgens kommt, die letzte, die geht. Der Typ." Sie gab Laura die Akte.

Die sah kurz hinein und reichte sie Finot weiter, der sie unbeachtet zurück auf den Tisch legte.

Dominique griff zur nächsten Akte. „Eugénie Cassard, seine Ehefrau. Sie hat sich zu Hause eingeigelt." Sie blickte zur Decke, dann schüttelte sie den Kopf. „Ich dachte nur gerade an das Haus; wunderschön, aber alt und rein sicherheitstechnisch eine Katastrophe. Aber das ist eine andere Geschichte." Sie räusperte sich. „Ich habe einen Psychologen angefordert, sie ist komplett zusammengebrochen. Es war ein Trauerspiel, das mit anzusehen. Sie waren seit zwanzig Jahren verheiratet, für ihn war es die zweite Ehe. Er hat einen Sohn und eine Tochter aus erster Ehe, Pierre und Rose, beide alleinstehend. Die Ehe mit Eugénie blieb kinderlos. Sie haben sich, so viel habe ich aus ihr herausbekommen, auf einem Kongress kennengelernt, kurz nachdem die erste Ehe nach rund zwanzig Jahren in die Brüche gegangen war. Es ging dann alles sehr schnell."

„Hat sie auch Kinder?", fragte Laura.

„Nein. Sie hatte ein paar Beziehungen, bevor sie ihren Mann kennenlernte, aber es war nie der Richtige dabei, sagte sie. Auch beruflich ging es ein bisschen hin und her; sie blieb nie länger in einer Praxis. Dieser Kongress sollte das Sprungbrett in ein neues, beständigeres Leben sein."

„Dieser Wunsch ist offenbar in Erfüllung gegangen", sagte Finot.

Dominique nickte. „Sie hat keine Idee, wer ihrem Mann das angetan haben könnte. Wobei ich nicht glaube, dass sie im Moment in der Lage ist, wirklich klar über diese Frage nachzudenken."

„Haben Sie schon mit seinen Kindern gesprochen?", fragte Laura zwischen zwei Schlucken *Café*.

„Nur kurz", sagte Dominique. „Ich habe den Sohn angerufen; ich glaube nicht, dass Eugénie vorerst allein klarkommt. Er wirkte ganz aufgeräumt. Meinte, er würde seine Schwester informieren. Er hat schon direkt angedeutet, dass das Verhältnis zum Vater distanziert war, warum auch immer. Er sagte, er wisse nicht, ob Cassard sich Feinde gemacht habe. Ich werde heute persönlich mit den beiden sprechen."

„Gibt es einen Hinweis auf den Täter?", fragte Finot. „Er muss ihm aufgelauert haben, denken Sie nicht?"

Sie nickte zustimmend.

„Irgendwelche anderen Zeugen außer der Frau, die Cassard gefunden hat? Ein Mitarbeiter der Praxis? Ein Patient?"

Bedauerndes Kopfschütteln. „Bisher nicht, aber die Befragungen dauern noch an."

„Was ist mit den Überwachungskameras?"

Sie griff nach dem Tablet-Computer und wischte und tippte darauf herum, bis ein paar Fotos zu sehen waren. Die meisten zeigten den Mann so, wie Finot ihn während seiner Verfolgung gesehen hatte: von hinten. Zwei Fotos zeigten ihn von der Seite, eins von vorne. Und auf dem erkannte man vor allem eins: Haare.

„Naja", kommentierte Laura trocken.

„Sie sagen es", erwiderte Dominique. „Wir sehen, was wir daraus noch machen können."

Finot war skeptisch. Natürlich konnte der Fachmann oder die Fachfrau noch einiges aus Bildern herausholen. Aber so, wie es dem Zuschauer manchmal im Fernsehen weisgemacht wurde, wo komplett unscharfe Bilder durch Heranzoomen plötzlich den Einbrecher oder Mörder im Detail preisgaben, war es dann doch nicht.

„Die Fahndung läuft natürlich weiterhin", sagte Dominique in Finots Gedanken hinein.

„Haben Sie die Tatwaffe gefunden?", fragte er.

„Nein, leider nicht."

„Ich verstehe das nicht!", sagte Laura. „Er muss sie unmittelbar nach der Tat losgeworden sein."

„Wir haben überall gesucht, suchen noch, natürlich auch im Hafenbecken." Sie zuckte die Achseln.

„Wo ist die Leiche jetzt?", fragte Finot.

„Bei Ihrem Freund Serge", sagte sie knapp.

Serge war der für die Region zuständige Rechtsmediziner und arbeitete in Rouen, der Stadt Jeanne d'Arcs, am *Institut Médico-Légal.* Finot hatte gestern an ihn gedacht und sich gefragt, ob er noch auftauchen würde. Es gab zwar keine Unklarheiten, was die Todesursache anging, aber vielleicht konnte Serge noch Genaueres zu dem Messer sagen. Auch der Bericht der Kriminaltechnik stand bestimmt noch aus. Apropos Kriminaltechnik: Laura war, anders als Serge, hier nicht zuständig.

Sie gingen noch die restlichen Erkenntnisse durch, aber alles in allem war es nicht mehr sehr ergiebig.

„Wir graben jetzt ein bisschen tiefer in Cassards Leben", schloss Dominique und stand auf. Damit war das Treffen anscheinend beendet. Finot und Laura standen ebenfalls auf und folgten ihr zur Tür.

„Warum tun Sie das?", fragte Finot. „Ich meine, uns Informationen zukommen lassen."

Dominique schob die beiden aus ihrem Büro und zeigte auf das Nachbarzimmer. „Ihre Aussage." Dann war sie auch schon hinter der geschlossenen Tür verschwunden.

6

„Interessante Frau", sagte Laura auf der Rückfahrt.

„Das kann man so sagen", erwiderte Finot. Dominique kam ihm vor wie ein Naturereignis, das über einen hineinbricht und das man ergeben bestaunt. Außergewöhnlich, interessant, aber auch beängstigend und unverständlich.

Laura sah ihn skeptisch von der Seite an, als hätte sie seine Gedanken erraten. „Warum weiht sie dich ein?"

„Sie versorgt mich mit ein paar Informationen, um mir das Gefühl zu geben, dabei zu sein. So versucht sie zu verhindern, dass ich mich wirklich einmische."

„Sie wirft dir ein paar kleine Brocken Fleisch hin, damit du das tote Gnu hundert Meter weiter nicht beachtest?"

„So ungefähr." Wäre er in Dominiques Situation – er würde es ähnlich machen.

„Und würdest du?"

„Was meinst du?"

„Dich einmischen."

Finot antwortete nicht.

„Es gehört einiges an Wut dazu, auf diese Art und Weise zu morden", sagte Laura nachdenklich.

Das hatte Finot auch schon gedacht. Er betrachtete die an der Fensterscheibe vorbeiziehende Landschaft; Felder und Wald, friedliches Grün in verschiedenen Schattierungen unter arglos am blauen Himmel vorbeiziehenden Wolken. Als hätte man ihn in Hypnose versetzt, überfiel ihn plötzlich eine tiefe Ruhe. Größer hätte der Unterschied zur Grausamkeit des Mordes kaum sein können. Er fühlte sich knapp vierundzwanzig Stunden zurückversetzt, als er unbeschwert im Restaurant gesessen hatte.

„Wir sollten von etwas anderem sprechen“, sagte er. So groß sein Interesse an Cassards Mord gerade noch gewesen war, wünschte er sich plötzlich die Leichtigkeit der letzten Tage und Wochen zurück.

„Ich soll dich übrigens von Serge grüßen“, kam Laura Finots Wunsch übergangslos nach. „Ich habe ihn kürzlich in der Stadt getroffen.“

„Wie geht es ihm?“ Wie lange war es her, seit Finot das letzte Mal mit ihm gesprochen hatte? Zu lange!

„Er wird in zwei Wochen heiraten.“

„Tatsächlich!“, rief er aus. Die Überraschung rührte weniger daher, dass Finot so kurzfristig davon erfuhr. Er wunderte sich eher, dass Serge das Abenteuer noch einmal wagte. „Und wie fasst er es auf?“

„Du sagst das so, als ginge es um eine schlimme Diagnose“, sagte Laura lächelnd. „Er freut sich. Irgendwie. Glaube ich.“

Finot grinste. Das war sicher eine treffende Beschreibung, denn vermutlich hatte sich ihr introvertierter Freund gar nicht groß geäußert, hatte Laura mehr so im Vorbeigehen eingeladen. Mit einem einzelnen, trockenen Satz.

Serge war ein bisschen älter als Finot, groß, hager und mit gebeugter Haltung. Er hatte kaum noch Haare auf dem Kopf und sprach meist nur das Nötigste. Finot kannte ihn nur in seinem beigefarbenen, zerknitterten, viel zu großen Anzug. Was er wohl bei seiner Hochzeit tragen würde?

„Er hat mich eingeladen, du bekommst natürlich auch noch eine Karte. Ich glaube, er war sich nicht sicher, ob er uns eine gemeinsame Einladung zukommen lassen sollte.“

Das hätte Finot an seiner Stelle auch nicht gewusst. Wie ernst war das hier? Die Sache mit ihm und Laura? Er wusste es nicht. Die Zeit würde es zeigen.

„Die Kollegen planen eine Überraschung für die beiden."

„Eine Überraschung?"

Laura zuckte mit den Schultern und erklärte, dass sie die Sache nicht angeleiert hatte. „Du kennst doch David…"

„Ist das nicht der, der immer das Fußballturnier der Abteilung organisiert?"

„Genau der."

Zu Hause angekommen, lief Blanche ihnen freudig entgegen. Nach einer ausgiebigen Streicheleinheit bereiteten Finot und Laura das Mittagessen zu. Sie hatten unterwegs Halt gemacht und frischen Frisch, Salat und *Baguette* gekauft. Zusammen mit *Rillettes* und Käse, beides hatte Finot gestern schon besorgt, gäbe es ein wunderbares Mahl. Ohne sich an ein besonderes Rezept zu halten, marinierten sie die Fischfilets in einer Mischung aus Olivenöl, Knoblauch und frischen Kräutern aus dem Garten. Dabei schnippelten sie Tomaten, Gurken und Paprika.

„Fällt es dir sehr schwer, dich nicht mit Cassards Fall zu befassen?", fragte Laura.

Finot überlegte einen Moment. Gestern, als der Schock tiefer gesessen hatte, hätte er noch mit *ja* geantwortet. Und auch heute Morgen, als sie nach Honfleur gefahren waren, hatte er eine nagende Unzufriedenheit gespürt, nicht ermitteln zu können. Doch auf der Rückfahrt hatte sich etwas in ihm verändert. „Nein, eher nicht." Er war mit seinen Gedanken genau hier, in der Küche, bei Laura, Blanche und der Zubereitung des Essens. In diesem Moment hätte er sich auch vorstellen können, in Pension zu gehen. Er ahnte aber auch, dass ihn über kurz oder lang die Unruhe wieder packen würde.

„Aber?", hakte Laura nach, die seine Unsicherheit allem Anschein nach gespürt hatte.

„Nichts aber."

Der Fisch brauchte nur ein paar Minuten auf dem Grill, schon saßen sie am Tisch und stießen mit ihren Weingläsern an. Es war ein frisches, leichtes Mittagessen; der Fisch zum Glück nicht zu trocken geraten. Sie tunkten das Brot in das würzige Öl und aßen eine Weile schweigend, bis Finots Telefon die Ruhe durchbrach.

„Martine!", sagte Finot kauend.

„Störe ich?", fragte sie.

„Nein, was gibt's?"

„Ich habe mich ein bisschen mit diesem Cassard beschäftigt. Ich schicke Ihnen gleich eine E-Mail. Ich dachte, das interessiert Sie."

„Oh!", entfuhr es Finot. Doch nachdem er die erste Verwunderung verdaut hatte, wurde ihm klar, dass es typisch für Martine war, unverlangt Ergebnisse zu präsentieren.

„Dann will ich Sie nicht länger stören. Grüßen Sie Madame Travert von mir. *Au revoir et bon appétit!*"

Laura sah Finot fragend an. „Was war das?"

Finot berichtete, was Martine gesagt hatte. „Ich soll dich übrigens grüßen."

„Danke." Dann, nach einer Pause. „Und?"

Finot zögerte kurz, dann holte er seinen Rechner auf die Terrasse, fuhr ihn hoch und öffnete sein E-Mail-Programm. Ihm war klar, dass er damit alles, was er nur wenige Minuten zuvor über sein Interesse an dem Fall gesagt hatte, Lügen strafte.

Laura tat ihm den Gefallen und wies ihn nicht darauf hin.

Martine hatte bei ihren Nachforschungen, genau wie Finot, mit der Internetseite der Praxis angefangen; sie überflogen diesen Teil. Dann ging es um Cassards Finanzen: Es war ihm ausgesprochen gut gegangen, er hatte ein dickes Polster gehabt. Dazu gehörten mehrere

Aktien- und Immobilienfonds, ein Ferienhaus, eine Mitgliedschaft im Golfclub und eine, wenn auch kleine, Yacht im Hafen. „Offensichtlich hatte er nicht nur medizinisches Verständnis, sondern auch ein Händchen fürs Finanzielle“, sagte Laura. „Damit wäre Geld ein Motiv, sicher schaut sich Dominique das Testament sehr genau an.“ Sie nahm einen Schluck Wein. „Wie hat Martine das so schnell herausgefunden?“

Finot zuckte mit den Achseln. „Das möchte ich lieber nicht so genau wissen.“

Cassards Mutter, eine Frau von über neunzig, lebte in einem noblen Altenheim. „Schau mal hier“, sagte Laura. „Martine hat sogar einen Werbeflyer der Einrichtung angehängt.“

„Den sollte ich mir für später aufbewahren…“, feixte Finot.

„Kannst du dir eh nicht leisten, so wie das aussieht. Eine Preisliste haben sie bestimmt mit Absicht weggelassen.“

Der Vater war vor knapp zwanzig Jahren gestorben. Er war lange Jahre Chef eines der hiesigen Bankhäuser gewesen. Martine hatte einen alten Zeitungartikel aufgetan. Finot und Laura sprachen über die Ähnlichkeit zwischen Vater und Sohn, die sich nicht nur auf das Äußere bezog. „Daher auch Cassards Sinn fürs Geld, er hat ihn von seinem Vater geerbt“, mutmaßte Laura.

Die erste Frau Cassards, die Mutter der Kinder, war vor einem Jahr an Krebs gestorben. So hatten Pierre und Rose also kurz hintereinander beide Elternteile verloren, dachte Finot. Die Kinder…. Sie waren erwachsene Leute, aber war das ein Trost? Cassards drei Jahre älterer Bruder war ebenfalls verstorben. Und genau wie bei seiner ersten Frau war Krebs die Ursache gewesen.

Sie gingen die E-Mail mit zusammengekniffenen Augen weiter durch, wobei Laura deutlich schneller las. Sie zeigte mit dem Finger auf eine Stelle in Martines langem Text. „Hier ist was zu dem Sohn“, sagte sie und öffnete den Link, den Martine in die Nachricht kopiert hatte. Er führte zur Webseite einer Kanzlei für Wirtschaftsrecht. *Vincent, Cassard & Partner.* Zu letzteren gehörten ein Thierry Hollande und noch drei weitere Herren, die in kleinerer Schrift unter Cassard genannt wurden. Alle sechs Männer waren von einem professionellen Fotografen an ihrem Arbeitsplatz sitzend und freundlich lächelnd abgelichtet worden. Pierre und sein Vater hatten den gleichen Web-Designer, schoss es Finot durch den Kopf.

Laura pfiff anerkennend durch die Zähne, als sie die Referenzen las. „Schau mal, die vertreten sogar die *Mobista S.A.*“

„Gab's da nicht kürzlich eine Firmenfusion?“

Laura nickte. „Sie haben im Fernsehen davon berichtet, es ging um richtig viel Geld. Es würde mich nicht wundern, wenn *Pierre* sich Feinde gemacht hätte.“

„Wie alt soll der sein?“, fragte Finot.

Laura studierte den Lebenslauf. „Vierzig. Sieht älter aus, oder?“

„Und jetzt schon Senior-Chef?“

„Einer von der schnellen Sorte. Und dann ist da ja noch dieser Vincent, der ist…“, Laura klickte ein paar Mal, „eher so alt wie Pierres Vater.“

Weiter ging's mit der Tochter. Sie war Malerin und unterhielt eine kleine Galerie in Honfleur. Die Stadt hatte schon immer Künstler angezogen; so auch Eugène Boudin, einen Vorläufer des Impressionismus, der auch einer der ersten Freilichtmaler gewesen war. Er war 1824 in Honfleur geboren worden und hatte nach diversen Studienreisen in der Stadt gelebt und gemalt. Mitte des neunzehnten Jahrhunderts war auf der *Ferme Saint-Siméon,* einem nahegelegenen Bauernhof, eine kleine

Künstlerkolonie entstanden, in der Boudin sich unter anderem mit Claude Monet getroffen hatte.

Finot war zu wenig Fachmann, um Rose Cassards Bilder einer bestimmten künstlerischen Richtung zuordnen zu können. Für ihn fielen sie unter den Begriff „abstrakte Kunst". Es waren Ölbilder, die keine speziellen Motive darstellten, sondern mit Farben und undefinierbaren Formen Eindrücke erzeugten. Sie hatte ihre Werke schon oft in der Gegend ausgestellt. In Sparkassen, der Stadtverwaltung, Ärztehäusern, aber auch größeren Galerien. Die Bilder kamen Finot bekannt vor. Dann fiel es ihm wieder ein: Klar, ein paar davon hingen in Cassards Praxis!

Laura sah sich um. „Findest du nicht, dass die Stelle da an der Wand kahl aussieht?"

Finot war zwiegespalten. Sie sollten sich aus der Sache raushalten, das wusste er. Auf der anderen Seite war er Lauras Idee, der Galerie einen kleinen Besuch abzustatten, nicht abgeneigt. Nicht nur, um mehr über Cassards Tod herauszufinden, sondern auch, weil ihm die Bilder gefielen.

Seine Neugier siegte, auch wenn er das Gefühl kaum verdrängen konnte, dass er es später bereuen würde. Er verfasste noch eine Antwort an Martine, in der er sich bedankte und ihre Frage, ob sie sich weiter umhören sollte, verneinte, dann machten sie sich auf den Weg.

7

Sie parkten in der *Rue de la Foulerie,* die ein Stückchen weiter oben in die *Rue du Dauphin* überging. Die Straße lief zusammen mit den mehr von Fachwerkhäusern gekennzeichneten *Rue Brûlée* und *Rue du Puits* strahlenförmig auf die *Eglise Sainte-Catherine* zu.

Die meisten Leute hier schienen Touristen zu sein, die die Kunstwerke in den Schaufenstern der Galerien nur am Rande wahrnahmen und eher an den Boutiquen und anderen Geschäften interessiert waren. Finot mutmaßte, dass es den Künstlern aber auch weniger auf zufällige Laufkundschaft ankam.

Roses Galerie lag eingequetscht zwischen den Nachbargebäuden in einem schmalen, grauen Haus. Es hatte kleine Sprossenfenster und knallrote Fensterläden; auch die Tür, die bei dem schönen Wetter offenstand, war rot gestrichen. Finot schirmte die Augen mit der Hand ab und linste durch das Schaufenster.

Plötzlich zog Laura ihn zur Seite.

Im ersten Moment perplex, verstand Finot schnell, warum. Ein Mann trat aus der Galerie und blieb davor stehen.

„Das ist Pierre Cassard", flüsterte Laura und starrte angestrengt in die benachbarte Auslage.

Aus den Augenwinkeln erkannte Finot den Mann aus dem Internet.

„Du musst dich jetzt zusammenreißen", sagte Cassard Junior. Er hatte eine tiefe Stimme, die den Eindruck, dass er weit älter als vierzig war, noch verstärkte. Finot konnte nicht sehen, mit wem er sprach, ging aber davon aus, dass es seine Schwester war.

Man hörte ein Schluchzen, leise nur. „Was hältst du von dieser Dominique, der Polizistin?", fragte die andere Stimme.

„Weiß nicht", sagte er knapp. „Wir müssen uns um die Beerdigung kümmern."

Wieder die andere Stimme, stockend. „Eugénie ist…"

„…total überfordert", vollendete Pierre den Satz.

„Sie tut mir leid", sagte die Frauenstimme.

„Ja", antwortete er. „Ich muss jetzt los, ich melde mich wieder bei dir." Bei dem letzten Satz hauchte er zwei flüchtige Küsse auf ihre Wangen, dann eilte er mit laut klappernden Absätzen davon.

Finot und Laura betraten nach einer angemessenen Pause die Galerie, während Blanche an der Tür sitzen blieb und sich von der Sonne wärmen ließ. Viel mehr Kunden durften es jetzt nicht mehr werden, dachte Finot. Laura und er standen in der Mitte des viereckigen Raumes und er fühlte sich jetzt schon wie in einem Schuhkarton. Jedes freie Fleckchen der Wände war mit Bildern bedeckt.

Die Künstlerin kam aus einem angrenzenden Raum zu ihnen. Sie war eine schmale Gestalt mit langen, glatten, aschblonden Haaren. Das blasslila T-Shirt mit dem großen Ausschnitt war ihr über die Schulter gerutscht und gab den Träger eines schwarzen Tops frei. Sie rang sich ein Lächeln ab, sagte aber abgesehen von einem leisen *„Bonjour“* nichts.

So standen sie, die Hände hinter dem Rücken wie beflissene Museumsbesucher, vor dem einem oder anderen Gemälde und machten sich auf Details aufmerksam, die ihnen besonders gefielen. Finot fühlte sich unbehaglich, auch wenn Rose sich Mühe gibt, beschäftigt zu wirken. Sie schrieb etwas in ein Heftchen.

„Ihre Bilder gefallen mir wirklich gut“, sagte er daher, „besonders dieses hier.“ Er zeigte auf ein Werk, das ihn an einen Herbsthimmel kurz vor dem Sturm erinnerte. Graue, weiße und schwarze, unscharf begrenzte Flächen und Pinselstriche mit einem Hauch von Rot hier und da.

Sie nahm das Kompliment lächelnd entgegen.

Finot hatte ein schlechtes Gewissen. Es stimmte, was er über das Bild gesagt hat, aber es fühlte sich trotzdem wie eine Lüge an. Es war keine gute Idee gewesen, hierherzukommen.

Laura, Finots inneren Konflikt nicht bemerkend, nickte zustimmend. „Ich kann leider überhaupt nicht malen“, sagte sie leichthin.

„Darf ich Ihnen ein Glas *Poiré* anbieten?“, fragte Rose.

Poiré war ein Birnenschaumwein. Etwas leichter noch als sein bekannteres Gegenstück aus Äpfeln und im Sommer eine herrliche Erfrischung.

Finot verneinte, aber Laura nickte. „Ja, gerne." Sie erzählte munter weiter, während Rose die Flasche öffnete.

Der Kommissar fasste Laura am Arm und schüttelte den Kopf, um ihr seinen Sinneswandel bezüglich der geheimen Ermittlungen zu verstehen zu geben. Er wollte die Galerie aber auch nicht überstürzt verlassen, weil ihm das sehr unhöflich vorgekommen wäre.

Laura sah ihn groß an.

Hatte sie verstanden?

Nach dem Anstoßen wandte Finot sich ab, um die Bilder weiter zu studieren, während Laura und Rose sich unterhielten. Der *Poiré* schmeckte süß-sauer, leicht und fruchtig. Warum trank er ihn nicht öfter?

Er überlegte ernsthaft, das Bild zu kaufen. Ein Schnäppchen war es nicht gerade, aber den Wert von Kunst in Geld zu messen, war ja bekanntlich immer eine schwierige Angelegenheit. Das wusste er, in bescheidenerem Umfang, von seinen Fotografien, von denen er auch schon ein paar verkauft hatte.

Die beiden Frauen waren gerade beim Thema Touristen angekommen. „Hier in dieser Straße ist immer viel los", erzählte Rose, „aber das heißt nicht, dass auch viele Leute reinkommen. Die meisten sind mit ihren Gedanken schon am Hafen bei den Restaurants."

„Haben Sie von diesem tragischen Todesfall gehört?", hörte Finot Laura erwidern. „Ein Mann ist ermordet worden!"

Das hatte nicht so gut geklappt mit der nonverbalen Kommunikation…

Rose wurde bleich und schluckte schwer. „Der Mann, der ermordet wurde, ist mein Vater", presste sie hervor.

Laura schlug sich die Hand vor den Mund. „Oh, das tut mir sehr leid!"

Sie war eine gute Schauspielerin, dachte Finot, auch wenn ihm klar war, dass Laura nur halb schauspielerte. Das Mitgefühl war echt.

Er ging auf Rose zu. „Mein herzliches Beileid", sagte er.

„Warum tut jemand sowas", sagte sie mehr zu sich selbst. Und dann: „Kommen Sie von hier?"

Sie schüttelten gleichzeitig den Kopf. „Nein, aus Dieppe", sagte Laura.

„Er war Kardiologe. Die Praxis ist gleich hier um die Ecke. Aber ein Patient wird es eher nicht gewesen sein…"

„Warum nicht?", fragte Finot, jetzt ehrlich neugierig.

„Zu jung", sagte Rose und lächelte. „Wobei es natürlich auch junge Herzpatienten gibt, aber die meisten sind älter."

„Ich hoffe, die Polizei findet den Täter", sagte Laura.

„Das hoffe ich auch." Fast flüsterte sie. „Wenn er diesen Termin nicht gehabt hätte, wenn er einfach in der Praxis geblieben wäre, wäre es vielleicht gar nicht passiert." Sie winkte ab. „Es war im Moment sowieso alles nicht einfach für ihn. Vielleicht war der Stress ein Omen…" Sie atmete einmal tief durch und streckte sich. „Also, möchten Sie etwas kaufen?"

Finot wiegte den Kopf hin und her. „Dieses Bild, über das wir eben gesprochen haben, interessiert mich wirklich sehr. Geben Sie mir ein paar Tage, darüber nachdenken."

Als sie wieder draußen waren und Richtung Auto gingen, sagte Laura: „Was wolltest du mir eben sagen?"

Er winkte lächelnd ab.

„Ich frage mich, was das für ein Termin gewesen ist. Wo wollte Cassard hin? Und was war nicht einfach für ihn?"

Finot nahm sie in den Arm. „Wir sollten uns an den Gedanken gewöhnen, dass wir es nicht erfahren werden."

Man sah ihr an, dass sie nicht hundertprozentig davon überzeugt war. „Glaubst du an sowas?", fragte sie und lachte, als sie seinen konfusen Gesichtsausdruck sah. „Rose meinte, es sei ein Omen gewesen."

„Ich weiß es nicht", sagte Finot. „Als meine Frau damals verschwand, habe ich mich im Nachhinein gefragt, ob ich es hätte kommen sehen müssen. Ob es Zeichen gab, die ich übersehen habe."

Er hatte sich das Gehirn zermartert. Auch jetzt, Jahre später, wusste er es immer noch nicht. Ja, möglich, dass sie anders gewesen war. Es war einfach zu lange her. Das, was wirklich gewesen war, hatte sich vermischt mit Vermutungen, Ängsten, Hoffnungen.

Am Parkplatz angekommen, fragte Laura: „Willst du das Bild wirklich kaufen?"

Er öffnete das Auto, sie stiegen ein.

„Möglich."

8

Nach dem Abendessen rief Serge an. „*Bonjour,* François, wie ich höre, bist du in eine schlimme Sache verwickelt?"

Der Gerichtsmediziner wirkte wie immer so entspannt, als käme er gerade aus einem Wellness-Urlaub mit Meditation und allem Drum und Dran. Finot glaubte, dass es wenig gab, das ihn noch aus der Ruhe brachte, abgesehen vielleicht von einer Hochzeit.

„Das Opfer liegt bei mir auf dem Tisch, ich dachte, das interessiert dich. Und Dominique war hier. Sie hat mir von der misslungenen Verfolgung erzählt."

Es war klar, dass sie sich das nicht hatte entgehen lassen. „Kennst du sie näher?"

„Dominique? Nein, ich habe sie vorgestern erst kennengelernt. Martine kennt sie."

„Weißt du, woher?" Am Ende war es zwar nicht Finots Angelegenheit, aber neugierig war er schon.

„Keine Ahnung."

„Gibt's was Neues zu Cassard? Kannst du etwas zur Tatwaffe sagen? Ist sie inzwischen aufgetaucht?" Kaum hatte er zu Ende gesprochen, fiel ihm auf, dass er unwillkürlich in den Kommissar-Modus verfallen war. Bestimmt lag es an der Situation. Wenn er sonst mit Serge über ein Mordopfer sprach, ging es um einen Fall in Dieppe. Aber Serge schien sich sowieso nicht daran zu stören.

„Dominique hat nichts dergleichen erwähnt", sagte er, „ich denke nein. Er hat mehrere Messerstiche in Brust und Rücken, die zweischneidige Klinge war etwa dreizehn Zentimeter lang und zwei Zentimeter breit."

„Das heißt, es war kein Klappmesser?"

„So ist es", bestätigte Serge. „Es gibt Abwehrverletzungen an Händen und Unterarmen. Die Zwischenrippenmuskulatur und ein paar Rippen sind verletzt, auch Herzbeutel und Herz hat es erwischt. Er ist verblutet, die Ersthelfer hatten keine Chance. Da spielt es auch keine Rolle, dass sich ein paar Meter weiter eine Arztpraxis befindet. Der Täter hat das Messer mit voller Wucht in die Brust gestoßen, da war Wut im Spiel. Es ist nicht so leicht, ein Messer durch die Haut zu stoßen. Und die Kleidung kommt als Barriere ja noch dazu."

Serges Worte bestätigten, was Finot und Laura bereits überlegt hatten: Es war kein kühler Mord gewesen; hier hatte jemand aus starken Emotionen heraus gehandelt.

„Arbeitest du jetzt mit Dominique zusammen?"

Finot erzählte von Lauras und seinem Besuch gestern im Kommissariat. „Eine formale Zusammenarbeit gibt es aber nicht. Warum auch, Honfleur ist Honfleur."

„Wie ich gedacht habe. Ich wollte dir nur Bescheid geben. Außerdem gibt es da noch eine private Sache…“

Finot ahnte, was jetzt kommen würde.

„Ist Laura bei dir?“

„Ja.“

„Dann weißt du ja schon Bescheid wegen der Hochzeit.“ Serge wirkte erleichtert. „Die Einladung folgt noch.“

Typisch Serge. Als ginge es um ein beliebiges Treffen unter Freunden. Dabei glaubte Finot nicht, dass sein Freund die Sache nicht ernst nahm. Es war ihm einfach zu viel Brimborium. „Ich freue mich sehr für euch!“, sagte Finot. „Vielen Dank für die Einladung!“

Serge wiegelte ab. „Nimm es nicht persönlich, aber wenn es nach mir ginge, würden Odette und ich einfach zum Standesamt gehen und danach zusammen essen, Ende, aus, aber…“

„Das heißt, es gab keinen Weißdornzweig zum Antrag?“, ulkte Finot. Der Brauch ging auf die Wirkung des Weißdorns als Medikament gegen Herzprobleme zurück. Die Braut sollte als Wundermittel dienen und das Herz des Bräutigams heilen.

„Bevor ich's vergesse“, sagte Serge, ohne auf Finots Kommentar einzugehen. „Dominique hat noch durchblicken lassen, dass Cassard in Schwierigkeiten gesteckt hat. Es war nur eine Andeutung, ein Nebensatz. Es ging um dieses Seniorenheim, in dem die betagte Mutter wohnt.“

„Verstehe“, sagte Finot und dachte an das, was Rose über ihren Vater gesagt hatte. Er schlug Serge noch vor, sich demnächst zum Essen zu verabreden, dann war das Gespräch beendet.

„Serge?“, fragte Laura.

Finot nickte und fasste zusammen, was sein Freund gesagt hate. „Sein Traum wäre eine Hochzeitsfeier im kleinen Kreis“

„Nur er und Odette?“ Laura lachte, als wäre es eine völlig verrückte Vorstellung.

Sie sah sich suchend um. „Wo ist dein Laptop? Ich will mir diesen Flyer des Seniorenheims, *pardon,* ich meine natürlich der Seniorenresidenz, noch einmal anschauen.“

Geschlagene zehn Minuten starrten sie das vierseitige Ding an. Es zeigte einen direkt an der Seine gelegenen, eindrucksvollen Bau aus beigefarbenen Steinen mit zahlreichen, großen Sprossenfenstern und einer anthrazitfarbenen Kuppel in der Mitte, die das Dach einer Kapelle bildete. Es handelte sich um einen Neubau auf dem Grund eines aus dem dreizehnten Jahrhundert stammenden Gebäudes, das als Hotel für Pilger auf ihrem Weg nach Santiago de Compostela gedient hatte.

Hier wohnte man nicht, man logierte. Es gab medizinisches Personal im Haus und umfassende Pflegeleistungen, das verstand sich von selbst, dazu eine ausgezeichnete Küche, natürlich jeden Tag frisch gekocht, und ein ausgesuchtes kulturelles Programm mit Lesungen, Theatervorstellungen und Konzerten. Weiterhin verkündete der Flyer, dass die Privatsphäre wertgeschätzt werde und individuelle Gepflogenheiten der Bewohner im Vordergrund ständen. Ach ja, und einen Fahrdienst gab es natürlich auch.

„So würde ich mir das auch gefallen lassen“, sagte Finot, obwohl er keinen blassen Schimmer hatte, wie er sich das Leben im Alter vorstellte und die Finanzierung einer solchen Residenz jenseits von Gut und Böse war. Würde er dort leben wollen oder doch lieber zu Hause? Aber was, wenn er nicht mehr allein zurechtkam? Wer würde sich um ihn kümmern? Das wiederum brachte ihn auf Pauline. Aber in diese Richtung wollte er erst recht nicht weiterdenken, also verscheuchte er das Thema aus seinem Kopf.

Als es schon längst dunkel war, saßen sie immer noch im Garten. Laura hatte sich eine Strickjacke geholt und eine Decke über ihre bloßen Beine gelegt. Darauf hatte Blanche es sich gemütlich gemacht. Eine Kerze flackerte fröhlich im Wind. Aus weiter Ferne hörte man ab und zu ein Auto. Ansonsten vernahm man nichts außer dem Rascheln der Blätter in den Bäumen und einsames Vogelgezwitscher, das in wenigen Stunden erneut in einen morgendlichen Chorgesang übergehen würde. Finot öffnete eine zweite Flasche Wein und füllte Lauras Glas auf.

„Nicht so viel!", rief sie kichernd, nur um dann abzuwinken. „Ich esse als Grundlage einfach noch ein Stück dieses wunderbaren Käses und dazu etwas von dem knusprigen Brot!"

„Sollen wir morgen einen kleinen Ausflug nach Harfleur machen?", schlug Finot vor. „Da ist doch sonntags immer Markt."

Sie unterhielten sich noch eine knappe Stunde über Gott und die Welt, immer wieder unterbrochen von der seligen Feststellung, wie wunderbar dieser Ort um diese Zeit war, dann beschlossen sie, schlafen zu gehen.

„Morgen regnet's", sagte Finot, als er die Terrassentür hinter sich schloss.

III

9

Er sollte recht behalten.

Die Wetteränderung beruhigte Finot, den zu viele strahlende Sonnentage hintereinander durcheinanderbrachten. Der Regen gehörte einfach zur Normandie dazu. Er saß mit Laura beim Frühstück; sie tunkten ihre *Croissants* in den Milchkaffee und konkretisierten den Plan, nach Harfleur zu fahren.

Doch dann sagte Finot plötzlich: „Vielleicht habe ich eine andere Idee“ und beugte sich zu Laura hinüber, um sie zu küssen. Sie schien der Alternative zwar nicht abgeneigt, aber Finots Telefon machte ihnen einen Strich durch die Rechnung. „Julien, was gibt's?“, brummte er.

„Hallo, Chef, ja also…“, druckste er herum.

War Finot doch mürrischer gewesen, als er gewollt hatte? „Was gibt's denn?“, wiederholte er seine Frage, jetzt um Freundlichkeit bemüht.

„Es ist so, ich rufe an, weil…“

Mit einem Mal war Finot alarmiert. „Ist was mit Ihrer Familie?“

„Nein, nein!“

Er atmete auf. „Ein neuer Fall, gibt's Probleme?“

„Ich glaube, es wäre gut, wenn Sie herkommen.“

Wieder ein Anflug von Alarmstimmung. „Ist was mit Pauline?“

Blanche merkte, dass etwas nicht stimmte und jaulte.

„Gott bewahre, nein“, wehrte Julien ab. „Es gab einen Mord.“

Mord an sich war in Juliens Funktion nichts Ungewöhnliches. Immerhin arbeitete er bei der Kriminalpolizei und befasste sich mit Kapitalverbrechen. Aber so, wie er es sagte, klang es anders als ein

„gewöhnlicher" Mord. „Hat es etwas mit Cassard zu tun?", fragte Finot ins Blaue hinein. Und dann: „Sie wissen doch Bescheid, oder?"

„Ja, Martine hat mir davon erzählt. Aber nein. Das Opfer wurde zwar ebenfalls erstochen, aber…"

Laura beobachtete Finots Seite des Telefonats mit zunehmendem Unverständnis.

Obschon jeder neue Mordfall eine Horrormeldung war, fühlte Finot erst mal Erleichterung, dass mit Pauline und Juliens Familie alles okay war. Es ging also um einen Mord und Cassard spielte keine Rolle, was Juliens komisches Verhalten möglicherweise noch erklärt hätte. „Hm, also was hat das mit mir zu tun?" Der Polizeikommissaranwärter hatte den Laden bisher sehr gut im Griff gehabt, woher plötzlich diese Unsicherheit?

„Tja also, das Opfer hat kurz vor seinem Tod mit Ihrem Vater telefoniert."

10

Wenig später saß Finot im Auto und machte sich im strömenden Regen auf den Weg nach Dieppe. Laura fuhr in ihrem eigenen Wagen. Wer wusste schon, wie es weitergehen würde und ob sie ihn noch brauchte.

Julien hatte seinem Chef im restlichen Gespräch noch mitgeteilt, was er bisher über das Opfer wusste. „Sein Name ist Roger Fresnel, ein sechsundsiebzigjähriger ehemaliger Ingenieur, wohnhaft in Sainte-Marguerite-sur-Mer." Finot kannte den Ort selbst nicht, wohl aber die Nachbargemeinde Varengeville-sur-Mer, die durch ihre Kirche *Saint-Valery de Varengeville-sur-Mer* bekannt war.

Julien hatte die von Fresnel zuletzt gewählte, nicht im Adressbuch gespeicherte, Nummer angerufen und war in einem Seniorenheim gelandet. Der Pfleger am Telefon hatte berichtet, dass Fresnel einen ihrer Bewohner, Monsieur Adrien Finot, habe sprechen wollen. Eine

Kollegin habe den Anruf entgegengenommen und sich gewundert, weil Adrien sonst so selten Anrufe bekam. Julien wiederum wusste, dass Finots Vater in einem Seniorenheim lebte, und so hatte er nachgefragt, ob François Finot, der *Commissaire* aus Dieppe, eventuell der Sohn des betreffenden Mannes war.

Julien hatte noch wissen wollen, ob Finot den Mann kenne.

„Ich habe den Namen Roger Fresnel noch nie gehört. Hat er öfter mit meinem Vater telefoniert?“

„Nein, nur dieses eine Mal.“

„Und er hat auch persönlich mit meinem Vater gesprochen? Ich meine, er hatte ja offenbar keine Durchwahl.“

„Ja, das hat er. Eine gewisse Camille Soundso hat den Anruf angenommen; ich habe ihren Namen aufgeschrieben. Aber den Inhalt des Gespräches kennt sie nicht, das hat der Pfleger schon gesagt.“

Hier müsste Finot nachhaken. Hatte sein Vater sich später jemand anderem gegenüber zu dem Gespräch geäußert?

Ihm war mulmig zumute. Was hatte das zu bedeuten? Was hatte Fresnel von seinem Vater gewollt? Hatte der Tod des Mannes etwas mit seinem Vater zu tun? Oder war es purer Zufall, dass sie telefoniert hatten? Aber warum dann nur einmal? Kurz vor Fresnels Tod…

Finot wusste nicht, wie der aktuelle Zustand seines Vaters, wie schlimm die Krankheit inzwischen war. Das letzte Mal hatte er ihn vor etwa einem halben Jahr gesehen.

Zu Anfang, als sie noch nicht gewusst hatten, was auf sie zukommen würde, war der Vater zunehmend unruhig gewesen und hatte sich auf seinen eigenmächtigen Spaziergängen manchmal verlaufen. Finot erinnerte sich auch, dass er Fragen oft mehrfach gestellt hatte, einfach weil er die Antworten sofort wieder vergaß. Zunächst hatten Finot und sein Bruder Marcel es darauf geschoben, dass der Vater unkonzentriert war. „Er hat einfach schlecht geschlafen, morgen sieht die Welt schon wieder anders aus." Doch irgendwann waren die Defizite nicht mehr zu leugnen gewesen. Der Vater hatte Dinge verlegt und dann verzweifelt gesucht, das Unterhemd über den Pullover gezogen statt darunter. Seine wechselhafte Stimmung war dabei nicht hilfreich gewesen.

Finot kehrte in die Gegenwart zurück. Laura hatte sich nach Juliens Anruf nicht groß zu den aktuellen Ereignissen geäußert. Pragmatisch, wie sie war, hatte sie Finot einfach nur geholfen, klar Schiff zu machen. Ein Kuss zum Abschied und: „Wir treffen uns im Kommissariat. Bis gleich, fahr vorsichtig!"

Gegen zwölf saßen Martine, Julien, Laura, Finot und sein Chef Eric Motas im großen Besprechungsraum zusammen und schauten sich die Bilder des Tatorts an. Fresnels Leiche lag auf einer Straße; Gras lugte an den Rändern hervor, wo der Asphalt in Schotter überging. Das Opfer hatte braune Haare mit grauen Strähnen. Er trug eine Brille, die auf alberne Weise verrutscht war, was ihm einen besonders tragischen Ausdruck verlieh. Das weiße Polohemd war blutdurchtränkt. „Ich kann mich nicht erinnern, den Mann jemals gesehen zu haben!", sagte Finot. „Haben Sie das Messer gefunden, Julien?"

Er schüttelte den Kopf. „Fresnel liegt jetzt bei Serge, und die *PST* ist natürlich auch dran", letzteres sagte Julien in Richtung Laura. „Mal schauen, was wir von diesen beiden Seiten noch erfahren. Vielleicht finden sich DNA-Spuren, Fasern oder ähnliches. Und das Smartphone liegt natürlich auch bei Ihren Leuten, Madame Travert."

„Zeugen?", fragte Finot.

„Bisher nicht. Er wohnt ziemlich abgelegen, rundherum nur Wiesen, Felder und ein bisschen Wald. Der Weg, auf dem wir ihn gefunden haben, führt zu seinem

Haus. Da kommt nachts keiner vorbei, außer derjenige möchte Fresnel besuchen oder hat sich verfahren. Ein paar Müllwerker haben ihn heute früh gefunden."

„Der Fundort ist der Tatort?"

„Ja."

„Hat Serge sich schon zum Todeszeitpunkt geäußert?"

„Heute Nacht gegen ein Uhr", sagte Martine, „diese Auskunft ist aber noch vorläufig." Sie rollte mit den Augen, wohl weil Serge bei jedem neuen Fall reflexhaft die Vorläufigkeit der Ergebnisse betonte. „Er hat aber auch schon angedeutet, dass Fresnel Alkohol im Blut haben könnte; zumindest roch das Opfer danach."

„Wir vermuten, dass er aus einem Bistro oder Restaurant der Gegend kam", sagte Julien. „Das würde auch erklären, warum er zu Fuß unterwegs war. Das Auto stand zu Hause."

„Wir prüfen also die Lokale im Umkreis", sagte Martine.

Finot nickte. „Sehr gut, danke."

„Hatte er Verwandte?", fragte Laura.

„Er war geschieden", sagte Martine. „Und er hatte eine Schwester; sie ist älter als er und lebt bei ihren Kindern in Kanada. Julien hat mit der Tochter, also Fresnels Nichte telefoniert."

Alle Augen richteten sich auf Julien. „Machen Sie sich keine allzu zu großen Hoffnungen", wiegelte er ab. „Der Kontakt war den Aussagen zufolge sehr lose, Karten zum Geburtstag und zu Weihnachten, sonst nichts. Sie sind sich nicht mal sicher, ob sie zur Beerdigung kommen."

„Wer soll sich denn dann darum kümmern?", fragte Finot.

„Er hat noch eine Tochter, Inès Fresnel", sagte Julien. „Mit ihr habe ich auch schon telefoniert. Sie kommt demnächst, um ihren Vater zu identifizieren. Sie lebt mit ihrer Frau in Paris und ist Ärztin."

„Wissen wir schon Genaueres zu der Ex-Frau?“, fragte Finot.

Martine schüttelte den Kopf. „Da bin ich dran.“

Finots Gehirn arbeitete auf Hochtouren. Woher könnte sein Vater den Mann gekannt haben? Doch so mau, wie der Kontakt schon seit Jahren gewesen war, sollte Finot sich nicht wundern, dass er es nicht wusste. Er hatte keine Ahnung, wer zu den Freunden und Bekannten seines Vaters zählte. Er wusste nicht einmal, was sein Vater den ganzen Tag machte. Dementsprechend hatte er auch keine Anhaltspunkte, bei welcher Gelegenheit er Fresnel kennengelernt haben könnte. Oder war es eine ältere Bekanntschaft? Eine berufliche Verbindung? „Waren Sie schon in seiner Wohnung?“, fragte Finot.

Julien schüttelte den Kopf. „Ich dachte, wir fahren zusammen hin“, sagte er. „Und dann zu Ihrem Vater.“

Motas hatte die ganze Zeit still gelauscht. Jetzt meldete er sich zu Wort und bat den Kommissar, noch einmal kurz mit ihm in sein Büro zu kommen, bevor sie mit der Arbeit loslegen würden.

„Hm“, murmelte Finot gedankenverloren und folgte seinem Vorgesetzten.

Motas‘ Sekretärin nickte Finot zur Begrüßung freundlich zu, in ihrem Gesichtsausdruck lag aber auch Besorgnis.

Doch wie immer, wenn Finot Louise sah, wurde seine Aufmerksamkeit zuerst auf ihre Frisur gelenkt, die ein Eigenleben zu haben schien. Sie trug seit geraumer Zeit einen Pagenkopf, der sich den Bewegungen seiner Trägerin vehement zu widersetzen schien.

Motas‘ Büro war so aufgeräumt wie sein Besitzer selbst. Er wies auf den Stuhl gegenüber dem ordentlichen Schreibtisch.

Finot nahm Platz. „Was ist los?“, fragte er argwöhnisch. Motas hatte diesen Chef-Blick aufgelegt, der ihm zu denken gab.

„Dir ist doch klar, dass ich dich eigentlich nicht ermitteln lassen dürfte, oder?“

Ach, daher wehte der Wind. „Ich kann Privates und Berufliches gut trennen, das weißt du.“

Motas sah ihn skeptisch an. „Wann hast du deinen Vater das letzte Mal gesehen?“

„Weihnachten.“

„Was ist mit deinem Bruder?“

Finot schaute zur Seite.

„Gibt es einen Grund für das… Zerwürfnis?“

„Es gibt kein Zerwürfnis“, widersprach Finot. Er wusste auch nicht, wie es dazu gekommen war. Er hatte sich einfach gerne von seiner Arbeit ablenken lassen. Und sein Vater und sein Bruder waren auch nicht diejenigen, die von sich aus zum Telefon griffen. Er hätte sich also damit herausreden können, dass die beiden sich auch nicht meldeten.

„Ich mache dir keinen Vorwurf“, sagte Motas, „das steht mir gar nicht zu. Völlig unabhängig davon, dass auch ich schon Ewigkeiten nicht mehr mit deinem Vater oder deinem Bruder gesprochen habe.“

Finot fühlte sich trotzdem in der Defensive, kein Wunder angesichts seines schlechten Gewissens. Finot hatte bei seinem letzten Fall die feste Absicht getroffen, sich mehr um Bruder und Vater zu kümmern. Dass es jetzt auf diese Art und Weise dazu kommen würde, hätte er auch nicht gedacht.

„Ich habe Julien gebeten, dich im Auge zu behalten“, sagte Motas. „Soll heißen, dir nicht von der Seite zu weichen.“

Finot wollte etwas sagen, aber Motas wehrte ab. „Dann kann uns auch nachher niemand in die Suppe spucken und behaupten, wir würden nicht objektiv arbeiten."

Finot seufzte ergeben, stand auf und verließ das Büro.

11

Auf dem Parkplatz des Kommissariats verabschiedete Finot sich von Laura. „Unseren ersten gemeinsamen Urlaub habe ich mir anders vorgestellt…"

Sie lächelte matt. „Ich mir auch."

„Was machst du jetzt?"

„Na, was wohl, das Gleiche wie du, arbeiten!"

Und so fuhren Julien und er mit Blanche über die D75 nach Sainte-Marguerite-sur-Mer. Der Regen hatte nachgelassen, schwere Wolken drückten aufs Gemüt.

„Und Sie werden jetzt mein treuer Begleiter?", sagte Finot.

„Sie werden mich gar nicht bemerken", ulkte Julien.

„Genauso wenig wie Zahnschmerzen!", konterte Finot, grinste aber dabei.

Von der D75 aus bogen sie in eine Straße, die nach drei-, vierhundert Metern in einem Feld endete. Links ging es durch ein Tor und über einen holprigen Pfad zu Fresnels Haus.

Auf dem letzten Stück der Fahrt waren sie lediglich an zwei Hauseinfahrten vorbeigekommen, wobei die Häuser selbst noch gar nicht zu sehen gewesen waren. Wer Ruhe liebte und eine Allergie gegen Nachbarn hatte, war hier genau richtig.

Die Kollegen der *PST* waren noch vor Ort und sicherten die Spuren. „Haben Sie Ihren Urlaub abgebrochen, *Monsieur le commissaire*?", fragte einer. „Dann taucht die Chefin sicher auch bald auf."

Finot war sich nicht sicher, wie er den Tonfall deuten sollte. „Haben Sie etwas von Bedeutung gefunden?

Fußabdrücke? Hat unser Täter einen Zigarettenstummel verloren?“

„Schön wär's!“, erwiderte er. „Es hat bis eben geregnet, alles wurde weggespült. Aber wir suchen weiter.“ Auf die Zigarettenstummel ging er gar nicht ein.

Finot und Julien liefen durch das Tor auf Fresnels kleines Haus mit den Doppelfenstern zu. Fresnel hatte ein paar Grünlilien dazwischen gestellt. An der Außenwand hatten sich Weinranken festgekrallt.

Blanche unterzog den verwilderten Vorgarten einer genauen Untersuchung, Julien holte den Schlüssel aus der Hosentasche, steckte ihn aber wieder zurück, als er sah, dass die Tür offenstand. Auch drinnen waren offenbar noch Leute der Spurensicherung beschäftigt. Finot und Julien zogen Handschuhe und Schuhüberzüge an und traten ein.

Finot hatte es schon so oft getan, aber es fühlte sich immer wieder falsch an, in die privaten Räume fremder – toter – Menschen einzudringen. Er überschritt eine Grenze und die Person konnte sich nicht mehr wehren. Zwar diente es dem guten Zweck, einen Mörder zu finden, aber es widerstrebte Finot trotzdem.

Finot und Julien befanden sich in einem kleinen Eingangsbereich mit einer Kommode, auf der ein Telefon stand. Rechts dahinter ging die Küche ab, geradeaus kam man ins Wohnzimmer, von dem aus Terrasse und Garten zu erreichen waren. Vor dem Wohnzimmer führte links eine Treppe nach oben. Ein eigentümlicher Geruch lag im Haus, nicht unangenehm. Finot vermutete, dass es von einem Mittel kam, mit dem Fresnel die Holzbohlen behandelt hatte. Sie glänzten wie frisch gewienert. Alles war ordentlich; nichts deutete daraufhin, dass etwas nicht in Ordnung gewesen war, Fresnel sich bedroht gefühlt oder das Haus überstürzt verlassen hatte.

Finot steckte den Kopf in die Küche und begrüßte einen weiteren Mitarbeiter der *PST*. „Wir schauen uns ein bisschen um, okay?"

Als erstes sah er sich die Schubladen der Kommode genauer an; was er zu finden hoffte, waren ein Kalender oder Adressbuch, die genaueren Aufschluss über Fresnels Leben hätten geben können. Finot fand beides, doch gab der Kalender außer vereinzelten Arztterminen nicht viel her. Das Feld des Todestages war leer. Finot legte ihn beiseite und blätterte durch das alt hergebrachte Adressbuch aus schwarzem Leder. Es gab Einträge mit verschiedenen Stiften, in der immer gleichen, in Finots Augen etwas krakeligen Schrift. Manche Seiten sahen so aus, als seien sie öfter umgeblättert worden, hier und da war eine Adresse durchgestrichen und durch eine neue ersetzt worden. Das Buch schien schon sehr lange in Gebrauch zu sein, war vergilbt und ein paar Flecken und Eselsohren hatte es auch. Ein ähnliches Unikat lag bei Pauline herum.

Er fand keinen Eintrag für *Adrien Finot*, was ihn beruhigte, auch wenn ihm nicht genau klar war, warum. Zudem stand nur eine Person mit Namen Fresnel im Adressbuch, die Tochter des Opfers, Inès. Das musste Martine durcharbeiten, dachte Finot, die Leute mussten alle befragt werden.

In der Küche stand eine Schale mit einem runzeligen Apfel und ein paar braunen, aber auch zwei frischen Bananen. Ein bisschen Geschirr wartete in der Spülmaschine darauf, gespült, eine angebrochene Packung *Madeleines* auf der Anrichte darauf, gegessen zu werden. Daneben stand eine Flasche Rotwein, ebenfalls angebrochen. Im Kühlschrank erblickte Finot ein bisschen Käse, ein paar Tomaten, Joghurts, Milch und Hühnchen-Fleisch.

Das Wohnzimmer zeugte von einem Besitzer, der nicht viel Wert auf neue Möbel gelegt oder einfach nicht das Geld gehabt hatte, die alten, zerkratzten Stücke zu ersetzen. Fresnel hatte sich bemüht, ein wenig Gemütlichkeit in den Raum zu bringen. Zusätzlich zu den Blumen in den Fenstern, lag eine gehäkelte Decke auf dem Tisch, auf der ein paar Kerzen standen. An der Wand hingen verschiedene Bilder.

Eins davon zog Finots Aufmerksamkeit in besonderer Weise auf sich. Es war ein Gemälde der Normandie-Brücke, die Honfleur und Le Havre miteinander verband. Finot stutzte. *Le pont de Normandie?* Im Vergleich zu den anderen Kunstwerken, Landschaften meist, war dieses Beispiel zeitgenössischer Ingenieurskunst ein ungewöhnliches Motiv. Davon abgesehen schien der plakative Malstil von wenig künstlerischem Talent zu zeugen, aber Finot konnte sich auch irren.

Finot hatte das Dokumentationszentrum der *Pont de Normandie* schon mehrfach besucht. Von 1988 bis 1994 gebaut, war die Schrägseilbrücke 1995 eingeweiht worden. Die Fahrbahnen waren an gespannten Seilen aufgehängt, die fächerförmig von zwei Pylonen ausgingen. Letztere hatten die Form von umgedrehten Ypsilons, wobei die Fahrbahn genau durch die Gabelung führte. Die Brücke überquerte die Seine-Mündung und hatte, wenn Finot sich richtig erinnerte, die längste Spannweiter einer Schrägseilbrücke in Europa. Auch wenn sie über die A29 verlief, galt sie nicht als Autobahn, sodass die mautpflichtige Brücke auch für Fußgänger und Fahrräder zugänglich war.

Julien, der zu Finot getreten war, sagte: „Ich habe mir vor ein paar Jahren eine *Tour-de-France*-Etappe angeschaut, die über die Brücke verlief. Das muss ganz schön anstrengend sein, bei der Steigung!“

Und richtig, die Brücke stieg steil an. Finot liebte es unter anderem deswegen, darüberzufahren. Und wenn er sie im Dunkeln überquerte, ließen ihn die zahlreichen Lampen an der Fahrbahn an eine weihnachtliche Lichterkette denken.

Sie wandten sich von dem Kunstwerk ab und widmeten sich wieder der Inspektion des Hauses. Im ersten Stock gab es ein Bad, ein spartanisch eingerichtetes Gästezimmer und ein kombiniertes Schlaf- und Arbeitszimmer. Julien fuhr den Laptop auf dem Schreibtisch hoch, scheiterte aber am Passwort. Er zeigte auf das Gerät und fragte den Mitarbeiter der *PST*: „Darf ich?"

Nachdem dieser genickt hatte, stöpselte Julien den Rechner aus und klemmte ihn sich unter den Arm.

Finot durchsuchte noch Fresnels Nachtschränkchen und fand Taschentücher, Kopfschmerztabletten, einen Krimi, der so aussah, als sei er schon hundertmal gelesen worden, Stift und Notizzettel sowie Schokolade.

„*Un petit gourmand,* unser Monsieur Fresnel", sagte Julien. „Unten die *Madeleines*, hier die Schokolade."

Finot hatte inzwischen den Kleiderschrank geöffnet. „Und ein Hobby-Fotograf!", rief er aus. Voller Begeisterung stürzte er sich auf die Ausrüstung, sorgsam verpackt in einem großen Alukoffer und einem Rucksack mit ausgefeilter Innenorganisation. „Schauen Sie mal, Julien, eine alte Leica! Und hier, wow, ein Zeiss-Makro-Planar-Objektiv! Was, nur so wenig Akkus? Da sind bestimmt noch mehr." Finot machte sich auf die Suche. „Komisch, so kann man doch nicht arbeiten!" Er ging die Sachen weiter durch, als hake er eine innere Liste ab. „Monkey Pod, und hier, ja, noch andere Stative, Polfilter, Blitz…" So ging es weiter. „Das Objektiv habe ich auch! Exzellent!" Er wandte sich Julien zu. „Er scheint sein ganzes Geld in die Ausrüstung gesteckt zu haben…"

Julien, der den Anfall mit stoischer Geduld beobachtet hatte, nickte ergeben.

„Hab‘ mich schon wieder im Griff“, sagte Finot schnell und ließ von den Sachen ab. Wenn Inès sich auch für Fotografie interessierte, würde sie sich freuen. Wenn nicht, könnte sie durch den Verkauf ein hübsches Sümmchen erwirtschaften.

Draußen war Blanche immer noch mit der Erkundung der Umgebung beschäftigt. Was gab es nicht alles zu erschnüffeln! Finot und Julien spazierten zu den nächsten Nachbarn, Blanche trottete hinterher. Sie erfuhren, dass Fresnel tatsächlich abends öfter zu Fuß unterwegs gewesen war. Welches der Bistros und Restaurants des Ortes er aufgesucht hatte, wussten sie aber nicht.

„Wäre auch zu schön gewesen“, sagte Julien.

12

Von Sainte-Marguerite-sur-Mer aus fuhren sie Richtung Rouen. Südlich der Stadt lebte Finots Vater in einem Senioren- und Pflegeheim. Für seinen Bruder Marcel, der nördlich von Paris wohnte, war die Anfahrt sogar noch ein bisschen länger als für Finot, der aus Dieppe eine gute Stunde brauchte. Zwar war Marcel derart benachteiligt, aber sie waren froh gewesen, diesen Platz in einem Heim zu ergattern, in dem man auch auf Demenzpatienten eingestellt war.

Julien berichtete auf Finots Nachfrage hin, dass bei ihm zu Hause ein bisschen Ruhe eingekehrt war, seit feststand, dass er mit Zoé und den Zwillingen umziehen würde. „Wenn es nicht so verrückt wäre, würde ich fast sagen, meine Schwiegereltern freuen sich, dass wir bald weg sind.“ Er schüttelte bei dem Gedanken daran ungläubig den Kopf. „Wie geht es Ihrem Vater?“

„Ich weiß es nicht“, antwortete Finot ehrlich und erklärte weiter, dass es schon etwas her sei, seit er seinen

Vater besucht habe. „Weihnachten, um genau zu sein." Aber spätestens im Herbst, zu Adriens Geburtstag, hätte er sich wieder bei ihm gemeldet! Den letzten Satz hätte Finot gerne ergänzt, aber er klang ihm zu sehr nach Entschuldigung – was es de facto auch war.

Julien schwieg betreten. Finot wäre es lieber gewesen, Motas hätte Julien nicht verdonnert, ihn überall hin zu begleiten. Dann wäre es ihm erspart geblieben, in die Untiefen der Finotschen Familienverhältnisse hineingezogen zu werden. Wobei – so schlimm war es nun auch wieder nicht. Sein Bruder Marcel hatte sich längst daran gewöhnt, dass Finot sich rarmachte und seinem Vater ging es sicher nicht anders.

Am Seniorenheim angekommen, war Finot dennoch nervös. Wie würde sich das Zusammentreffen gestalten? In welchem Zustand war sein Vater? Beim letzten Besuch hatte er ihn noch die meiste Zeit erkannt.

Julien ging mit Blanche voraus durch die Schiebetür des zweckmäßigen Baus. Der Eingangsbereich befand sich in einer Art flachem, rot gestrichenem Anbau. Auch ein paar Fenster und Balkone des Hauptgebäudes waren rot abgesetzt und der Name der Einrichtung stand in roten Lettern auf einer Außenwand. „Kommen Sie nicht?"

„Doch, doch." Eine unsichtbare Kraft hielt Finot zurück. Nur warum? Ein echtes Zerwürfnis hatte es zwischen Vater und Sohn nie gegeben, er hatte Motas gegenüber nicht gelogen. Reiß dich zusammen, François!, sagte seine innere Stimme. Ihm fiel ein, dass Pierre genau dasselbe zu seiner Schwester gesagt hatte.

Sie standen verloren im freundlichen Eingangsbereich mit der gemütlichen Sitzecke und den sattgrünen Pflanzen. Finot identifizierte eine Dieffenbachie, eine Bergpalme und einen Drachenbaum, allesamt die Klassiker unter den Zimmerpflanzen. Das wusste Finot, seit er zu Beginn seiner Dienstzeit von Louise eine kleine Einführung zu diesem Thema bekommen hatte. Die Rezeption war unbesetzt, doch noch bevor Finot sich auf die Suche nach einem Ansprechpartner machen musste, kam ein junger Mann auf sie zu und stellte sich als Nicolas vor.

Mit seinem offenen Gesicht war er Finot auf Anhieb sympathisch. Er trug ein buntes T-Shirt über einer ausgebeulten Hose und hatte Rastalocken. Finot räusperte sich und stellte Julien vor. „Ich bin François Finot, der andere Sohn von Adrien Finot. Sie kennen bestimmt meinen Bruder Marcel, der ist öfter hier." Was für eine bescheuerte Formulierung, dachte Finot: *Der andere Sohn…* „Mein heutiger Besuch ist vor allem beruflicher Natur. Es geht um den Anruf, den mein Vater vor kurzem erhalten hat. Ich würde gerne mit ihm darüber sprechen."

„Ah, Sie sind das!" Er musterte Finot. „Auf den zweiten Blick sieht man schon eine gewisse Ähnlichkeit, wobei ich Ihren Bruder auch noch nicht so oft gesehen habe, ich arbeite erst seit April hier." Er ging in die Knie. „Und wer bist du?" Er streichelte Blanche.

„Sie gehört zu mir. Dürfen wir Blanche mit hineinnehmen?"

„Aber sehr gerne! Wir haben regelmäßig Hunde zu Besuch."

„Der Anrufer ist Opfer eines Gewaltverbrechens geworden und wir müssen herausfinden, was Monsieur Finot…", er hielt kurz inne, „welche Rolle mein Vater bei der ganzen Sache spielt."

Nicolas sah ihn zweifelnd an. „Das könnte schwierig werden. Er versteht nicht mehr so richtig, was man ihm sagt, aber das wissen Sie ja sicher." Nachsichtig lächelnd fuhr er fort: „Aber er mag es verständlicherweise gar nicht, wenn man ihn korrigiert. Nehmen Sie es ihm nicht übel, wenn er ein bisschen schroff wird. Wer wird schon gern so dargestellt, als ob er nicht Bescheid wüsste."

Finot nickte.

„Aber vielleicht haben Sie Glück. Je nach Tagesform, aber auch Tageszeit, ist er mal besser und mal schlechter drauf. Aber geht es uns nicht allen so?"

Finot gab ihm recht. „Monsieur Lafosse", Finot sah zu Julien hinüber, „hat gesagt, Fresnel hätte mit einer Ihrer Kolleginnen gesprochen? Ihr Name war Camille, wenn ich mich richtig erinnere."

Der junge Mann hob den rechten Zeigefinger und sagte: „Moment." Dann verschwand er in einem Zimmer, neben dessen Tür eine große „3" an die Wand gemalt war. Wenige Augenblicke später kam Nicolas zurück. „Camille hat heute frei. Ich habe Ihnen hier ihre Nummer aufgeschrieben." Er reichte Finot einen Zettel, den er an Julien weitergab.

Sie gingen durch ein paar Flure in freundlichem, hellem Gelb. Von den Bewohnern selbst gemalte Bilder zierten die Wände. Auch waren mehrere große Uhren und Kalender zusätzlich zu den vielen Wegweisern angebracht worden.

„Orientierung ist alles", sagte Nicolas, dem Finots Interesse nicht entgangen war. „Ihr Vater wollte sich ein bisschen ausruhen und Musik hören." Das war nicht zu überhören. Aus Zimmer 145, in großen Buchstaben mit „Adrien Finot" beschriftet, tönte lautstark die zarte Stimme Françoise Hardys. Sie sang das bekannte Lied darüber, wie man einem Geliebten *Adieu* sagt. „Ihr Vater hat einen guten Musikgeschmack."

Der junge Mann klopfte fest an die Tür, ging hinein und rief gegen die Musik an: „Adrien, hier habe ich Besuch für Sie mitgebracht." Er trat zur Seite und ließ die beiden vorbei. Es war warm im Zimmer und es roch nach Eukalyptus.

„Na, Blanche, du kannst auch rein!", sagte er.

Doch Blanche, ungewöhnlich zögerlich, blieb an der Tür sitzen.

Für Finot war es leichter als erwartet. Der Mann war ihm einfach so vertraut und auch das Zimmer sah noch genauso aus, wie er es in Erinnerung hatte. Am auffälligsten waren die vielen Fotos an den Wänden und auf den Regalen. Sie zeigten vor allem Marcel und seine Familie, ein paar davon aber auch Finot, ihn aber nur als Junge oder jungen Erwachsenen. Er hatte sich nie die Mühe gemacht, eine aktuelle Aufnahme mitzubringen. Auch weitere Familienmitglieder, das ehemalige Elternhaus sowie Urlaubserinnerungen waren auf den Fotos festgehalten. Beeindruckend war die CD-Sammlung; wie hatte ihm entfallen können, dass sein Vater ein großer Verehrer Françoise Hardys war? Die Lieblingsbücher seines Vaters waren auch noch da: Biografien bekannter Staatsmänner. Ob er sie noch lesen konnte? In einem anderen Regal standen ein paar Ordner mit Unterlagen.

In Adriens Augen tat sich beim Anblick des Sohnes wenig. Finot sah keine Überraschung darin, keine Freude, aber auch keinen Vorwurf. Stattdessen Verletzlichkeit, vages Interesse und Angst.

Adrien saß in einem Rollstuhl, ein Kissen im Rücken, eins zwischen den Knien und je eins rechts und links zwischen Bein und Rollstuhl. „Adrien", fragte Nicolas laut, „darf ich die Musik ein wenig leiser drehen?"

Ein unsicherer Ausdruck machte sich auf dem Gesicht des alten Mannes breit.

Nicolas zeigte auf den CD-Spieler. „Ich mache die Musik leiser, ja?"

„Nein!", sagte Adrien, aber dann: „Ja, gut."

„Ich lasse Sie dann allein", sagte Nicolas. „Wenn Sie Fragen haben, ich bin vorne. Oder Sie klingeln einfach." Er zeigte auf einen roten Knopf auf Adriens Schoß, der über ein Kabel mit einer Steckdose in der Wand verbunden war.

„Wir würden gerne anschließend kurz mit Ihnen sprechen“, sagte Finot.

„Zimmer Nummer drei“, antwortete er lächelnd.

„*Salut,* Papa!“, sagte Finot, als Julien und er mit Adrien allein waren.

„*Bonjour,* Monsieur Finot“, sagte Julien.

„Dürfen wir?“ Finot zeigte aufs Bett.

Adrien nickte. Sie setzten sich.

„Ich bin's, François“, sagte Finot. Er überlegte, dass es Julien möglicherweise unangenehm war, Zeuge dieses Zusammentreffens zu werden. Aber es war nicht zu ändern. Finot selbst fühlte sich erstaunlich ruhig. „Wie geht es dir?“

Jetzt ging ein Lächeln über Adriens Gesicht. „Wer sind Sie?“

„Ich bin François, dein Sohn.“ Ob er ihn erkannt hätte, wenn er in der Vergangenheit öfter hier gewesen wäre? Er nahm ein gerahmtes Foto von Marcel und seiner Familie, das in Reichweite auf dem Nachtschränkchen stand, zur Hand und zeigte es dem Vater. „Das ist Marcel, mein Bruder, dein anderer Sohn und seine Familie.“ Er nannte die Namen seiner Schwägerin und der beiden Kinder.

Adrien nickte, als wisse er Bescheid, aber es war klar, dass das nicht stimmte. „Ja, ja.“

Plötzlich fiel Finot ein, dass er seinem Vater etwas hätte mitbringen sollen nach der langen Zeit.

Zu spät.

„Schönes Wetter“, fuhr er hilflos fort und zeigte auf das Fenster.

„Ja, schönes Wetter!“, erwiderte Adrien.

Finot hatte das Gefühl, dass sein Vater gar nicht wusste, wie das Wetter war. Er wirkte wie einer, der einen Text in einer fremden Sprache aufsagte, von dem er nur wusste, dass er einigermaßen passte, aber nicht, was er wirklich bedeutete.

Wie seine Mutter wohl mit dieser Situation umgegangen wäre?

Es würde schwer werden, von Adrien etwas über Fresnel zu erfahren. Selbst wenn er ihn einmal gekannt haben sollte oder immer noch mit ihm bekannt war. „Ich bin Kommissar bei der Kriminalpolizei und das hier ist mein Kollege.“ Er zeigte auf Julien. „Ich möchte dich etwas zu einem Fall fragen, an dem wir gerade arbeiten.“ Unwillkürlich hatte er lauter gesprochen und die Hand des Vaters genommen. Er schalt sich selbst, der Vater war doch nicht schwerhörig! Doch schien er sich über die Berührung zu freuen. Finot wandte seinen Blick zur Tür, wo Blanche immer noch die Stellung hielt. Wollte sie nicht näherkommen? Das war gar nicht ihre Art. Fühlte sie sich berufen, die Tür zu bewachen?

„Ein Mann namens Roger Fresnel wurde ermordet.“

„Ermordet!“ Adrien riss die Augen auf.

Kurz keimte Hoffnung in Finot auf, aber dann schien ihm, dass Adrien eher eine allgemeine Betroffenheit zum Ausdruck gebracht hatte, von der Finot nicht wusste, ob er sie wirklich spürte. War es einfach eine automatische Reaktion auf das Wort *ermordet*?

„Sie sind Polizist?“, fragte Adrien.

„Ja, genau“, sagte Finot. „Ich möchte dich fragen, ob du diesen Mann kennst.“ Er holte ein Foto von Fresnel hervor und zeigte es seinem Vater. Er wiederholte den Namen. „Weißt du, wer das ist?“

„Noch ein Sohn?“

Finot schüttelte den Kopf. „Nein, Papa, das ist Roger Fresnel. Er hat hier angerufen. Du hast mit ihm gesprochen. Vorgestern. Er hat vorgestern angerufen.“

Adriens Miene war starr.

„Schau bitte nochmal.“

„Nein!“, rief Adrien aufgebracht und schob Finots Hand mit dem Foto darin barsch von sich weg.

Finot machte eine beschwichtigende Geste. „Bitte entschuldige!“ Er packte das Foto weg. Was konnte er noch tun, um dem Geheimnis Fresnels auf die Spur zu kommen? Unbeholfenes Schweigen machte sich im Zimmer breit.

In Ermangelung anderer Ideen zeigte er auf ein Urlaubsfoto. Campingurlaub an der *Côte d'Azur*… „Wir haben abends Karten gespielt und uns die *Tapenade* zentimeterdick aufs *Baguette* gestrichen“, lachte Finot. Er hatte die Olivenpaste ewig nicht mehr gegessen. Zwar hatte er sie als fertige Zubereitung in der Delikatessenabteilung des Supermarkts gesehen, aber nie zugegriffen. Übers Selbermachen hatte er schon gar nicht nachgedacht.

Adriens Augen leuchteten. *„Tapenade!“* Unwillkürlich machte er schmatzende Geräusche.

„Ich bringe dir welche mit, wenn ich das nächste Mal wiederkomme“, sagte Finot.

Adrien nickte begierig.

„Dürfen wir uns hier ein bisschen umsehen?“, fragte Finot. Er meinte nur eine oberflächliche Inspektion, ohne Durchsuchungsbeschluss dürften sie sowieso nicht ins Detail gehen.

„Ja“, sagte Adrien. Doch als sie aufstanden und im Zimmer umherliefen, wurde er unruhig. Finot gab Julien ein Zeichen und sagte, bevor Adrien sich noch mehr aufregen konnte: „Wir setzen uns einfach wieder hin, okay?“

Finot plauderte noch ein paar Minuten. Dann, als ihm wirklich nichts mehr einfiel, das er hätte erzählen können, sagte er: „Gut, Papa, wir kommen ein anderes Mal wieder, ja?“

Adrien lächelte.

Finot war sich unsicher, ob er seinen Vater zum Abschied umarmen sollte, tat es aber dennoch. Als er schon fast draußen war, zeigte Adrien auf ein Familienfoto, das neben der Tür in einem Rahmen hing. „Meine Söhne. François und Marcel!"

„Ja, Papa", erwiderte Finot. „François und Marcel. *Au revoir!*"

Julien reichte Adrien die Hand: „Soll ich die Musik wieder lauter stellen?" Er zeigte auf den CD-Spieler.

Adrien nickte lächelnd. „*Au revoir!*"

Zimmer drei entpuppte sich als Aufenthaltsraum für die Mitarbeiter. In der Mitte stand ein großer Tisch mit allerlei Sachen darauf, Getränkeflaschen, Gläsern, Tellern mit Sandwiches und Obst, Taschentüchern, Schlüsseln und Zigarettenpackungen. An der Wand befand sich ein Schrank mit Aktenordnern, auf der Fensterbank ein schon leicht vertrockneter Blumenstrauß.

Eine Frau mittleren Alters telefonierte, Nicolas trug gerade etwas in eine Akte ein. Er gab Finot Zeichen, dass er gleich bei ihnen sein würde. Sie setzen sich auf die Sessel im Eingangsbereich.

„Hatte mein Vater in letzter Zeit häufiger Besuch oder war er anders als sonst?", fragte Finot, als Nicolas zu ihnen gestoßen war.

„Mir persönlich ist nichts dergleichen aufgefallen, abgesehen von den üblichen Schwankungen in seinem Befinden, aber ich bin auch nicht jeden Tag hier. Andererseits wurde nichts in diese Richtung bei den Übergaben erwähnt. Aber Ihr Bruder könnte etwas wissen."

Finot nickte. Vielleicht hatte Adrien Marcel gegenüber den Namen Roger Fresnel erwähnt. Auch hier im Seniorenheim, beim Personal und den Mitbewohnern, müssten sie genauer nachfragen. Und so kündigte Finot einen weiteren Besuch der Polizei an und bedankte sich bei dem hilfsbereiten Mitarbeiter, der Blanche zum Abschied noch einmal streichelte.

Julien wirkte ein bisschen zerknirscht. „Wie machen wir weiter?"

„Ich denke, am sinnvollsten wäre es, direkt hier im Seniorenheim anzusetzen."

Er seufzte.

„Morgen, Julien. Für heute lassen wir es gut sein." Er dachte kurz nach. „Ich könnte Abbas bitten, Sie zu unterstützen."

Abbas Mezzouar war der Polizeipsychologe. Finot schien, dass ein bisschen Expertise nicht schaden könne, auch wenn ihm nicht ganz klar war, ob das Thema Demenz eher der Medizin oder der Psychologie zuzuordnen war. Wahrscheinlich beides.

Julien atmete erleichtert auf.

13

Finot setzte Julien am Kommissariat ab und fuhr nachdenklich Richtung Strand. Die Wolkendecke war aufgerissen und ließ ein paar zaghafte Sonnenstrahlen durch. Ein kleiner Spaziergang wäre jetzt genau das Richtige. Er ergatterte einen Parkplatz am *Boulevard de Verdun*, was ihn unmittelbar fröhlich stimmte, und eilte mit Blanche durch eine Lücke im Verkehr über den Zebrastreifen. Jetzt noch am Spielplatz vorbei, und schon hatten sie den Kieselstrand erreicht. „Los geht's!", rief Finot. Blanche ließ sich nicht lange bitten.

Die Wolken hatten es sich da aber schon wieder anders überlegt; der Tag würde genauso bedeckt enden, wie er begonnen hatte. Aber das störte Finot nicht. Er genoss die frische Luft und die Bewegung auf dem wackeligen Untergrund, die im Laufe der Jahre seinen Muskeln gestärkt hatte. Wie immer, wenn er am Meer war, gelang es ihm, an nichts zu denken. Was konnte erholsamer sein?

Als er eine gute halbe Stunde später mit durchgepusteten Lungen zu Hause ankam, hatte das Denken zwar wiedereingesetzt, aber Finot wusste immer noch nicht, was er von der ganzen Sache mit Fresnel und seinem Vater halten sollte. Er hätte sich gerne mit Pauline darüber unterhalten. Aber die war unterwegs, wie er beim Betreten des kleinen, ehemaligen Fischerhauses feststellte. Sicher war sie mit ihren Freundinnen unterwegs. Er kochte einen *Café* und setzte sich damit an den Schreibtisch. Ein etwas unangenehmes Telefonat stand ihm bevor, aber es führte ja kein Weg daran vorbei. „*Salut,* Marcel, ich bin‘s."

„*Salut,* Francois, dich gibt's auch noch?"

Einen Kommentar in der Art hatte Finot erwartet und er ließ ihn entsprechend an sich abprallen. Dann berichtete er, was geschehen war.

„Wenn du bei ihm warst, wirst du wissen, dass er nichts mit der Sache zu tun haben kann."

„Ich glaube auch nicht, dass er der Mörder ist, wenn du das meinst. Aber er kann uns möglicherweise zum Mörder führen."

Marcel schnaufte ungläubig. „Reg ihn bloß nicht auf!"

„Ich werde mir Mühe geben."

„Das ist ja schön", erwiderte Marcel ironisch.

Finot unterdrückte ein Seufzen. „Hat er dir etwas von dem Anruf erzählt?"

„Nein, ich war aber auch seit zwei, drei Wochen nicht mehr da. Am kommenden Wochenende fahr ich ihn besuchen."

„Sagt dir der Name Roger Fresnel etwas?"

„Nie gehört."

Finot beschrieb Fresnel und erklärte, wo er gewohnt hatte. „Das Opfer war Ingenieur wie Papa, so viel wissen wir bisher."

„Keine Ahnung, sagt mir alles nichts“, murmelte Marcel.

„Okay, dann… danke. Ich wollte dir nur Bescheid sagen. Mein Mitarbeiter Julien wird sich noch bei dir melden.“

Marcel stieß einen Seufzer aus.

Finot bat um Entschuldigung. „Ich kann froh sein, dass Motas mich überhaupt ermitteln lässt; es muss alles hochoffiziell laufen.“

„Ja, gut“, gab Marcel widerwillig nach. „Also bis dann.“

Nach dem Abendessen machte Finot sich daran, Blanches Fell ausgiebig zu bürsten. Als sein Telefon klingelte, zuckte er in seiner meditativen Tätigkeit erschrocken zusammen. „Julien, was gibt's?“

„Ich habe doch noch mit Camille gesprochen, der Mitarbeiterin, die Fresnels Anruf entgegengenommen hat. Sie meinte, es wäre ein kurzes, völlig unauffälliges Telefonat gewesen.“ Julien berichtete weiter, Fresnel habe behauptet, ein alter Freund Adriens zu sein. Camille habe ihm erklärt, dass er sich darauf einrichten müsse, nicht erkannt zu werden. Sie habe Adrien dann den Hörer hingehalten. „Von Seiten Ihres Vaters kamen dann laut Camille nur Floskeln wie *Ja* und *hm*; also nichts, woraus sich ein besonderer Sinn ergibt. Camille hat Fresnel dann zum Schluss gefragt, ob sie noch etwas für ihn tun kann, aber er hat nein gesagt.“

„Wie hat Fresnel auf Camille gewirkt? Nervös, aufgebracht?“

„Nichts dergleichen. Er hat sein Bedauern zum Ausdruck gebracht, dass Ihr Vater ihn nicht erkannt hat, sich für ihre Mühe bedankt und dann verabschiedet.“

„Und mein Vater? War er nach dem Gespräch verändert?“

„Laut Camille nicht, nein.“

Vielleicht hatte er die ganze Sache im nächsten Moment schon wieder vergessen, dachte Finot ein bisschen wehmütig. Er bedankte sich und beendete das Gespräch.

Kurz vorm Einschlafen kam ihm ein Gedanke: Woher hatte Fresnel gewusst, wo Adrien wohnt? In seinem Adressbuch hatte er ihn jedenfalls nicht geführt. Fand sich auf seinem Rechner ein Hinweis, wie er an die Adresse gekommen war? Er schrieb Laura noch kurz eine Nachricht, ignorierte die Tippfehler und schickte sie ab.

IV

14

Am nächsten Morgen, Finot ging gerade die Treppe hinunter, um das Haus zu verlassen, bekam er einen Anruf von Serge. „Ihr sucht denselben Mörder."

„Denselben Mörder? Ihr?", sagte Finot, und hatte doch schon längst verstanden. „Moment." Er ging wieder nach oben in seine Wohnung und setzte sich auf das Sofa, während Blanche weiter nach unten lief, um Pauline zu begrüßen. „Willst du mir sagen, Stéphane Cassard und Roger Fresnel wurden von der gleichen Person ermordet?"

Ein Signal verkündete einen parallelen Anruf. „Moment", sagte Finot zum zweiten Mal, „da klopft gerade jemand an." Es war Laura. Finot beschloss, sie im Anschluss direkt zurückzurufen.

Wieder beim Gespräch mit Serge, präzisierte der: „Ja, derselbe Mörder. Ich hätte dir gestern schon Bescheid gegeben, wollte aber noch eine Analyse abwarten, um ganz sicherzugehen. Die Stichkanäle haben die gleiche Breite und Länge. Und bei beiden Opfern gibt es Stiche in die Brust und in den Rücken sowie Abwehrverletzungen an Händen und Armen. Die Situation war also ähnlich. Ich weiß nicht, wie wahrscheinlich es ist, dass kurz hintereinander zwei Leute auf die gleiche Art und Weise und mit einem vergleichbaren Messer erstochen werden. Hier könnte man noch sagen, dass es sich um einen merkwürdigen Zufall handelt, aber völlig unmissverständlich ist das Ergebnis der DNA-Analyse der Spuren unter Fresnels und Cassard Fingernägeln."

Zum Glück saß Finot schon. Das war wirklich… Ja was war es? Ein merkwürdiger Zufall, wie Serge es genannt hatte? Finot überlegte: Hatte er insgeheim genau damit gerechnet? Nein, er hatte Cassard längst in den hintersten

Winkeln seines Gehirns vergraben. Fresnel und vor allem sein Vater hatten ihn voll in Anspruch genommen. Letztlich war es aber auch müßig, sich darüber Gedanken zu machen. Klar war nur, dass sie bisher keine Verbindung von Fresnel zu Cassard gefunden hatten. Aber sie fingen auch gerade erst an, in dessen Leben zu wühlen.

„Ich habe die DNA schon durch den Computer gejagt, negativ. Keine Übereinstimmung mit einem uns bekannten Vorbestraften. Und ein Verwandter von Cassard oder Fresnel war es auch nicht."

Was Serge da so locker flockig aufzählte wie die Zutaten eines Rezeptes, waren jede für sich genommen äußerst wichtige Informationen. Und das alles am frühen Morgen! Bevor er einen *Café* getrunken hatte… „Hast du schon mit Dominique gesprochen?", fragte Finot.

„Ich dachte, das könntest du übernehmen", sagte Serge und ging schnell zu einem anderen Thema über. „Wie geht es deinem Vater? Du warst gestern bei ihm?"

Finot beschrieb seinen Besuch. „Es ist ja nicht nur die Vergesslichkeit", schloss er nachdenklich.

„Demenz heißt ja auch nicht nur Vergesslichkeit", antwortete Serge ruhig, „es sind auch immer noch andere geistige Fähigkeiten betroffen. Der Orientierungssinn zum Beispiel, oder die Fähigkeit, Handlungen in der richtigen Reihenfolge durchzuführen."

Finot dachte an die Geschichte mit dem Unterhemd, das der Vater über den Pullover gezogen hatte. „Das ist wohl so bei Alzheimer", sinnierte er.

„Hat er denn eine Alzheimer-Demenz?"

„Gibt es etwas anderes?"

„Die meisten Demenzen sind tatsächlich Alzheimer-Demenzen, aber es gibt auch andere Formen, zum Beispiel solche, die durch Gefäßveränderungen in Folge von mehreren Schlaganfällen auftreten." Serge seufzte. „Tja, wer weiß, was uns noch alles blüht, die Menschen werden ja immer älter. Und der größte Risikofaktor bei Demenz ist und bleibt nun mal das Alter."

Finot ging plötzlich auf, dass er gar nicht wusste, ob sein Vater Medikamente bekam oder je bekommen hatte. „Und da kann man gar nichts machen?"

„Es gibt sogenannte Antidementiva, die wirken auf die Botenstoffe im Gehirn, aber die heilen nicht, die stabilisieren den Zustand höchstens vorübergehend oder verzögern den Krankheitsprozess. Und man kann Begleiterscheinungen wie eine gesteigerte Unruhe medikamentös behandeln." Er räusperte sich. „Davon abgesehen gibt es natürlich ein ganzes Bündel an nicht-medikamentösen Ansätzen. Gedächtnistraining zum Beispiel, um mal das Naheliegendste zu nennen."

„Verstehe. Ich danke dir, Serge", sagte Finot und wollte sich schon verabschieden, da fiel ihm noch etwas ein. „Der Todeszeitpunkt und das mit dem Alkohol in Fresnels Blut hat sich bestätigt?"

„Gut, dass du fragst. Ja, so ist es. Er ist gegen ein Uhr nachts gestorben und hatte Alkohol im Blut. Nicht übermäßig viel, eher so, als hätte er einen ganz normalen Abend an einer Theke verbracht. Und die Uhrzeit ist natürlich mit einem gewissen Fehler behaftet. Steht alles im Bericht, den ich dir schicke."

Schließlich konkretisierten sie die zuletzt nur lose getroffene Verabredung und beschlossen, sich an diesem Mittag zu treffen. „Dann schaue ich mal, was Laura will", sagte Finot. „Sie war es, die eben angeklopft hat. *À tout à l'heure!*"

Kaum hatte er aufgelegt, entschied er, doch zuerst das Gespräch mit Dominique hinter sich zu bringen. „Sie weiß ja noch nichts von ihrem Glück", murmelte er.

Dominique begrüßte ihn mit einem euphorischen *„Monsieur le commissaire!"*

Finot stutzte; er hatte ein leicht genervtes „Monsieur Finot?“ erwartet.

„Können Sie Gedanken lesen? Ich wollte Sie gerade anrufen!“

Finot bekam sofort ein schlechtes Gewissen und überlegte, ob er etwas verkehrt gemacht hatte. „Warum?“, fragte er vorsichtig.

„Sie wissen es noch nicht?“

War Dominique etwa schon im Bilde? Aber wie war das möglich? Hatte Serge mit ihr gesprochen? Aber wann hätte er das tun sollen? Finot war vollends verwirrt.

„Ihre Freundin hat synthetische Haare an Ihrer Leiche, ich meine Roger Fresnel, gefunden. Aus Polyacrylnitril. Daraufhin rief sie bei unseren Kollegen von der Kriminaltechnik an; sie hat sich an unseren haarigen Mörder erinnert. Sie ist auf Zack, Ihre Madame Travert.“

Deshalb hatte Laura ihn also sprechen wollten. „Stimmt, er könnte eine Perücke getragen haben.“ Wieso hatte er nicht direkt an diese Möglichkeit gedacht?

„Und siehe da: Es gibt eine Übereinstimmung. Wir haben dieselben Haare an Stéphane Cassard gefunden. Madame Travert hat es mir gerade berichtet.“

„Das ist wirklich eine… überraschende Entwicklung“, sagte Finot floskelhaft.

„Ich habe ein paar Leute angewiesen, in allen Perückenläden in Honfleur und Umgebung nachzufragen: Wurde in letzter Zeit eine Perücke verkauft, die unserer Beschreibung entspricht, und wenn ja, an wen? Möglich, dass es auch Bilder von Überwachungskameras gibt. Ich hoffe nur, dass er die Perücke nicht im Internet bestellt hat.“

Dieselbe Recherche müssten sie in Dieppe durchführen. „Wir kümmern uns ebenfalls darum“, sagte er zu Dominique und fand, es klang hilflos. Das ging ihm alles zu schnell.

„Wir sind gerade an Insidergeschäften dran, in die Cassard verwickelt war", fuhr Dominique fort. „Es geht um das Seniorenheim, in dem seine Mutter lebt. Er sitzt da im Vorstand der Betreibergesellschaft. Die zweite Spur, die wir verfolgen, ist der Zahnarzttermin."

„Zahnarzttermin?" Selbst, wenn Finot gewusst hätte, was es mit diesem Termin auf sich hat, hätte er an dieser Stelle nachgefragt. Es war eher eine Verzögerungstaktik, um innerlich umzuschalten. Weg von Fresnel, hin zu Cassard.

„Als er ermordet wurde, war Cassard unterwegs zum Zahnarzt. Er kam schon mit Zahnschmerzen zur Arbeit, wollte die Sache aber ignorieren. Dann wurde es gegen zehn Uhr so schlimm, dass er seinen Freund – eben den Zahnarzt – anrief. Cassard hatte noch ein paar eigene Termine, die er nicht absagen wollte, und so hat er bis nachmittags durchgehalten. Die Frage ist, wer von diesem Termin wusste und so auch abschätzen konnte, wann er die Praxis verlassen würde. Das grenzt die Verdächtigen womöglich ein."

„Oder der Mörder hat ihm einfach vor der Praxis aufgelauert?"

„Das ist theoretisch möglich", erwiderte Dominique, „aber mittlerweile glaube ich, dass er sich dann später auf die Lauer gelegt hätte, meinen Sie nicht? Bis zum offiziellen Ende der Sprechstunde dauerte es noch zwei Stunden.

Finot begriff, dass Dominique hier gerade zwei Fragen beantwortete, die sein Besuch in Roses Galerie aufgeworfen hatte. Cassards Tochter hatte von einer schwierigen Phase gesprochen, in der ihr Vater gesteckt hatte. Womöglich war es dabei um diese Insidergeschäfte gegangen? Sie hatte auch einen Termin erwähnt, zu dem ihr Vater unterwegs gewesen war.

Finot wurde aber auch bewusst, dass er Rose demnächst eventuell in seiner Funktion als Kommissar gegenübertreten würde, was ihm unangenehm war. Zu spät, dachte er, da hätte er sich früher Gedanken drüber machen müssen.

Er berichtete seinerseits, dass Julien den Vormittag im Seniorenheim des Vaters verbrachte, um herauszufinden, ob Adrien etwas über das Telefonat mit Fresnel hatte verlauten lassen. „Ich habe gestern noch unseren Polizeipsychologen angerufen und ihn gebeten, Julien zu unterstützen. Trotzdem befürchte ich, dass nicht viel dabei herumkommen wird." Er klärte Dominique über den Zustand seines Vaters auf und darüber, dass Motas ihm Julien als ständigen Begleiter verordnet hatte.

„Sehr vernünftig", kommentierte Dominique. „Und Martine?"

„Sie befasst sich gerade mit Fresnels Hintergründen."

„Gut. Wir haben herausgefunden, dass Pierre einen Streit mit seinem Vater hatte. Es ging um die Insidergeschäfte. Außerdem hat er vor der Tat mit dem Vater telefoniert, wusste also möglicherweise von dem Zahnarzttermin."

„Glauben Sie, Pierre hat einen Mörder angeheuert?"

„Warum angeheuert?"

Finot fiel ein, dass er Serges Erkenntnisse noch gar nicht weitergegeben hatte, was er unmittelbar nachholte.

Dominique lauschte konzentriert. „Verstehe, nicht vorbestraft, kein Familienmitglied. Pierre selbst kann es also nicht gewesen sein… Hm…"

Finot hörte Dominique durch das Telefon denken. „Woher wissen Sie von dem Streit?"

„Sabine Lambert, die Praxismanagerin, hat ein paar Fetzen der lautstarken Unterhaltung, so hat sie das genannt, mitbekommen. Sie war gerade noch mit ein paar

Akten beschäftigt. Pierre ist nach dem Streit wütend aus der Praxis gerauscht."

„Warum erfahren Sie das jetzt erst?"

„Weil wir jetzt erst explizit nach den Insidergeschäften gefragt haben. Könnten Sie mit Cassard Junior sprechen? Wegen dieses Streits? Die Kanzlei ist mehr in Ihre Richtung."

„Naja!" Finot wusste, dass sie sich in Rouen befand, und damit so ziemlich in der Mitte zwischen Honfleur und Dieppe.

„Schnappen Sie sich Ihren Aufpasser und los. Ich habe Ihr Kommen schon angemeldet."

Finot räusperte sich. „Madame Magimel, mit Verlaub, wenn wir zusammenarbeiten wollen, dann nicht so. Ich kümmere mich um Pierre, aber das nächste Mal möchte ich *vorher* gefragt werden und nicht erst, wenn schon Fakten geschaffen wurden."

15

Endlich war das Gespräch mit Laura an der Reihe. „Dann weißt du ja schon Bescheid wegen der Perückenhaare." In Bezug auf Finots Textnachricht vom Vorabend sagte sie: „Heute Nachmittag habe ich die Analyse des Notebooks fertig, dann wissen wir auch, ob Fresnel deinen Vater übers Internet ausfindig gemacht hat." Laura erzählte weiter, dass sie sich die Nacht um die Ohren geschlagen habe und jetzt erst mal Pause machen würde.

„Tu das, dann sprechen wir später wieder! *Merci!*" Finots nächster Anruf galt Julien „Wie läuft es bei Ihnen?"

„Wir sind noch nicht sehr weit gekommen; das wird ein schwieriges Unterfangen, wie schon vermutet." Etwas zufriedener fuhr er fort: „Immerhin haben wir uns schon im Zimmer Ihres Vaters umgeschaut. Da deutet nichts auf eine Verbindung zu Fresnel hin."

Finot war erleichtert.

„Manche Bewohner sind irritiert über unsere Anwesenheit, andere freuen sich und hören gar nicht mehr auf zu erzählen. Ich glaube, es ist gut, dass wir nur mit ein paar Mann gekommen sind, auch wenn es dann länger dauert."

Finot erklärte, dass die Kollegen auf ihn auch noch verzichten müssten. „Wir werden Pierre Cassard einen Besuch abstatten."

„Wer ist das? Hat er mit dem Opfer aus Honfleur zu tun? Der Mann hieß doch auch Cassard."

Julien brauchte, wie Finot schon vermutet hatte, weniger Zeit als er selbst, die Neuigkeiten zu verdauen. „So, so, die Morde hängen also zusammen. Ich sehe zu, dass ich einen Ersatz für mich finde, dann mache ich mich auf den Weg."

Finot konnte sich des Eindrucks nicht erwehren, dass Julien froh um die Planänderung war.

Und er selbst? Er trank seinen *Café* zu Hause, statt wie geplant im *Café des Voyageurs*. Dann setzte er sich ins Auto und fuhr nach Rouen, statt zu Fuß zum Kommissariat zu laufen. Blanche nahm's gelassen; sie ertrug eine ganze Menge, wenn man mal vom Alleinsein absah. Das war etwas, das Finot ihr selten und nur für kurze Dauer zumutete.

Cassards Kanzlei befand sich unweit der *Cathédrale Notre-Dame de Rouen*, nur eine der zahlreichen Kirchen Rouens und eine der bedeutendsten gotischen Bischofskirchen Frankreichs.

Julien war schon da und begrüßte Finot mit den Worten: „Teures Pflaster hier."

Das dreistöckige Haus hatte schmale, bodentiefe Fenster mit französischem Balkon. Im Erdgeschoss waren teure Ladengeschäfte und eine Brasserie untergebracht. Auf einem bronzefarbenen Schild stand *Vincent, Cassard &*

Partner. Die Namen der Partner waren in kleiner Schrift darunter eingraviert.

Finot und Julien betraten eine andere Welt. Während das Draußen durch eine Vielfalt an Materialien, Farben und Geräuschen gekennzeichnet war, dominierten hier drinnen Glas, Edelstahl und dunkel lasiertes Holz. Es war nichts zu hören außer gedämpften Stimmen. Die Männer trugen Anzüge, die Frauen Kostüme in gedeckten Farben. Und auch wenn Finot sich bewusst war, dass sein erster Eindruck einem Klischee entsprach und er all die abweichenden Eindrücke, die ohne Zweifel auch vorhanden waren, schlicht ignorierte, spürte er, dass das Ambiente genau die Seriosität ausstrahlte, die in diesem Metier wohl erforderlich war.

Pierre ähnelte seinem Vater. Das Gesicht war nur ein bisschen kantiger, die Augen aber genauso grau und wach. Er hatte nichts gegen Blanches Anwesenheit und ließ ihr sogar etwas Wasser bringen.

Der Anwalt war mit den Insignien des Geldes ausgestattet: teure Uhr, glänzende Schuhe, maßgeschneiderter Anzug. Zumindest nahm Finot an, dass er maßgeschneidert war. Kein Anzug, den er je besessen hatte, hatte so gut gepasst wie der des Anwalts. Und Finot hatte immer von der Stange gekauft.

Pierres Büro war ein unnötig großer Raum, der Finot sofort ein Gefühl der Freiheit vermittelte. Eine Marketingstrategie? Möglich. Trotzdem – sollte er jemals einen Wirtschaftsanwalt brauchen, Pierre käme in die engere Wahl. Dabei hatte er noch nicht mal mit ihm gesprochen.

Der Anwalt war höflich und nicht unfreundlich, aber der Begriff herzlich wäre Finot in seinem Zusammenhang auch nicht eingefallen. Doch was hatte Herzlichkeit hier auch zu suchen. Die Polizisten setzten sich Pierre gegenüber an dessen großen, stereotypisch leeren Schreibtisch.

Finot erklärte, dass es, wie Pierre sicher wisse, einen weiteren Mordfall in Dieppe gegeben habe, der mit dem Mord an seinem Vater zusammenhing. „Madame Magimel, mein Kollege und ich arbeiten zusammen an den beiden Fällen. Wir sind hier, um mit Ihnen über einen Streit mit Ihrem Vater zu sprechen. Es ging, soweit wir wissen, um dessen Insidergeschäfte?"

Finot hatte nicht den kleinesten Anhaltspunkt, was Pierre dachte. Das Gesicht des Mannes verriet nichts. War er ärgerlich? Genervt? Überrascht? Amüsiert? Oder nichts von alledem und schlicht sachlich?

„Dieser Streit, den Sabine mitbekommen hat… Es war doch Sabine? Mein Vater und ich haben ihn schon sehr oft in dieser oder ähnlicher Form geführt. Mein Vater war, wie Sie schon ganz richtig sagen, an Insidergeschäften beteiligt und es lag eine Klage gegen ihn vor. Er hat sich von unserer Kanzlei vertreten lassen."

„Von Ihnen persönlich?", fragte Julien. „Geht das denn überhaupt?"

Pierre taxierte Julien. „Er wurde nicht von mir vertreten, sondern von einem Kollegen, Monsieur Thierry Hollande."

Finot dachte an das Schild vorne am Eingang. Thierry Hollande war einer von den Kleingedruckten. „Und worin genau lag der Streitpunkt?"

„Thierry weiß – wusste von Anfang an, dass es mir nicht recht ist, wenn er meinen Vater vertritt, aber es hat ihn einfach nicht interessiert. Genauso wenig wie meinen Vater. Meiner Auffassung nach sollte man Privates und Berufliches trennen. Davon abgesehen finde ich es völlig albern, dass mein Vater sich auf sowas eingelassen hat."

Finot runzelte unwillkürlich die Stirn. Dachte Pierre auch so über seine Mandanten? Oder setzte er an seinen

Vater höhere moralische Ansprüche als an andere Menschen? „Wie genau sahen die Insidergeschäfte aus?"

„Mein Vater hat Wissen, dass er in Vorstandssitzungen erworben hat, dazu genutzt, um sich auf dem Aktienmarkt Vorteile zu verschaffen."

„Meine Frage zielte nicht auf die Definition des Begriffs Insidergeschäfte", erwiderte Finot. „Um welches Wissen, welche Vorteile ging es konkret?"

„Fragen Sie doch seinen Anwalt", sagte Pierre.

Der Punkt ging an Cassard.

„Sie wollten also, dass Monsieur Hollande das Mandat niederlegt?", fragte Julien.

„Mein Vater meinte nur, dass im Leben nicht immer alles so läuft, wie ich es mir wünsche."

Zum ersten Mal entdeckte Finot eine Regung in Pierres Gesicht. Was war es? Doch nicht etwa Humor? Doch, das könnte sein. Selbstironie. Das hätte er Pierre gar nicht zugetraut. „Was war Ihr Vater für ein Mann?"

„Das hat Ihre Kollegin mich schon gefragt. Auch, ob er mir verändert vorkam in letzter Zeit."

„Und, kam er?", fragte Julien.

„Er war nervöser als sonst."

Die meisten Menschen hätten dem Satz vermutlich noch ein „meiner Meinung nach" oder „finde ich" hinzugefügt. Pierre formulierte es als schlichte Tatsache.

„Eugénie schob es auf dieses anhängige Gerichtsverfahren."

„Sie glaubten das nicht?"

Er zuckte mit den Schultern. „Was seinen Charakter angeht", fuhr er fort, „würde ich es folgendermaßen zusammenfassen: Eine Leitfigur, durchsetzungsstark, freundlich, solange kein Widerspruch kommt, nicht sehr strukturiert. Ohne Sabine wäre er verloren gewesen…"

Finot grinste innerlich. Genau so hätte er Pierre auch charakterisiert, abgesehen von der mangelnden Strukturiertheit.

Nach einer Pause fügte der Anwalt, eine Spur widerwillig, hinzu: „Hilfsbereit. Guter Diagnostiker."

„Sie haben am Vormittag vor seinem Tod mit Ihrem Vater telefoniert. Worum ging es bei diesem Gespräch?"

„Ja, er rief mich in einer Pause zwischen zwei Patienten zurück, als er meine Nachricht abgehört hatte. Ich war gerade draußen im Gespräch mit meiner Sekretärin, Sie können sie gerne fragen. Es ging um das Geburtstagsgeschenk für meine Stiefmutter. Ich muss ihr wohl oder übel etwas schenken und habe mich erkundigt, wie das Parfum heißt, das sie benutzt. Ich wollte das endlich erledigt wissen."

Mit einer derart profanen Antwort hatte Finot nicht gerechnet. „Hat Ihr Vater Ihnen bei der Gelegenheit von seinen Zahnschmerzen erzählt und davon, dass er am Nachmittag deswegen zum Arzt gehen würde?"

„Ich dachte mir schon, dass Ihre Frage darauf hinausläuft. Ja, das hat er. Ich wusste auch, um wieviel Uhr der Termin war." Pierre trommelte einmal kurz mit den Fingern auf den Tisch. War er etwa ungeduldig? Doch der Anwalt hatte sich schnell wieder im Griff. „Ich habe meinen Vater nicht umgebracht. Und Sie wissen das auch, sonst hätten Sie mich längst nach meinem Alibi gefragt." Er legte beide Hände flach auf den Tisch. „So, war's das?"

„Noch nicht ganz. Wie stehen Sie zu Ihrer Stiefmutter?"

„Spielt das eine Rolle?"

Finot antwortete nicht.

„Ich habe nie verstanden, was mein Vater an ihr fand. Aber das ist – war seine Angelegenheit. Ich stand ihm nicht im Weg. Aber ich bin auch nicht verpflichtet, sie sonderlich zu mögen."

„Wie geht es mit der Praxis weiter? Und wer erbt?"

Pierre lachte das erste Mal, aber es wirkte gekünstelt. „Fragen Sie den Notar. Ich habe Ihrer Kollegin die Adresse gegeben." Er faltete in einer demonstrativen Geste die Hände.

Ob er so vor Gericht Eindruck machte? War Pierre bewusst, was er tat? Der Kommissar rief sich erneut ins Gedächtnis, dass er es mit einem vierzigjährigen Mann ohne jahrzehntelange Berufs- und Lebenserfahrung zu tun hatte. „Kennen Sie einen Roger Fresnel?"

„Ich habe den Namen nie gehört."

„Könnte er einer Ihrer Mandanten sein?"

Cassard drückte einen Knopf auf der Gegensprechanlage und bat seine Sekretärin, nachzuschauen, ob er jemals einen Mandanten dieses Namens gehabt hatte. Er erhob sich. „Ich habe jetzt einen Termin."

Die Polizisten standen ebenfalls auf. „Ich würde gerne kurz mit Monsieur Hollande sprechen", sagte Finot.

„Er ist im Moment nicht da. Ich gebe Ihnen seine Nummer." Pierre reichte ihm zwei Visitenkarten. Eine mit seinen eigenen und eine mit Hollandes Kontaktdaten.

„Merci", sagte Finot.

„Ist die Aktentasche eigentlich inzwischen wiederaufgetaucht?", fragte Pierre unvermittelt.

Welche Aktentasche? Doch Finot musste gar nicht erst fragen. Seine Unwissenheit stand ihm offenbar ins Gesicht geschrieben, so dass Pierre direkt fortfuhr: „Ich habe Madame Magimel darauf aufmerksam gemacht, dass mein Vater eine Aktentasche besaß. Ich habe sie nicht mehr so genau vor Augen; ich weiß nur noch, dass es ein altes, ramponiertes Ding aus Leder war, das schon halb auseinanderfiel, als ich noch ein Kind war."

„Madame Magimel hat keine Tasche erwähnt. Was befand sich darin?"

„Urkunden, Zeugnisse und dergleichen. Wichtige Unterlagen, kurz gesagt. Die Tasche war für meine Schwester und mich tabu, und selbst meine Mutter und Stiefmutter hätten nie gewagt, hineinzugucken. Ich dachte, sie wäre im Büro meines Vaters, aber Ihre Kollegen haben sie nicht gefunden."

„Danke für den Hinweis", sagte Finot und setzte sich in Bewegung.

Pierre entließ sie gerade an der Tür, da näherte sich Rose. Sie war in ihrer legeren Kleidung in dieser Umgebung genauso ein Fremdkörper wie Finot oder Julien.

„Nanu! Sie hier?"

Pierre schaute zwischen seiner Schwester und den Polizisten hin und her. „Eine Vorstellung ist offenbar unnötig."

Finot reichte ihr die Hand und nannte seinen Namen. „Ich bin Kommissar in Dieppe. Das hier ist mein Kollege Julien Lafosse. Wir ermitteln in einem Tötungsdelikt, das mit dem Tod Ihres Vaters in Zusammenhang steht."

„Ach so ist das…" Rose zeigte eine Mischung aus Verwirrung und Enttäuschung. Sie ging an den beiden vorbei in Pierres Büro, ohne sie weiter zu beachten.

Pierre schickte Finot und Julien abschließend zu seiner Sekretärin. „Vielleicht ist sie fündig geworden."

Das war sie, aber es wurde schnell klar, dass es sich nicht um „ihren" Roger Fresnel handelte. Sie bestätigte im Weiteren, dass sie Zeugin des Telefonats zwischen Vater und Sohn geworden war. „Der Herr Doktor tat mir so leid, noch bis zum Nachmittag durchhalten zu müssen!" Sie schüttelte bedauernd den Kopf. „Sonst erzählt Monsieur Cassard ja nicht so viel von seiner Familie, aber da wir gerade sowieso im Gespräch waren…" Sie erfuhren noch, dass die Sekretärin bis achtzehn Uhr in der Kanzlei gearbeitet und damit ein Alibi hatte.

Auf dem Weg zum Auto meldete sich Martine. „Was ist los, Sie klingen so komisch."

Sie hörte sein schlechtes Gewissen Rose gegenüber, dachte Finot. „Gibt's was Neues zu Fresnel?"

„Deswegen rufe ich an. Er hat Ende der achtziger Jahre durch seine Spielsucht eine größere Summe Geld verloren. Seitdem ist der Kontakt zu seiner Tochter abgeflaut. Sie lebt in Paris, ist Ärztin, aber das wissen Sie ja schon. Inès hat keine Idee, wer das gewesen sein könnte und warum. Sie selbst war zu der Zeit, als es passierte, auf Station. Aber wir suchen ja sowieso nach einem männlichen Täter und einer Person, die nicht zur direkten Familie Fresnels oder Cassards gehört. Ich schaue mir ihr Umfeld aber trotzdem noch genauer an, falls es jemand war, den sie kennt."

„Fresnels Testament müssen wir uns auch vornehmen", sprach Finot einen Gedanken aus, der ihm unvermittelt gekommen war. Er machte sich innerlich eine Notiz, Laura danach zu fragen.

„Hm", machte Martine und fuhr fort: „Ich habe Inès' Telefondaten überprüft, sie hat tatsächlich seit Ewigkeiten nicht mehr mit ihrem Vater telefoniert. Er war Bauingenieur, das wissen Sie ja, und bei einer Firma namens *Mirabeau Constructions* beschäftigt. Er war unter anderem am Bau der Normandie-Brücke beteiligt."

„Von daher das Bild in seiner Wohnung", sagte Finot.

„Wie bitte?", fragte Martine, wartete aber nicht auf eine Antwort. „Ich habe dort sicherheitshalber auch direkt nach Ihrem Vater gefragt, aber ein Adrien Finot hat nie für die gearbeitet. Wäre ja möglich, da er selbst Ingenieur war?" Ein bisschen unsicher fügte sie hinzu: „Ich dachte nur, weil wir ja nicht wissen, woher die beiden sich kennen."

„Schon gut, das war genau richtig“, sagte Finot beruhigend. Er tat zwar so, als sei er Herr der Lage, aber eigentlich flatterte ihm das Herz.

„Jetzt gehe ich Fresnels Adressbuch durch.“

„Tun Sie das. Und denken Sie bitte auch daran, nach Verbindungen zu Cassard zu suchen.“

„Chef!“, sagte Martine vorwurfsvoll.

Das hieß bei ihr so viel wie: *Das versteht sich ja wohl von selbst! Wie kommen Sie darauf, dass ich es vergessen könnte!* „Haben Sie etwas von meinem Vater gehört?“, fragte Finot schnell.

„Noch nicht, ich melde mich.“

16

Finot fuhr zurück nach Dieppe, parkte sein Auto am Kommissariat und spazierte mit Blanche zum *Café des Tribunaux*. Das hellrosa getünchte Haus mit dem kleinen Uhren-Turm lag touristisch günstig mitten in der Stadt, nur wenige Schritte sowohl vom Hafen als auch vom Strand entfernt. Serge saß schon auf der Terrasse mit Blick auf den hübsch bepflanzten, von einem gusseisernen Segelboot gekrönten Springbrunnen, der ehemals ein Brackwasserbrunnen gewesen war und dem *Place de Puits Salé* seinen Namen gab.

Finot entschied sich für ein Stück Quiche Lorraine, Serge wählte Steak Frites, ein gebratenes Rindersteak mit Pommes Frites. Während sie zum Besteck griffen und anfingen zu essen, erzählte Finot von seinem Gespräch mit Pierre.

„Und glaubst du, da steckt mehr dahinter?“, fragte Serge.

„Ich weiß es nicht, Pierre gibt wenig von sich preis. Andererseits empfinde ich seine Argumente als plausibel.“

Serge lächelte. „Er ist Anwalt.“

Finot hob in einer hilflosen Geste die Arme. „Dennoch müsste er jemanden engagiert haben, der ihm die schmutzige Arbeit abgenommen hat." Mit einem großen Salatblatt auf seinem Teller kämpfend, fuhr er fort: „Und aus welchem Grund sollte er Fresnel umbringen lassen? Diese Sache mit den Insidergeschäften liefert ja nur ein Motiv für den Mord am Vater. Wenn auch ein eher schwaches."

Serge aß wie immer zügig. Der Teller leerte sich im Handumdrehen, ohne dass Finot ihn einmal hätte schlingen sehen. Wie machte er das bloß? „Was machen die Vorbereitungen für eure Hochzeitsfeier?"

Serge kramte kommentarlos eine zerknitterte Einladung aus seiner Jackentasche und legte sie vor Finot auf den Tisch. „Ich freue mich", sagte er. „Nicht so sehr auf die Feier, wenn ich ehrlich bin, aber aufs Verheiratet-Sein und weil Odette sich so freut." Er legte das Besteck beiseite. „Mein zweiter Versuch, das weißt du ja."

Finot sah nach, ob in der Karte ein Hinweis darauf zu finden war, was man dem Brautpaar schenken könnte. Aber Fehlanzeige. „Was wünscht ihr euch?"

„Gar nichts", sagte Serge trocken, rief dann aber aus: „Doch, einen Wunsch habe ich…"

Er hielt inne, winkte dem Kellner und bestellte eine Karaffe Wasser.

„Wasser?", murmelte Finot.

„…Keine lustigen Überraschungen. Das wäre Odette auch ganz recht, glaube ich."

Finot überlegte, ob eine Videoshow als lustige Überraschung zu werten war. Wie hieß der Kollege noch gleich, der sie organisierte? David? Er sollte vielleicht mit ihm sprechen?

Das Klingeln seines Telefons riss Finot aus den Gedanken. *„Excuse-moi"*, sagte er, stand auf, entfernte sich ein Stück und nahm das Gespräch an. „Madame Magimel?“

„Hallo, *Monsieur le commissaire,* was hat Pierre Cassard gesagt?“

Finot begann, um den Brunnen herumzulaufen und gab das Gespräch in kurzen Sätzen wieder. „Mit Thierry Hollande spreche ich später auch noch.“

„Was halten Sie von Pierre?“

Finot war bei der dritten Runde angekommen; ein paar Touristen beäugten ihn kritisch. „Ich weiß es nicht. Noch nicht. Er ist undurchsichtig. Haben Sie das Testament schon eingesehen? Wie geht es mit der Praxis weiter?“

„Cassard Senior hat verfügt, dass ein Nachfolger gesucht wird, so dass die Mannschaft erhalten bleibt. Das wird sich aber nicht so schnell einrichten lassen, wenn Sie mich fragen. Zunächst sind erst mal alle aufgeschmissen, Patienten und Mitarbeiter. Ansonsten erstaunt das Testament nicht. Madame Cassard bleibt das Haus erhalten. Der Rest, also das Ferienhaus, die Yacht, Beteiligungen und so weiter werden liquidiert und das Geld wird gleichmäßig an die Ehefrau und die beiden Kinder verteilt.“

„Kannte Madame Cassard das Testament?“

„Ja. Sie hatte mit ihrem Mann abgesprochen, dass sie sich, wenn sie allein ist, nicht mit der Yacht und dem Ferienhaus belasten will. Eine nachvollziehbare Sichtweise, wenn Sie meine Meinung hören wollen.“

„Von wie viel Geld pro Person reden wir?“

Dominique lachte. „Mehr, als wir beide jemals haben werden. Trotzdem kann ich mir nicht vorstellen, dass Madame Cassard einen Mörder engagiert hat, um an das Geld ihres Mannes zu kommen. Die Ehe scheint einigermaßen okay gewesen zu sein. Niemand hat auch nur die leiseste Andeutung gemacht, dass es gekriselt hätte.

Viel wichtiger als Madame Cassard finde ich die Verbindung zwischen Cassard, Fresnel und Ihrem Vater. Es muss einen gemeinsamen Nenner geben! Meine Leute gehen gerade noch mal Cassards Sachen durch."

„Vielleicht war es purer Zufall, dass Fresnel meinen Vater kurz vor seinem Tod angerufen hat. Vielleicht kannten sie sich von früher und Fresnel wollte einfach eine Freundschaft reaktivieren, weil er einsam war. Er hat sich der Mitarbeiterin des Seniorenheims gegenüber ja auch als alter Bekannter ausgegeben."

„Möglich." Dominique klang nicht überzeugt. „Wie..."

„Was wissen Sie über die Klage wegen der Insidergeschäfte?", ging Finot dazwischen. „Pierre hat sich nicht dazu geäußert."

„Die Betreibergesellschaft hat ein paar der Seniorenheime abgestoßen, da sie sich jetzt mehr auf Krankenhäuser konzentriert beziehungsweise mit einer großen Krankenhausgesellschaft fusioniert hat. Dieses Wissen hat Cassard genutzt und einen ordentlichen Batzen verdient, bis ihm die Sache auf die Füße fiel. Karma, wenn Sie mich fragen. Schade nur, dass größere Fische oft genug davonkommen, aber das ist eine andere Geschichte. Was ich eben noch fragen wollte: Wie sieht es bei Fresnel aus? Wie ich höre, prüfen Sie gerade seinen Rechner?"

„So ist es. Sobald ich etwas weiß, melde ich mich. Und um Fresnels Nachlass kümmern wir uns auch."

„Gut. Ich schlage vor, wir machen morgen Vormittag eine gemeinsame Besprechung hier in Honfleur und tragen alles zusammen. Zehn Uhr?"

„Einverstanden." Finot verabschiedete sich und ging zurück zu Serge, der in vorausschauender Weise bereits zwei *Cafés* bestellt hatte. Der Kommissar aß die letzten Happen seiner Quiche. „Sag mal, Serge, eine Sache wundert mich bei meinem Vater."

Der Gerichtsmediziner griff nach seiner Tasse und sah Finot aufmerksam an.

„Als ich gestern bei ihm war, hat er mich nicht erkannt."

„Das tut mir leid!"

Finot wehrte ab. „Nein, das meine ich nicht, also ja, es ist schlimm. Worauf ich jetzt aber hinauswill: Als ich ging, hat er auf ein Foto gezeigt, auf dem Marcel und ich als Jugendliche zu sehen sind. Er hat mir dann ganz stolz von seinen Söhnen erzählt. Wie passt das zusammen?"

„Es passt zusammen, wenn man bedenkt, dass er die Dinge, die er später gelernt hat, auch zuerst wieder vergisst. Er hat dich in den letzten Jahren – oder besser Jahrzehnten – als Erwachsenen kennengelernt. Die Jugendlichen François und Marcel sind eine ältere Erinnerung für ihn. Es gibt Demenzpatienten, die leben komplett in einem früheren Jahrzehnt, das heißt sie denken, sie seien vierzig, dabei sind sie fünfundsiebzig Jahre alt."

„Das stelle ich mir schlimm vor für die Angehörigen."

Serge nickte. „Vereinfacht kann man sagen, dass ältere Erinnerungen bei Demenzpatienten besser erhalten sind als neuere. Bis hin zu der Beobachtung, dass Dinge, die sie gerade eben erlebt haben, sofort wieder vergessen werden. Mit anderen Worten, das Kurzzeitgedächtnis ist beeinträchtigt, und Erlebnisse können nicht mehr in eine längere Speicherform überführt werden. Aber wie schon gesagt, das Gedächtnis ist nur ein Aspekt der Erkrankung."

„Verstehe." Apropos Gedächtnis. Finot fiel ein, dass er noch ein weiteres Telefonat zu führen hatte. Zuvor tranken sie aber ihre *Cafés* aus und Finot ging ins Lokal, um die Rechnung zu begleichen. „Ich lade dich ein, Serge."

Als der Gerichtsmediziner sich verabschiedet hatte, wählte Finot Abbas' Nummer. „Bist du noch bei meinem Vater? Könntest du mir einen Gefallen tun?"

17

Finot ging zurück ins Kommissariat, wo er zunächst einen kleinen Plausch mit Jérôme, dem Pförtner, hielt. Blanche machte sich gelangweilt davon; bestimmt stattete sie Louise einen Besuch ab.

Wie beiläufig erwähnte Finot David und das Hochzeitsgeschenk für Serge und Odette.

„Ach ja, die Videoshow!“ Jérômes Augen leuchteten.

„Ja, genau die“, sagte Finot langsam.

„Es ist alles schon unter Dach und Fach!“ Der Pförtner fuhr sich über die kahle Stirn. „Naja, so gut wie.“

Bestimmt hatten sich die Beteiligten sehr viel Mühe gegeben, um dem Brautpaar eine Freude zu machen, dachte Finot zähneknirschend. Und wer war er, zu beurteilen, ob es das richtige oder falsche Geschenk war. Was hieß schon richtig oder falsch? Wenn es der Wunsch der Schenkenden war, die beiden mit einer Videoshow zu überraschen? Musste man das nicht auch respektieren? War es nicht das Wesen eines guten Geschenkes, den oder die Beschenkten zu überraschen? Pauline hatte erzählt, wie langweilig es bisweilen Weihnachten bei den Enkeln zuging, weil alle schon wussten, was sie geschenkt bekamen.

Da er gerade an Enkelkinder dachte: „Wie geht es Léonie?“ Das konnte er inzwischen wieder gefahrlos fragen. Vor noch nicht allzu langer Zeit hätte die Frage längere Erläuterungen nach sich gezogen. Heute beließ Jérôme es bei der Präsentation eines einzigen Fotos.

„Sehr hübsch!“, sagte Finot.

„Sie kann jetzt das Köpfchen halten und lächelt mich an.“

Gerade noch voller Stolz, druckste Jérôme plötzlich verlegen herum.

„Was ist los?“

„Ich denke an Ihren Vater…

Der würde von Finot keine Enkel mehr geschenkt bekommen, so viel stand fest.

„Weiß man schon, wie er mit der Sache zusammenhängt?“ Schnell schob er hinterher: „Ob überhaupt?“

Finot entging die vorsichtige Formulierung nicht. „Nein, leider nicht. Und er selbst wird uns bei der Klärung der Frage wahrscheinlich auch keine große Hilfe sein.“

Jérôme nickte wissend.

Es hätte Finot gewundert, wenn es noch nicht im Kommissariat herum gewesen wäre. Doch das war nichts, was ihn belastete. „Gab es hier heute Vormittag etwas Besonderes?“

„Es haben einige Leute angerufen, die sich Sorgen machen, dass schon wieder jemand erstochen wurde. Sie fragen sich, ob ein Verrückter umgeht.“

„Das ist in der Tat ein Problem“, sagte Finot und nahm sich vor, Motas zu fragen, was seine Pressestrategie hinsichtlich dieser Sache war. Ja, es war nicht auszuschließen, dass ein Verrückter umging, der sich ab und zu eine Perücke aufsetzte und wahllos Leute erstach. Aber Finot glaubte nicht an diese Alternative. Auch wenn er sich ihr gegenüber eher skeptisch gegeben hatte, glaubte er eher an das, was Dominique gesagt hatte, dass es nämlich eine Verbindung zwischen Cassard, Fresnel und möglicherweise auch seinem Vater gab, die sie einfach noch nicht gefunden hatten. Auch wenn es, rein rational betrachtet, purer Zufall gewesen sein konnte, dass Fresnel kurz vor seinem Tod mit Adrien Kontakt aufgenommen hatte.

Er setzte sich in sein Büro und suchte Davids Nummer heraus. Der Kollege zeigte sich beseelt von seinem Projekt, sie seien auch schon fast fertig mit den Vorbereitungen. Finot wandte ein, dass Serge ja eher vom

Typ einsamer Wolf und nicht so sehr fürs Feiern sei, aber David meinte nur „Hm, ja" und erzählte fröhlich weiter. Finot hätte am liebsten in die Tischkante gebissen, sagte sich aber, dass er dem Ganzen nicht so viel Bedeutung beimessen sollte. Wenn es denn so sein sollte, dann gab es eben eine lustige Video-Show.

Danach war Pierres Kollege Thierry Hollande an der Reihe. Aus einer Textnachricht Abidals wusste Finot, dass Hollandes Mutter früh gestorben war, so dass er Kindheit und Jugend bei seinen Großeltern, einer Hausfrau und einem Schreiner, verbracht hatte. Thierry hatte dann – trotz seiner nicht-akademischen Herkunft, musste man ja leider immer noch oft sagen – ein Jurastudium aufgenommen und sehr erfolgreich abgeschlossen. Er war dann entsprechend schnell bei *Vincent, Cassard & Partner* eingestiegen. Der Mann hatte einem mitunter rigiden Bildungssystem ein Schnippchen geschlagen. Das nötigte ihm Respekt ab, denn dazu waren sicher mehr als nur Intelligenz, Fleiß und Disziplin nötig gewesen.

„*Bonjour,* mein Name ist François Finot, ich bin Kommissar in Dieppe. Möglich, dass Monsieur Cassard meinen Namen schon erwähnt hat."

„Finot", sagte er langsam. „Ja, Pierre hat mich informiert."

Finot stellte sich angesichts der zurückhaltenden Reaktion auf ein zähes Gespräch ein, doch er hatte Hollande falsch eingeschätzt.

„Tut mir leid, dass Sie mich heute Morgen nicht angetroffen haben", fuhr er freundlich fort, „ich war bei Cassards Notar."

Finot sprach ihn auf den Streit zwischen Vater und Sohn an.

„Wissen Sie, ich verstehe Pierre in dieser Sache nicht. Er misst einfach mit zweierlei Maß. Sonst verteidigt er Leute, die das Gleiche gemacht haben wie sein Vater, viel schlimmere Sachen noch! Und plötzlich hat er Skrupel? Albern. Er sollte doch froh sein, dass sein Vater so gut vertreten wird!" Hollande lachte, was dem letzten Satz eine leicht ironische Note gab und dadurch überhaupt nicht eingebildet wirkte.

Finot sah es genauso. Trotzdem fragte er: „Wieso haben Sie sich dem Wunsch Ihres Kompagnons nicht gebeugt und das Mandat abgelehnt?"

„Warum sollte ich das tun? Ich sehe keinen Grund."

Insgeheim gab Finot ihm recht. „Wie standen Sie zu Stéphane Cassard?"

„Wir kamen gut miteinander aus. Es war ein lockeres, unkompliziertes Verhältnis. Sofern man das bei Anwalt und Mandant so sagen kann. Es gab auf jeden Fall keine Schwierigkeiten."

War Pierre auf das gute Verhältnis zwischen Hollande und seinem Vater eifersüchtig gewesen? War er deswegen dagegen gewesen, dass Hollande seinen Vater vertrat? Es musste ihm noch nicht einmal bewusst gewesen sein. „Können Sie sich vorstellen, dass Pierre…" Finot überlegte, wie er es formulieren konnte, ohne zu viel preiszugeben, „…seinem Vater den Tod wünschte?"

„Wegen dieser Unstimmigkeit?" Er lachte. „Nein, bestimmt nicht."

„Dem Streit nach zu urteilen, hat ihn diese Sache sehr aufgeregt."

„Ja, das mag sein, aber ich kann es mir trotzdem nicht vorstellen. Er würde sich wegen einer solchen Lappalie nicht in Schwierigkeiten bringen, das wäre ihm viel zu irrational."

„Hat Monsieur Cassard, ich meine Stéphane, in letzter Zeit verlauten lassen, dass er bedroht wird? Hatten Sie den Eindruck, dass er anders war als sonst?"

„Nein, weder das eine noch das andere. So oft haben wir uns aber auch nicht getroffen."

„Pierre fand seinen Vater in letzter Zeit nervöser als sonst."

„Tatsächlich? Den Eindruck hatte ich nicht. Warum auch, wir hatten das mit der Klage gut im Griff. Cassard hatte sich, von den aktuellen Vorwürfen abgesehen, nichts zuschulden kommen lassen, das wissen Sie sicher genauso gut wie ich. Ich denke, er ist einfach einmal schwach geworden. Da war diese Gelegenheit, und er hat es nicht geschafft, sie auszuschlagen."

So entschuldigte man das wohl vor sich selbst, dachte Finot. Und wie hieß es so schön: *L'occasion fait le larron*, Gelegenheit macht Diebe.

„Hat Cassard je einen Mann namens Roger Fresnel erwähnt? Oder Adrien Finot?"

„Finot? Ein Verwandter von Ihnen?"

„Sie sind froh, die Verwandtschaftsfrage auch mal jemand anderem stellen zu können, nicht wahr?", erwiderte Finot leichthin und klopfte sich innerlich auf die Schulter ob seiner Schlagfertigkeit. Eine Antwort auf die Frage blieb er Hollande schuldig.

„Nein, die beiden Namen hat er nie erwähnt."

„Verstehe." Finot erklärte, dass er fürs Erste keine weiteren Fragen habe und sich eventuell noch einmal melden würde. Er bedankte sich und beendete das Gespräch.

Was jetzt? Erst mal *Café*, dachte er und raffte sich auf.

Zwei Tassen balancierend, ging er wenig später ins Mitarbeiter-Büro.

„Dieser Fall ist nicht gut für Sie", sagte Martine lapidar, als er den Raum betrat.

„Sie machen mir Angst!", sagte Finot. „Was wissen Sie über mein Befinden, das ich nicht weiß?" Das Gespräch mit Hollande war ihm nicht sonderlich nahe gegangen. Wenn sie so weitermachte, würde er am Ende noch selbst dran glauben. „Gibt's was Neues?", fragte er, indem er die Tassen abstellte und sich zu Martine setzte.

„Die Überprüfung Inès Fresnels hat nichts Besonderes ergeben. Sie kommt morgen Nachmittag um sechzehn Uhr zur Identifikation ihres Vaters. Ich habe ihr gesagt, Sie würden sie vor dem Institut treffen, ich hoffe, das war okay?"

„Ja." Finot wechselte die Sitzposition. „Haben Sie schon was zu Fresnels Ex-Frau herausgefunden?"

Martine durchsuchte ihre Aufzeichnungen. „Sie hat noch einmal geheiratet, ist aber jetzt verwitwet und lebt in der Nähe der Tochter. Inès ist es auch, die ihre Mutter über den Tod des Vaters informiert hat. Madame Richard, so heißt sie jetzt, war Lehrerin und hat lange Jahre in einer *école maternelle* gearbeitet."

In die Vorschule gingen in Frankreich alle Kinder zwischen drei und sechs Jahren. Sie wurden dort nach einem festgelegten Curriculum als Vorbereitung auf die Schule von Lehrern unterrichtet.

„Seit wann sind sie geschieden?"

„Seit Anfang der neunziger Jahre. Ich werde mit ihr telefonieren; vielleicht reicht die potenzielle Verbindung zwischen Cassard und Fresnel…"

„Und meinem Vater", ergänzte Finot.

„…und Ihrem Vater in die Vergangenheit zurück."

Martine schien plötzlich wieder eingefallen zu sein, dass Finot ihr einen *Café* mitgebracht hatte. Sie griff eilig nach der Tasse und trank sie leer. „Viel interessanter ist aber das Folgende: Julien ist gerade auf dem Weg in eine Kneipe, in der Fresnel den Abend vor seinem Tod verbracht zu haben scheint."

„Sehr gut!", erwiderte Finot. Das war eine äußerst vielversprechende Neuigkeit. „Ich vermute, der Täter hat Fresnel vorab beobachtet und wusste um dessen Gewohnheiten."

Martine nickte. „Jemand könnte den Beobachter beobachtet haben."

„Genau. Was ist mit dem Seniorenheim?"

Sie schüttelte den Kopf. „Unser Besuch dort ist auf nicht sonderlich viel Gegenliebe gestoßen. Abgesehen von ein paar einzelnen Bewohnern, die sich am liebsten den ganzen Tag mit den Kollegen unterhalten hätten."

„Das hatte ich befürchtet." Finot schlug ein Bein über das andere. „Sagen Sie mal, Martine…"

Sie sah ihn aufmerksam an. „Ja?"

„Wie genau haben Sie und Dominique sich eigentlich kennen gelernt?"

Martine wirbelte auf ihrem Stuhl herum, so dass ihr Gesicht dem Bildschirm zugewandt war. „Und was machen Sie jetzt noch?", fragte sie im Plauderton.

„Äh, ich wollte meinen Vater besuchen", sagte Finot irritiert. „Aber nach dem, was Sie mir eben erzählt haben, spare ich mir das lieber."

„Morgen ist auch noch ein Tag", sagte Martine und klickte geschäftig einen Ordner auf dem Bildschirm an.

Finot erhob sich und ging in sein Büro. Was war denn in Martine gefahren? Und wieso war er nur so müde? Der *Café* zeitigte keinerlei Wirkung.

„Ah, da bist du ja wieder, Blanche! Warst du bei Louise?"

Er griff nach seinem Telefon, um Laura anzurufen. Vorfreude machte sich in ihm breit, die die Müdigkeit vertrieb.

„Fresnel hat tatsächlich online nach deinem Vater gesucht", erklärte sie. „Er hat *Adrien Finot* in den Browser eingegeben und sich durch viele Links gekämpft. Fündig wurde er durch ein Foto deines Vaters, das mit dessen Namen unterschrieben war. Eine Feierlichkeit im Seniorenheim."

„Und Cassard?"

„Nun ja, Fresnel hat die Nachrichten über den Mord im Internet verfolgt, wie schätzungsweise die meisten Leute hier in der Gegend. Und er hat sich auch die Internetseite der Praxis angeguckt."

„Hm", machte Finot. „Auf meinem Rechner findet man denselben Browserverlauf. Und ich hatte nichts mit Cassard zu tun."

„So ist es", sagte Laura desillusioniert. „Purer Zufall, oder steckt mehr dahinter? Ich schicke dir den Bericht mit allem, auch was wir sonst noch gefunden haben."

„Gehören dazu auch Informationen zu Fresnels Testament?", fragte Finot.

„Ja, er hat ein *testament olographe* verfasst und es bei der *fichier central des dispositions de dernières volontés* eintragen lassen. Eine Abschrift war in seinen Unterlagen."

Fresnel hatte also ein handschriftliches Testament verfasst und registrieren lassen, sinnierte Finot. Seine Gedanken drifteten ab zu der Frage, wie er selbst seinen Nachlass handhaben sollte. Genau wie Fresnel? Oder würde er doch besser einen Notar einschalten?

„François, bist du noch auf Empfang?"

„Wie bitte? Ja, klar. Was steht drin?"

„Er besaß nur sein kleines Auto und das Haus, und das ist auch nicht mehr das neueste und wird kaum etwas wert sein. Und er bezog natürlich seine Rente und hatte ein bisschen was gespart…"

„Und die Fotoausrüstung!"

„Und die Fotoausrüstung, natürlich", antwortete Laura wie eine nachsichtige Krankenschwester. „Was ich sagen will: Es ging ihm nicht schlecht, aber große Sprünge machen konnte er auch nicht. Seine Tochter und seine Schwester erben."

Ein Motiv erkannte Finot hier nicht. „Was machst du heute Abend?"

„Warte, ich hab' noch was."

„So? Was denn?“

„Das Foto einer Frau. Einer sehr schönen Frau sogar. Es war in diesem grässlichen Gemälde der Normandie-Brücke versteckt; zwischen dem Bild selbst und der Rückwand. Meine Leute haben den Rahmen auseinandergenommen.“

„Gibt es einen Hinweis darauf, wer diese Frau ist?“

„Nicht den geringsten.“

„Weißt du, wer das Bild gemalt hat?“

„Du fragst nach einer Signatur? Es gibt keine.“

„Warum versteckt jemand ein Foto in einem Bilderrahmen? Da muss doch mehr dahinterstecken. In der Regel klebt man Fotos in ein Album oder bewahrt sie in einem alten Schuhkarton auf. Wollte Fresnel, dass das Foto nicht gefunden wird? Warum hat er es dann nicht einfach weggeworfen oder verbrannt? Und war das Gemälde der Brücke einfach ein beliebiges Versteck, oder hatte es eine tiefere Bedeutung?“

„Es könnte sein, dass das Foto mit Fresnel gar nichts zu tun hat, sondern mit dem Maler oder der Person, die das Bild gerahmt hat“, gab Laura zu bedenken. „Was heute Abend angeht, so werde ich schlafen.“ Und um alle Missverständnisse auszuräumen, fügte sie noch hinzu: „Allein.“

Finot war enttäuscht, auch wenn er sich schon gedacht hatte, dass Laura ihm einen Korb geben würde. Aber ihm war auch klar, dass es nur zwei Möglichkeiten gab: Entweder akzeptierte er Laura so, wie sie war, oder die Beziehung wäre zum Scheitern verurteilt. Ihre Unabhängigkeit war einer der Gründe, warum er sie liebte.

Liebe? Seine Gedanken waren ihm wohl einen Schritt voraus.

18

Eine halbe Stunde später saß er bei Laura im Büro. Noch während des Telefonats hatte er überlegt, sich Fresnels Rechner direkt selbst zu Gemüte zu führen. Das wäre eine sehr gute Art, den freien Abend zu nutzen. Lauras Bericht wäre ihm ein Leitfaden, so dass er sich nicht in den Ordnern verlor und schneller fand, was ihn interessierte.

Er hatte Laura noch kurz angetroffen, aber für mehr als ein paar Sätze und einen schnellen Kuss hatte es nicht gereicht. Sie hatte ihm das Foto in die Hand gedrückt. „Ich tippe auf Ende der achtziger Jahre. Modisch gesehen ist das Jahrzehnt ja eher zu vernachlässigen."

Die Frau war um die dreißig, hatte kastanienbraune Haare und ebensolche Augen und lächelte kaum merklich in die Kamera. Sie trug einen Rock, eine Bluse und darüber einen Blazer, dessen Schulterpolster nach heutigen Maßstäben lächerlich breit waren. Das Foto war vor einem Schreibtisch aufgenommen worden. Sie war tatsächlich eine sehr gutaussehende Frau; Finot hätte sich sogar zu dem Adjektiv *bildschön* aufschwingen wollen.

Er legte das Foto nachdenklich zur Seite und wandte sich Fresnels Rechner zu. Darauf fand er zahlreiche Ordner mit Fotodateien, was ihn kaum überraschte, nachdem er die Kameraausrüstung gesehen hatte. Bevor er die Bilder einzeln prüfte, holte er sich aus dem Automaten einen *Café* und einen Schokoriegel.

Blanche hatte sich längst zu einem Knäuel unter Lauras Schreibtisch zusammengelegt und war eingeschlafen.

Finot interessierte sich vor allem für Fotos mit Menschen darauf; die unbekannte Frau wäre in seinen Augen ein echter Treffer gewesen. Dieses Kriterium machte die Suche relativ einfach. Die meisten Aufnahmen stammten von Urlaubsreisen und waren Naturmotive:

Bäume – das Weitwinkelobjektiv war wirklich gut! –, Nahaufnahmen von Pflanzen und Tieren – diese Aufnahmen waren ebenfalls sehr gelungen, wirklich hübsches Bokeh! –, und natürlich Felsen und Meer. Finot rief sich zur Ordnung. Er saß nicht hier, um Fresnels Qualitäten als Fotograf oder dessen Ausrüstung zu beurteilen. Alte Fotos, zum Beispiel solche mit Fresnels Tochter darauf, fand er nicht.

Weiter ging es mit Fresnels E-Mails. Er schien tatsächlich ein Süßschnabel gewesen zu sein, hatte diverse Leckereien, die es vor Ort nicht zu kaufen gab, im Internet bestellt. Dazu gehörten weberschiffchenförmige *Calissons* aus Aix-en-Provence, ein Konfekt aus Mandeln, kandierten Melonen und Orangen. Seine Fotoausrüstung hatte Fresnel ebenfalls online erworben; die Firma *Dubois* war Finot nicht unbekannt. Es gab zwar ein Ladenlokal in Dieppe, aber auch Finot kaufte lieber im Internet.

Daneben gab es einen Ordner mit Korrespondenz – Kommunikation mit Versicherungen, dem Finanzamt und ähnliches. Finot überflog alles, es kam ihm nicht sonderlich bedeutsam vor.

Die Suchhistorie des Browsers offenbarte, wie von Laura schon berichtet, Fresnels Suche nach Finots Vater. Daneben waren die Internetseiten der Firma *Dubois* und die der anderen Läden, bei denen Fresnel bestellt hatte, vertreten.

Genug für heute, dachte Finot, als Blanche sich regte. Er schrieb Laura eine Nachricht, auf der er ihr mitteilte, dass er das Brückengemälde mitnehme. Dann fragte er noch, ob ihre Leute Fotoalben gefunden hätten. Aus einer Laune heraus dekorierte er den Zettel mit einer Reihe von Herzchen. Er hoffte nur, dass Laura morgen die erste an ihrem Schreibtisch sein würde.

Auf dem Weg nach Hause fuhr er bei *Dubois* vorbei, um einen unverbindlichen Blick ins Schaufenster zu werfen. „Es wird nicht lange dauern“, versicherte er Blanche.

Als er auf den fast voll besetzten Firmenparkplatz fuhr, dämmerte es bereits. Schnell war klar, warum so spät noch so viel los war: Das Erdgeschoss war hell erleuchtet. Finot kam sich vor, als bestaune er ein Aquarium.

Er stieg aus und ging näher. Für eine Firmenfeier wirkte diese hier relativ ausgelassen. Die meisten Gäste waren in Gespräche vertieft, lachten und gestikulierten. Nur vereinzelt standen Personen allein herum oder führten Gespräche, die ernsthafter wirkten. Kellner reichten auf Tabletts Getränke und Fingerfood herum.

„Na, Blanche“, sagte Finot. „Nicht sehr spannend, oder? Zumindest, wenn man nicht mitfeiern kann.“ Was Quatsch war, denn Finot hätte alles andere lieber getan, als jetzt da reinzugehen und sich unter die Leute zu mischen.

Plötzlich sah er, wie sich eine Gruppe Männer absetzte und den Ausgang ansteuerte. Sie lachten, waren gut drauf, hatten dem Anschein nach auch schon einiges an Alkohol intus. Was sie wohl vorhatten?

Finot war’s einerlei. Er wandte sich zum Gehen, hielt dann aber inne. Der eine Mann mit dem blauen Anzug und den kurzen, dunklen Haaren kam ihm bekannt vor. Aber woher? Er hatte das Gesicht schon mal gesehen. Ihm fiel aber partout nicht ein, wo.

Egal, dachte er, stieg ins Auto und fuhr nach Hause.

V

19

„Wir haben alle Beteiligten durchleuchtet“, sagte Dominique am nächsten Morgen bei der Besprechung, und nachdem sie Blanche zur Begrüßung ausgiebig geherzt hatte. „Die Patienten, Rose, Pierre, Eugénie Cassard, die Mitarbeiterinnen, aber auch sonstige Verwandte, Bekannte und Freunde…“, sie schüttelte frustriert den Kopf. „Nirgendwo findet sich ein Motiv, Cassard umzubringen – wenn man mal von der Fehde zwischen Pierre und seinem Vater absieht.“

Sie saßen zu viert in Dominiques Büro. Finot, Julien, die Kommissarin und ihr Mitarbeiter Laurent Abidal, der zur Begrüßung genickt und es seiner Chefin überlassen hatte, Julien seinen Namen zu verraten. Finot kannte Abidal schon, da er seine Aussage aufgenommen hatte.

Auf der Fahrt nach Honfleur hatte Motas den beiden Untergebenen polternd über die Freisprechanlage seine Pressestrategie dargelegt. Das Auto hatte unter seinen Worten schier gebebt. „Ich glaube nicht an die Theorie, dass wir es mit einem Verrückten zu tun haben! Und genauso werde ich das auch der Presse sagen!“

Fahrer und Beifahrer hatten sich vielsagend angeschaut.

„Ein Verrückter treibt doch nicht diesen Aufwand! Ein Verrückter zieht sich keine Perücke an und wartet gezielt auf seine Opfer! Der Täter muss sich mit den Gewohnheiten seiner Opfer auseinandergesetzt haben, ein Verrückter würde wahllos zuschlagen!“ Er machte eine Pause, vielleicht weil ihm aufgefallen war, dass das Verb „schlagen“ hinkte. „Ihr wisst, was ich meine.“

„So sehe ich das auch“, sagte Finot. „Nur können wir das leider nicht mit Sicherheit sagen.“

„Sicherheit!" Motas schnaufte. „Melde dich, sobald ihr etwas Neues habt. Je konkreter, desto besser. *Salut.*"

„Pierre meinte, sein Vater wäre in letzter Zeit nervös gewesen?", warf Finot jetzt in die Runde.

„Er scheint der Einzige zu sein, dem das aufgefallen ist", antwortete Dominique. „Keinem der anderen Befragten kam Cassard in letzter Zeit verändert vor. Klar, diese Insidergeschäfte setzten ihm zu, das war aber auch alles."

Finot war skeptisch, schrieb er Pierre doch eine verhältnismäßig klare Sicht auf andere Menschen zu. „Monsieur Hollande meinte, was die Insidergeschäfte anging hätte Cassard keine größeren Befürchtungen haben müssen."

Dominique zuckte nur mit den Schultern.

Finot ließ von der Sache ab. „Was ist mit Rose, der Tochter? Wie war ihr Verhältnis zum Vater?"

Dominique, die alle Anwesenden mit *Café* versorgt hatte, sagte: „Sie hat Kunst studiert, was dem Vater zunächst nicht sehr behagte. Nicht handfest genug, zu unsicher, man kennt die Argumente. Aber am Ende hat er sie machen lassen, mehr noch, hat sie unterstützt, als sie die Galerie aufmachte. Sie scheint davon leben zu können, und jetzt kommt ja noch die Erbschaft hinzu. Querelen zwischen den beiden sind uns nicht zu Ohren gekommen, sie war eher Papas Liebling, nach allem, was man hört."

Das war auch meilenweit von einem Motiv entfernt, fand Finot. Außerdem blieb hier wieder die Frage: Warum hätte sie auch noch Fresnel umbringen lassen sollen?

„Was die Praxis angeht", fuhr Dominique nach einem Schluck *Café* fort, „das sind ja alles Mitarbeiter*innen*", sie betonte den letzten Teil des Wortes, „die nicht als Täter in Frage kommen. Sabine hing besonders an Cassard." Dominique hob den Blick, der bisher auf ihre Unterlagen geheftet gewesen war. „Eine Verbindung zu Fresnel und

Ihrem Vater", letzteres sagte sie an Finot gewandt, „haben wir bisher noch nicht ausfindig gemacht."

„Und in der langen Liste der Patienten ist wirklich keiner dabei, der einen Grund hätte, auf Cassard sauer zu sein?", warf Julien ein.

„Das ist Detailarbeit, die noch andauert", sagte Dominique. „Aber bisher lautet die schlichte Antwort *nein.*" Sie seufzte. „Für mich ist immer noch die wichtigste Frage, wer wusste, dass Cassard zum Zahnarzt gehen würde. Sabine natürlich, weil sie die Patienten-Termine verschieben musste; sie hat uns aber auch noch zwei andere Mitarbeiterinnen genannt. Außerdem war Eugénie natürlich informiert, der Zahnarzt selbst und seine Sprechstundenhilfen." Dominique nickte in Richtung ihres Mitarbeiters, der das herausgefunden zu haben schien.

„Dazu kommt Pierre, der mit seinem Vater telefoniert hat", ergänzte Finot.

„Und seine Sekretärin", sagte Julien. „Aber die war bis achtzehn Uhr in der Kanzlei." Er prüfte gedankenverloren die Uhrzeit auf seinem Smartphone. „Der Täter muss vorbereitet gewesen sein", fuhr er fort, „die Perücke und das Messer müssen bereitgelegen haben, um sie bei Gelegenheit anzuwenden. Wenn er ihn nicht an diesem Tag umgebracht hätte, dann an einem anderen."

Die anderen nickten zustimmend.

„Eine Sache verstehe ich nicht", sagte Finot. „Warum haben wir die Tatwaffe immer noch nicht gefunden? Der Täter hatte sie nicht dabei, als er vor mir geflohen ist, da bin ich mir sicher. Er müsste sie in der Hand gehabt haben. So ein Messer kann man doch nicht in die Hosentasche stecken. Wenn es ein Klappmesser gewesen wäre, okay, aber das war es laut Serge nicht. Und doch hat er das Messer höchstwahrscheinlich für den Mord an Fresnel noch einmal benutzt. Wie kann das sein? Hat er es versteckt und später wiedergeholt? Aber das hätte doch viel zu lange gedauert und wäre auch viel zu riskant gewesen."

„Er hatte einen Komplizen", sagte Abidal. „Dieser Komplize hat vor der Praxis gewartet und das Messer entgegengenommen."

Finot zuckte vor Schreck leicht zusammen und sah Abidal, der bisher geschwiegen hatte, perplex an. Auch Julien und Dominique wirkten so, als hätten sie an diese Möglichkeit noch nicht gedacht. „Das heißt wir suchen mindestens zwei Leute?"

„So scheint es", sagte Abidal lapidar.

Finot brauchte einen Moment, um sich zu sammeln. „Was ist mit dem Bildmaterial der Überwachungskameras?"

„Der Täter ist ein paar Mal zu sehen, das wissen Sie ja, aber einen möglichen Komplizen haben wir nicht erwischt. Genauso wenig wie Pierre oder sonst jemanden, der verdächtig wäre."

„Warum ist er eigentlich zu Fuß geflohen?", wechselte Julien das Thema.

„Das hätte ich an seiner Stelle auch getan", sagte Finot. „Das geht einfacher, als sich in einem Auto durch die Stadt zu kämpfen, das man noch dazu anhand des Kennzeichens leicht identifizieren kann. Er hat sein Auto wahrscheinlich etwas außerhalb geparkt und ist von da aus weggefahren."

„Dann ist Pierre doch unser Mann?", schlug Julien halbherzig vor. „Beziehungsweise jemand, den er engagiert hat. Ging es bei dem Streit zwischen ihm und seinem Vater doch um mehr?"

„Aber es muss jemand gewesen sein, der beide Opfer kannte und ein Motiv hatte, beide umzubringen!", sagte Dominique unwirsch. „Kommen wir zum Testament. Nach allem, was wir bisher wissen, ergibt sich daraus bei

Cassard kein Motiv für irgendwen." Sie sah Finot an. „Was ist mit Fresnel?"

„Er war alles andere als reich", erwiderte er. „Geld fällt als Motiv raus, würde ich sagen." Finot berichtete, was Laura ihm am Vorabend erzählt hatte. „Ich treffe Inès Fresnel heute Nachmittag; mal schauen, was sie noch zu sagen hat. Auch zu dieser Frau." Er holte das Foto hervor und erklärte, das Lauras Leute es in Fresnels Brückengemälde gefunden hatten.

Dominique studierte das Portrait und bat Abidal, es abzufotografieren. „Wir müssen auch in Cassards Umfeld nach der Frau fragen." Sie räusperte sich. „Okay. Was hat die Befragung rund um den zweiten Tatort ergeben? Hat jemand Fresnel gesehen?"

„Moment", ging Finot dazwischen. „Bevor ich's vergesse: Ist Cassards Aktentasche inzwischen wiederaufgetaucht? Pierre hat uns gestern danach gefragt."

Dominique schüttelte den Kopf. „Leider nicht."

Julien sah Finot fragend an, der nickte.

„Dann also zurück zu Fresnel", sagte Julien. „Er war an dem Abend etwas trinken, in einer Kneipe namens *l'Absinthe*. Er war regelmäßig dort, also ein bekanntes Gesicht. Keinem der Befragten ist eine Person aufgefallen, die in der Gegend herumgelungert hätte, um Fresnels Gewohnheiten auszuspionieren."

„Vielleicht war es einer von den anderen Stammgästen?"

„Noch so eine Detailarbeit. Ich habe alle Personalien aufgenommen", seufzte Julien. „Fresnel hat sich an dem Abend besonders lang mit einem Mann unterhalten, der von allen nur *le philosophe* genannt wird. Mein Gespräch mit ihm war nicht sehr ergiebig." Er sah Finot an. „Ich habe ihm gesagt, dass Sie noch einmal mit ihm sprechen werden."

Finot nickte.

„Am Tag, bevor Fresnel starb“, fuhr Julien fort, „hat er nur ein einziges Mal telefoniert – mit seinem Friseur. Er hat überhaupt sehr wenig telefoniert, scheint ein Eigenbrötler gewesen zu sein, was durch die Aussagen der Leute im *l'Absinthe* unterstützt wird. Martine und ich haben die Leute aus seinem Adressbuch und die Nachbarn befragt. Alle sagen übereinstimmend, dass er ein netter, zurückhaltender Mann gewesen sei. Niemand hat eine Idee, warum ihn jemand hätte umbringen wollen. Und keiner konnte uns etwas zu Stéphane Cassard sagen, leider.“

„Gut“, sagte Dominique. „Was hat die Untersuchung von Fresnels Haus und Rechner ergeben? Ich habe den Bericht nur kurz überflogen.“

Finot fasste zusammen, was er gestern Abend herausgefunden hatte. „Die Fotoalben könnten noch etwas hergeben.“ Laura hatte am Morgen auf Finots romantische Zettelnachricht mit einer nicht minder romantischen Textnachricht reagiert und dabei einfließen lassen, dass es tatsächlich welche gab.

„Darum kümmere ich mich“, sagte Julien, und machte sich eine Notiz.

„Die Befragung im Seniorenheim hat, wie ich gehört habe, nichts Neues ergeben?“

„So ist es“, bestätigte Finot. „Abbas hat meinem Vater außerdem Cassards Foto gezeigt, aber er hat ihn nicht erka…“

Es klopfte an der Tür.

„Oui!“

Vier Augenpaare richteten sich auf den Uniformierten, der nach Dominiques forscher Aufforderung eingetreten war. Er marschierte auf sie zu und übergab ihr einen Briefumschlag mit den Worten: „Das hier wurde gerade für Sie abgegeben.“

Dominique begutachtete den Inhalt, ohne ihn herauszuholen. So vorsichtig, wie sie die Post behandelt hatte, so abrupt sprang sie jetzt auf und sprintete los. Finot, Julien und Abidal starrten ängstlich auf den zurückgelassenen Umschlag, als wäre er eine tickende Zeitbombe.

Abidal holte geistesgegenwärtig Handschuhe aus einer Schublade, zog sie an und fischte ein paar Fotos hervor.

Sie zeigten Stéphane Cassard und seine Praxismanagerin Sabine in einem Restaurant. Die Fotos waren durch die Fensterscheibe und aus einiger Entfernung aufgenommen worden, die beiden waren aber dennoch eindeutig zu erkennen. Auf einem Bild beugte sich Cassard zu Sabine hinüber und küsste sie. Auf einem anderen hielten sie Händchen und lächelten verliebt. Die dritte Aufnahme zeigte Sabine, die seine Wange liebkoste. Darüber, welches Restaurant es gewesen war, ließ sich anhand der Bilder nur spekulieren. Ein Tisch, zwei offensichtlich verliebte Menschen, viel mehr war nicht zu sehen.

„Wie lange ist das her?“, fragte Finot.

„Zehn, fünfzehn Jahre“, schlug Abidal vor.

Auf diese Zeit hätte Finot das Geschehen auch datiert.

Dominique kehrte mit frustrierter Miene zurück. Sie fixierte zuerst die Bilder auf dem Tisch und dann Abidal mit den Handschuhen. „Ein Kollege hat den Umschlag gefunden; er klemmte unter dem Scheibenwischer meines Autos.“ Sie sah ihren Mitarbeiter an. „Organisieren Sie bitte ein paar Leute, die sich draußen umhören, vielleicht hat jemand etwas mitbekommen.“

Abidal stand auf.

„Ach, warten Sie.“ Sie fotografierte die Fotos mit dem Smartphone ab. „Nehmen Sie die hier und den Umschlag direkt mit und lassen Sie alles auf Fingerabdrückte überprüfen.“

„Da ist wohl ein Gespräch mit Sabine Lambert fällig…“, sagte Dominique.

„Und mit Eugénie Cassard“, ergänzte Finot.

20

Dominique und Finot fuhren nach Le Havre, wo Sabine wohnte. Abidal, Julien und ein paar andere Mitarbeiter Dominiques waren derweil damit beschäftigt, die restlichen Mitarbeiterinnen nach dem Verhältnis der Kollegin mit dem Chef zu befragen.

Le Havre, die nach Einwohnern größte Stadt der Normandie, lag an der Mündung der Seine und besaß nach Marseille den zweitgrößten Hafen Frankreichs. Anfang des zwanzigsten Jahrhunderts noch Europas größter Kaffee-Importhafen, war im Ersten Weltkrieg Nachschub für die verbündeten britischen Truppen dort angekommen. Nach der Niederlage Frankreichs im Zweiten Weltkrieg hatten deutsche Truppen im Jahre 1940 in Le Havre eine Festung errichtet. Erst vier Jahre später war die Stadt wieder befreit worden, was vielen Menschen das Leben gekostet und nichts als Zerstörung hinterlassen hatte.

Die etwa halbstündige Fahrt legte die Praxismanagerin an jedem Arbeitstag zwei Mal zurück, sinnierte Finot. Für sie war es demzufolge nichts Besonderes mehr, über die Brücke zu fahren, ganz im Gegensatz zu Finot, der sich immer wieder freute wie ein Kind. „Was wissen Sie über Sabine Lambert?“, fragte er.

„Sie ist Mitte fünfzig und lebt allein“, berichtete Dominique und ließ die Sonnenbrille, die sie sich in die Haare gesteckt hatte, auf die Nase plumpsen. „Nach ihrer Ausbildung zur Sprechstundenhilfe hat sie ein, zwei Jahre bei einem anderen Arzt gearbeitet, danach ist sie direkt zu Cassard gewechselt und seitdem arbeitete sie für ihn.“ Sie machte eine kleine Pause, um sich über einen vorausfahrenden Autofahrer zu ärgern, dann fuhr sie fort:

„Sabine wurde in Le Havre geboren; die ganze Familie lebt noch dort, eine alleinerziehende Schwester mit Sohn, die Eltern. Die Mutter arbeitete in einer Bäckerei… oder war es eine Metzgerei…?, der Vater war im Schiffbau tätig."

Le Havre war nicht nur Standort der Petrochemie und Nahrungsmittelindustrie, auch der Schiffbau war ein großer Arbeitgeber. Von daher war diese Information nicht verwunderlich. „Glauben Sie, die Morde haben etwas mit dem Verhältnis der beiden zu tun?", fragte Finot.

„Mir ist nicht klar ist, wie Fresnel da reinpassen soll, wenn es so sein sollte. Man könnte sich diverse Szenarien zurechtlegen, aber…" Sie beendete den Satz nicht. „Wenn es mit der Affäre zusammenhängt, hätte Eugénie eher ein Motiv, ihren Mann umzubringen."

Finot klappte mit zusammengekniffenen Augen die Sonnenblende hinunter. „Sie könnte den Mörder engagiert haben. Fresnel wusste möglicherweise schon länger von der Affäre und wurde ebenfalls umgebracht, weil er Eugénie nichts davon gesagt hat."

„Oder umgekehrt, er hat gedroht, es zu sagen?", schlug Dominique vor. „Und Eugénie wollte das nicht? Um das Ansehen ihres Mannes nicht zu beschmutzen?" Sie verzog das Gesicht. „Krude Logik, vergessen Sie's. Wenn Sie ihren Mann umbringen lässt, weil er fremdgeht, ist ihr sein Ansehen mit Sicherheit schnurzegal."

Finot zuckte mit den Achseln. „Die Fotos sehen schon älter aus. Warum sollte sie jetzt erst aktiv werden?"

„Weil sie es jetzt erst erfahren hat?", gab Dominique zurück, wirkte aber nicht überzeugt. „Schauen wir erst mal, was Sabine zu der Sache zu sagen hat."

Sie passierten *le volcan*, ein Kulturzentrum, das in den siebziger Jahren nach Plänen des brasilianischen Architekten Oskar Niemeyer errichtet worden war. Das *Maison de la culture le Havre* hatte die Form eines abgeschnittenen Kegels, was den Spitznahmen erklärte.

Aufgrund der interessanten Architektur fuhr Finot immer wieder gerne nach Le Havre. Die schwer zerstörte Stadt war in den Nachkriegsjahren komplett wiederaufgebaut worden; der Stadtkern, dominiert durch einheitliche Betonbauten, stand neben Brasilia auf der Liste des UNESCO-Welterbes.

Auch Sabine lebte in einem Bau aus dieser Zeit, ein beigefarbenes, vierstöckiges, kastenförmiges Mietshaus.

Die blasse Praxismanagerin zog überrascht die Augenbrauen hoch, als sie Dominique sah. Sie war nachlässig in Jogginghose und T-Shirt gekleidet und Finot schien auf paradoxe Weise, dass sie in einem weniger jugendlichen Outfit weniger alt gewirkt hätte.

„Möchten Sie etwas trinken?"

Er runzelte die Stirn. Das war eine etwas merkwürdige Frage, da sie immer noch an der Tür standen und noch nicht einmal hereingebeten worden waren.

„Wasser wäre schön", sagte Dominique. „Für den Hund bitte auch, wenn es geht."

Doch statt aktiv zu werden, blieb Sabine im Flur stehen, als wüsste sie nicht, was zu tun war.

Das ist sicher nicht die resolute Praxismanagerin, die die Kollegen und Patienten kennen!, dachte Finot, noch leicht irritiert von Dominiques übergriffiger Frage nach dem Wasser für Blanche.

Endlich rührte sie sich. „Gehen Sie doch schon mal durch ins Wohnzimmer."

Auf einem Schuhregal im Flur entdeckte Finot ein paar bunte Turnschuhe mit überdimensionaler Sohle. Trug Sabine so etwas? Aber waren die nicht ein bisschen groß? Die Schuhe sahen neu aus und waren bestimmt teuer gewesen.

„Kommen Sie?", fragte Dominique.

Das Wohnzimmer war ein beengter Raum; dicke Vorhänge verdeckten die beiden Fenster, um das

Sonnenlicht auszusperren. Stattdessen hatte Sabine das Licht angemacht. Finot und Dominique setzten sich auf das Sofa.

„Puh, ist das warm", murmelte sie.

Sabine tappte ins Wohnzimmer. Sie hatte sich eine Flasche Wasser unter den Arm geklemmt, und drei Gläser in den Händen. Kondenswasser tropfte von der Flasche und bildete, als sie alles auf den Sofatisch stellte, eine Wasserlache. Sie beachtete es nicht und verließ noch einmal das Zimmer.

„Ein Kommissar aus Dieppe und ein weiterer Mordfall?", fragte sie, nachdem sie mit einer kleinen Schüssel Wasser für Blanche zurückgekehrt war. Auf Finot wirkte sie verloren, wie sie da in ihrem informellen Aufzug unschlüssig vor dem Sofa stand.

Wie aufs Stichwort fuhr sie fort: „Ich weiß gar nicht mehr wie das ist, tagsüber allein zu Hause zu sein. Die Praxis ist ja erstmal zu…" Sie nahm den beiden Kommissaren gegenüber in einem Sessel Platz.

Dominique wischte sich mit der Hand über die Stirn. „Wie geht es damit weiter?"

„Die Sonne knallt um diese Uhrzeit immer hier rein", sagte Sabine entschuldigend. „Deshalb auch die Vorhänge. Was die Praxis angeht: Ich weiß es nicht. Und diese Unsicherheit macht mich fertig. Die Arbeit ist mein Leben." Mit zitternden Händen füllte sie die Gläser. „Aber warum sind Sie eigentlich hier?"

Dominique holte ihr Smartphone hervor, hielt es Sabine vor die Nase und wischte über den Bildschirm, ein Foto nach dem anderen präsentierend. Dann legte sie das Smartphone auf den Tisch. Dabei achtete sie darauf, dass es nicht nass wurde.

Die Praxismanagerin sog Luft ein, hielt sie an, und atmete dann ruhig wieder aus. Eine meditative Übung, die sie sich für den Umgang mit schwierigen Patienten zugelegt hatte?

„Wie lange ging das?“, fragte Dominique.

„Zweieinhalb Jahre“, presste sie hervor.

Schwer vorstellbar, dass es unentdeckt geblieben war, dachte Finot. Ein begrenzter Kosmos wie die Praxis, eine kleine Stadt wir Honfleur… Und es war ja auch nicht unentdeckt geblieben.

„Es ist lange vorbei.“

„Was heißt das?“, fragte Finot.

„Seit etwa zehn Jahren.“

„Wie ist es zu Ende gegangen?“, fragte Dominique. „Wer hat Schluss gemacht?“

Sabine schlug die Augen nieder. „Ich.“

„Warum?“

In der einen Hand hielt Sabine das Glas, mit der anderen strich sie die dunklen Haare hinter das Ohr. „Es hatte keine Zukunft“, sagte sie. „Ich wollte etwas anderes als er. Ich wollte… Ich wusste, er würde sie nie verlassen.“

„Wie hat er darauf reagiert?“

„Er war gekränkt. Es gab noch ein paar Annäherungsversuche, dann war es vorbei.“

„Wer wusste davon?“, fragte Dominique.

Finot sah sie von der Seite an. Warum hastete sie durch die Befragung, als müssten sie den letzten Zug erreichen?

Sie zuckte die Achseln. „Eugénie?“

„Haben Sie nie mit ihm darüber gesprochen?“, fragte Dominique.

Sie schaute zur Seite und murmelte: „Ich wollte es nicht wissen, vermute ich.“

„Warum sind Sie nicht weggegangen?“, fragte Finot. „Ich meine, nachdem es vorbei war. Ich stelle mir das schwer vor, ihn jeden Tag sehen zu müssen.“ Im Geiste fügte er hinzu: Und sollte Eugénie davon gewusst haben, wird es für sie nicht minder schwer gewesen sein…

„Ich hatte Stéphane verloren, ja, aber ich hatte von Anfang an gewusst, worauf ich mich einlasse. Ich wollte nicht auch noch meine Arbeit und die Kollegen verlieren."

Ein nachvollziehbarer Wunsch, fand Finot.

„Kennen Sie einen Roger Fresnel?", fragte Dominique. „Oder sagt Ihnen der Name Adrien Finot etwas?"

Sabine antwortete nicht direkt. Ihre Aufmerksamkeit ruhte auf Dominique, die nach ihrem Glas griff und es in einem Zug austrank. „Wer sollen diese Männer sein?", fragte sie und fächerte sich Luft zu. „Patienten von uns? Bestimmt haben wir einen Monsieur Fresnel oder Finot darunter. Aber ob es die sind, die Sie meinen…"

Dominique winkte ab.

Sicher hatten die Kommissarin und ihre Leute die Patienten schon überprüft, dachte Finot; in diese Richtung lohnte es sich nicht, weiterzuforschen.

„Gut, also, dann danken wir Ihnen fürs Erste." Dominique erhob sich und eilte zur Tür.

„Madame Magimel?" Finot erhob sich, schüttelte Sabine die Hand und verabschiedete sich. „Ich finde allein hinaus."

21

„Schrecklich warm da drin, ich habe es nicht mehr ausgehalten!" Dominiques Wangen waren gerötet. Sie beugte sich hinunter zu Blanche. „Dir war auch warm, nicht wahr?" Dann streckte sie sich wieder und sah Finot an. „Aber wir waren auch durch, oder? Was halten Sie von der Sache?"

Auch Finot war froh, wieder draußen zu sein, wo ein Lüftchen ging. „Die Situation zieht ihr den Boden unter den Füßen weg, die Praxis ist – oder besser gesagt, war –

ihr Leben. Ich kann mir nicht vorstellen, dass sie sich selbst in diese Lage bringen würde, indem sie Cassard umbringen lässt."

„So sehe ich das auch", sagte Dominique, schon wieder ein bisschen erfrischter, „aber wir sollten uns nicht frühzeitig auf eine Theorie einschießen."

„Ich könnte mit Rose Cassard sprechen, bevor ich nach Rouen fahre, um Inès Fresnel zu treffen", schlug Finot vor.

Dominique ließ sich das durch den Kopf gehen. „Einverstanden", verkündete sie. „Ich spreche derweil mit Madame Cassard und telefoniere mit Pierre." Mehr zu sich selbst fügte sie, plötzlich zweifelnd, hinzu: „Kann ich Sie denn überhaupt allein gehen lassen?" Sie verbrachte ein paar Sekunden damit, ihren Rock glattzustreichen und über diese Frage nachzudenken, dann fixierte sie Finot. „Ich glaube ja." Ohne ein weiteres Wort stöckelte sie los.

„Sie legt ein ganz schönes Tempo vor, nicht wahr, Blanche?", sagte Finot grinsend. „Madame Magimel!", rief er ihr hinterher, ohne sich einen Zentimeter zu bewegen. „Wir müssen uns über ein paar grundsätzliche Dinge unterhalten."

Er hatte es gestern schon zum Ausdruck gebracht, als Dominique ungefragt den Termin mit Pierre gemacht hatte. Er passte sich gerne an, war aber nicht gewillt, alles mit sich machen zu lassen. Davon abgesehen war er auch in der Lage, selbst für Blanche nach Wasser zu fragen.

Während der Autofahrt zurück nach Honfleur sprachen sie kaum, was allerdings keine negative Folge des klärenden Gesprächs war. Dominique hatte in Reaktion auf Finots Ausführungen schuldbewusst den Kopf gesenkt und erklärt: „Das passiert mir leider immer wieder, dass die Pferde mit mir durchgehen. Abidal wirft mir dann diesen Blick zu …"

„Wie habe ich mir den vorzustellen?"

Dominique hatte genervt mit den Augen gerollt. „So in etwa."

Dominique war eine sehr gute Autofahrerin, auch wenn Finot keinen blassen Schimmer hatte, wie sie Gas- und Bremspedal mit den hohen Hacken bedienen konnte. Er fühlte sich sicher und saß entspannt und ohne an etwas Besonderes zu denken auf dem Beifahrersitz.

Nachdem sie sich vor dem Kommissariat verabschiedet hatten, machte Finot einen kleinen Abstecher zu seinem Kofferraum und spazierte dann zu Roses Galerie.

Begleitet von einem lauten Bimmeln öffnete er die Tür. Rose kam nach vorne, sah ihn, blieb abrupt stehen und rang mit sich, auf dem Absatz kehrt zu machen. Dann schien etwas in ihr zu sagen, dass ein solches Verhalten indiskutabel war, und sie lief, deutlich widerstrebend, auf Finot zu. „Was wollen Sie?"

„Zunächst einmal um Entschuldigung bitten", erklärte er und berichtete, wie seine „Undercover"-Recherche mit Laura zustande gekommen war.

„Undercover!" Rose schüttelte den Kopf, schien aber schon deutlich milder gestimmt. „Sie sind dem Täter also hinterhergelaufen?"

„Ich hab's zumindest versucht", erwiderte Finot.

„Und warum sind Sie jetzt hier?" Mit einem Blick auf die durchsichtige Tüte in Finots Hand, in der das Brückengemälde steckte, ergänzte sie: „Ich kaufe keine Kunst an."

„Das habe ich auch nicht erwartet."

„Sie arbeiten mit Madame Magimel zusammen", konstatierte sie ohne erkennbaren Zusammenhang zu ihren vorherigen Worten. „Das stelle ich mir interessant vor."

„Ist es auch", sagte Finot lächelnd. Dann wurde er wieder ernst. „Auf das Gemälde hier komme ich gleich zu sprechen. Vorher habe ich eine leider etwas unangenehme Frage. Sie betrifft Ihren Vater und Sabine Lambert." Er machte eine kurze Pause und beobachtete Rose, die bloß schwieg und wartete, dass Finot weiterredete. „Die beiden hatten vor ungefähr zehn Jahren ein Verhältnis, wussten Sie davon?"

Roses Augen weiteten sich. Sie stützte sich kurz auf dem Tresen ab. „Nein, das wusste ich nicht!" Nach ein paar Atemzügen fuhr sie mit Ärger in der Stimme fort: „Moment, wollen Sie etwa Sabine daraus ein Motiv stricken? Oder nein, eher meiner Stiefmutter!"

„Ich möchte niemandem ein Motiv stricken, wie Sie es nennen. Ich möchte den Mörder Ihres Vaters finden."

„Eine Affäre mit Sabine…", sie schüttelte den Kopf. „Haben Sie schon mit Eugénie gesprochen?"

„Madame Magimel müsste gerade bei ihr sein. Es tut mir leid, dass wir Ihrer Stiefmutter dieses Gespräch nicht ersparen können."

„Sie ist ein wenig labil, ja", sagte Rose. „Leider lässt sie sich von mir nicht wirklich helfen. Aber eine Freundin ist bei ihr."

„Glauben Sie, Ihr Bruder wusste davon?"

Rose lachte leise. „Nein, das glaube ich nicht. Er hat sich möglichst wenig mit unserem Vater befasst." Sie korrigierte sich. „Nein, das stimmt nicht. Er hatte zu unserem Vater das gleiche Verhältnis, das er auch zu einem guten Bekannten gehabt hätte. Freundlich-reserviert."

„Was war der Grund dafür? Ihre Stiefmutter? Der Streit wegen der Insidergeschäfte?"

Sie schüttelte den Kopf. „Weder das eine noch das andere. Wenn ich so darüber nachdenke, weiß ich gar nicht, woran es lag. Sie passten einfach nicht zusammen."

„Aber Sie und Ihr Vater schon?"

Sie sah ihn kurz an. „Mein Bruder ist ja eher…", sie suchte nach dem richtigen Wort, „nüchtern?" Es klang mehr wie eine Frage. „Während mein Vater…“, sie zuckte mit den Achseln, „ach, ich weiß es nicht. Die Chemie stimmte nicht, sie waren nicht auf einer Wellenlänge, nennen Sie es, wie sie wollen.“

„War das Verhältnis der beiden schon immer so?“ Finot dämmerte, dass die Frage mehr mit ihm selbst und seinem Vater zu tun hatte als mit Pierre und Cassard.

„Sie wollen es aber ganz genau wissen“, seufzte Rose. Sie wirkte aber weniger genervt als überfordert, schien die Antwort auf Finots Frage wirklich nicht zu wissen. „Ja, nein… Ich weiß nicht. Ich habe mir noch nie darüber Gedanken gemacht. Ich habe es nie in Frage gestellt, wie mein Vater war, wie mein Bruder ist.“

„Glauben Sie, Ihr Bruder könnte Ihre Stiefmutter… gerächt haben?“

Rose lachte laut auf. „Nein! Seine Meinung dazu wäre sicher die, dass jeder seines Glückes Schmied ist. Und wenn die beiden Beziehungsprobleme hatten, dann war es ihre Angelegenheit. Für Rache müsste er sich ja persönlich betroffen fühlen.“

„Und das war nicht der Fall?“

Rose antwortete nicht

„Wie sehen Sie das?“

„Wie ich dazu stehe, dass mein Vater eine Affäre hatte?“ Sie wirkte nachdenklich. „Das kann ich Ihnen wirklich nicht sagen. Ich muss erst mal darüber nachdenken, das ist ja völlig neu für mich. Ich bräuchte auch mehr Informationen, um das beurteilen zu können. Ich weiß nur: Eugénie hat ihn sehr geliebt und die Beziehung war gut. Mit Höhen und Tiefen, aber gut.“

„Ihr Bruder meinte, Ihr Vater wäre in letzter Zeit nervös gewesen?“ Finot konnte nicht von dieser Sache lassen.

„Wegen der Klage?“

„Darauf schien Ihre Stiefmutter es seiner Ansicht nach zurückzuführen. Er selbst war anderer Meinung.“

„Pierre glaubt, es gäbe noch einen anderen Grund?“ Sie zog nachdenklich die Mundwinkel hinunter. „Wenn Sie es jetzt so sagen, ja, möglich, dass mehr dahintersteckte. Aber vielleicht bilde ich mir das auch nur ein. Ich wüsste keinen Grund.“

Finot ließ es dabei bewenden. „Kommen wir nun zu diesem Kunstwerk.“ Er legte die Tüte mit dem Brückengemälde auf den Tresen.

Rose rümpfte bei dem Ausdruck *Kunstwerk* leicht die Nase, sagte aber nichts. Sie zeigte auf die Tüte. „Darf ich?“

Finot nickte. „Mich würde interessieren, wer es gemalt hat.“

Sie nahm das Bild vorsichtig heraus. „Ich kann hier keinen besonderen Stil erkennen“, sagte sie nach einer kurzen Inspektion. „Es wirkt sehr…schlicht.“ Sie ließ das Bild sinken. „So als habe jemand eigentlich nur versucht, ein Foto detailgetreu abzumalen.“ Versöhnlich fügte sie hinzu: „Aber das ist ihm oder ihr sehr gut gelungen.“ Sie sah Finot an. „Sie wollen also wissen, wer es gemalt hat… Der Besitzer selbst? Einer seiner Freunde? Tochter, Sohn? Oder…“ Sie hielt in ihrer Aufzählung inne und deutete ein Grinsen an.

„Oder…?“, sagte Finot hoffnungsvoll.

„Versuchen Sie es mal in Villerville; dort gibt es, wenn ich mich richtig erinnere, einen kleinen Laden, in dem Bilder dieser Art und andere Souvenirs verkauft werden.“ Sie gab ihm das Gemälde zurück.

Villerville war eines dieser kleinen Örtchen der Normandie mit Kopfsteinpflaster und Fachwerkhäusern in Miniaturformat und bunten Fensterläden und Türen. Auf den Gässchen war Platz für hübsche Blumenkübel, aber nicht für unbescheidene Autovorlieben. Der Ort mit seinen paar hundert Einwohnern lag zehn Kilometer westlich von Honfleur und hatte einen endlosen Strand, auf wunderbare Weise gepaart mit geschwungenen Wiesen und Wald im Hinterland und dem bei Spaziergängern beliebten *Parc de Grave*, inklusive einem von Trauerweiden überdachten Naturteich.

Die Türglocke bimmelte, vier Touristen mit großen Rucksäcken zwängten sich herein. *„Bonjour!"*, riefen sie fröhlich und mit britischem Akzent, „dürfen wir uns einmal umschauen?"

„Aber gerne", sagte Rose mit einer ausschweifenden Geste, die die Kunstwerke an den Wänden umfasste. Sie sah Finot entschuldigend an.

Der hob kurz die Hand zum Gruß und sagte: „Bin schon weg. *Merci,* Madame Cassard. Komm, Blanche."

Blanche hatte gerade begonnen, einen der Neuankömmlinge zu beschnuppern und riss sich nur ungern los.

Als Finot ging, zeigte er noch auf *sein* Bild. Dasjenige, welches er bei seinem ersten Besuch in der Galerie entdeckt hatte. „Es gefällt mir wirklich gut, das habe ich nicht nur so daher gesagt…"

Sie zuckte mit den Achseln. „Wenn es weg ist, ist es weg."

Finot hatte noch ein bisschen Zeit, bis er in Rouen erwartet wurde und setzte sich in ein *Café*, wo er etwas trank und eine Kleinigkeit aß. Er war guten Mutes, da er einen neuen Anhaltspunkt gefunden hatte und so meldete er sich fröhlich, als sein Telefon klingelte. „Marcel! Schön, dass du anrufst!"

„*Salut,* Francois."

„Was gibt's?"

„Papa ist total durch den Wind!"

Finots gute Laune verpuffte. „Ja, ich weiß. Es tut mir leid!"

„Müsst ihr ihn so belagern? Könnt ihr ihn nicht in Ruhe lassen?"

Wenn Finot jetzt davon anfing, dass es um Mord ging und demzufolge wichtig war, wäre Marcel sicherlich noch ärgerlicher. Und so sagte er: „Papa scheint mit dem zweiten Opfer verquickt zu sein."

„Und wenn schon. Er wird euch dazu nichts mehr sagen können."

„Sicher hast du recht", sagte Finot.

Marcel wartete einen Moment, bevor er weitersprach. „Besuchst du ihn nochmal?"

„Bestimmt, ja."

„Als Polizist oder als Sohn?"

Finot lachte unsicher und kam sich vor wie ein Idiot.

Doch Marcel schien zufrieden und brummte etwas Zustimmendes. „Dieser Julien, dein Mitarbeiter, hat mit mir gesprochen. Ich habe ihm das Gleiche gesagt wie dir, dass ich eure beiden Opfer nicht kenne, die Namen nie gehört und die Gesichter nie gesehen habe. Er meinte, damit wäre die Sache erst mal erledigt."

„Danke", sagte Finot.

„Also dann", sagte Marcel. „Ich hoffe, du findest deinen Mörder."

„Also dann", erwiderte Finot.

Er wählte Martines Nummer, um sie zu fragen, ob es etwas Neues zu Fresnels Ex-Frau gab.

„Sie ist auf Safari in Botswana!" Martine klang genervt.

„Bestimmt interessant", erwiderte Finot.

„Pah!", schimpfte sie und fügte leise murmelnd hinzu: „Fotografen!"

„Was hatte Madame Fresnel zu sagen?", fragte Finot, der beschlossen hatte, die Spitze zu überhören.

„Sie heißt nicht mehr Fresnel! Und ich habe noch nicht richtig mit ihr sprechen können, sie meldet sich morgen Vormittag bei mir.“ Plötzlich änderte sich ihre Stimmung. „Trotzdem gut, dass Sie anrufen. Es gibt da noch etwas, das mir komisch vorkommt.“

„Ich höre?“

„Ich habe mir Fresnels Kontobewegungen angeschaut. Ich weiß nicht, ob es mir überhaupt aufgefallen wäre, wenn es mehr davon gegeben hätte. Und ich weiß auch nicht, ob es überhaupt wichtig ist.“

„Ja?“, munterte Finot sie auf, zum Punkt zu kommen.

„Er hat eine größere Summe Bargeld abgehoben, fünftausend Euro insgesamt.“

„Für ihn eine Menge Geld“, warf Finot ein.

„Für mich auch!“

„Ja, natürlich“, lenkte Finot ein. „Für mich auch, so meinte ich das nicht. Ich wollte es nur in Relation zu seinem… Er hatte nicht viele Reserven. Ach, vergessen Sie’s.“

„Er hat das Geld in mehreren Tranchen abgehoben, ist insgesamt vier Mal zum Automaten gegangen.“

„Haben wir dieses Bargeld unter seinen Sachen gefunden?“

„Nein, das ist es ja! Was hat er damit gemacht?“

„Ich wüsste auch nicht, dass er vor seinem Tod noch eine Anschaffung getätigt hätte.“

„Die man bar bezahlt?“, fragte Martine ungläubig.

„Ein gebrauchtes Auto zum Beispiel?“

„Ja, gut“, gab Martine zu. „Aber er hat kein Auto gekauft!“

„Schulden bei einem Bekannten?“

„Da müsste ich nochmal nachhaken bei den Leuten; erwähnt hat es keiner.“

„Was glauben Sie?“

„Keine Ahnung, Erpressung?“

Finot ließ sich das durch den Kopf gehen. „Bitte rufen Sie Abidal an und fragen Sie ihn, ob es bei Cassard ein ähnliches Muster gibt. Er soll auch bitte Dominique entsprechend informieren."

„Alles klar."

„Danke Martine, das war gute Arbeit!"

Etwas sehnsüchtig dachte er nach dem Telefonat an das nahe gelegene Schmetterlingshaus. Wenn es schon keine Safari sein sollte, so hätte er doch wenigstens gerne ein paar schillernde Schmetterlingsflügel fotografiert. Ein Besuch im *Naturospace*, wie es richtig hieß, wäre jetzt genau das Richtige gewesen. Es flatterte überall in dem großen überdachten und klimatisierten Tropenwald, den man in die Normandie verpflanzt hatte. Wanderwege schlängelten sich durch riesige Gebüsche, so dass man das Verhalten der Tiere in ihrem natürlichen Lebensraum wunderbar beobachten konnte. Die *Papillons* stammten aus aller Welt; es gab prächtige lila-blaue, kleine bunte und sehr große Exemplare. Manche waren dagegen gut getarnt, wie die Blattschmetterlinge. Aber auch seltenen exotischen Vögeln wie den grünen, blauen oder roten Papageienfinken oder Rebhühnern mit metallischem Gefieder diente der künstliche Tropenwald als Lebensraum. Sie tummelten sich unter zahllosen Pflanzenarten, darunter Pfeffer, Zimt, Muskat, Guaven, Bananen und Papayas. Doch besonders die reiche Hibiskus-Sammlung hatte es Finot angetan. Ein Paradies für Kinder – und Fotografen! Doch statt mit seinem Makro-Objektiv auf Motivsuche zu gehen, gabelte er seinen neuen besten Freund Julien auf, um mit ihm nach Rouen zu fahren.

22

„Ist Ihnen eine Laus über die Leber gelaufen?", fragte Julien auf dem Beifahrersitz.

„Nein", sagte Finot unsicher. Hatten Martine und Julien sich abgesprochen? Wollten sie ihn mit Fragen nach seiner Befindlichkeit in den Wahnsinn treiben? Wie in einem Psychothriller? War er missmutig, ohne es zu merken? Nervte es ihn, dass er keinen Schritt mehr allein tun konnte? Dass seine Urlaubspläne durchkreuzt worden waren? Oder traf nichts davon zu und Julien sah Gespenster?

„Und, was haben Sie herausgefunden?", fragte Finot schwungvoller, als es seine Art war, und fügte dann sicherheitshalber noch hinzu: „Es müsste doch mit dem Teufel zugehen, wenn niemand etwas von dem Verhältnis bemerkt hätte!" Finot linste unauffällig zu Julien hinüber. Hatte er in seiner Unsicherheit zu dick aufgetragen?

Doch sein Mitarbeiter schien völlig unbeeindruckt von der Showeinlage. „Den meisten Mitarbeiterinnen war bewusst, dass die beiden sich sehr mochten", erzählte er, „mehr aber auch nicht. Alles in allem scheint mir, dass Sabine ein bisschen außen vor war. Oder ist."

„Wie meinen Sie das?"

„Soweit ich das verstanden habe, treffen sich die Kolleginnen ab und zu in ihrer Freizeit, gehen Essen oder ins Kino, aber Sabine ist nie dabei. Sie hält sich von den anderen fern." Er korrigierte sich. „Nein, das wäre zu viel gesagt." Anführungszeichen in die Luft malend, sagte er: „Sie pflegt keine Freundschaften unter den Kolleginnen. Was aber nicht heißt, dass sie nicht mit allen gut klarkäme."

„Sie meinen, sie kommt zur Arbeit und erledigt ihre Sachen, lässt sich aber auf keinen Klatsch und Tratsch ein?"

„Das bestimmt auch, ja. Die Kolleginnen haben es akzeptiert, wie es ist." Julien starrte aus dem Fenster. „Hatte sie sich doch mehr Hoffnungen gemacht?"

„Möglich", grummelte Finot. Das war alles nichts Handfestes. Sie suchten einen männlichen Täter, und landeten doch nur bei weiblichen Verdächtigen oder Männern, die es nicht gewesen sein konnten. Der Täter war weder mit Cassard noch mit Fresnel verwandt, Pierre damit also schon mal raus. Andererseits spukte Abidals Komplizen-Theorie immer noch in Finots Kopf herum. Hatten sie es mit einem Täterpaar zu tun?

„Ach, Julien, würde Sie später noch eine Sache erledigen?“ Finot berichtete von Martines Entdeckung. „Sprechen Sie bitte mit meinem Bruder und fragen Sie ihn, ob es Auffälligkeiten bei den Finanzen meines Vaters gab. Ich halte das zwar für unwahrscheinlich, schließlich ist er gar nicht mehr geschäftsfähig und Marcel kümmert sich um diese Dinge, aber sicher ist sicher.“

Sie fuhren schweigend, bis sich Finots Telefon meldete. „Ja, Madame Magimel?“

„Hallo, wo sind Sie?“

„Auf dem Weg nach Rouen. Julien sitzt neben mir und hört zu.“

„Gut, wie war es bei Rose Cassard?“

„Sie hat angeblich nichts von dem Verhältnis gewusst.“

„Glauben Sie ihr?“

„Ihre Überraschung wirkte echt.“

„Pierre schien nicht sonderlich überrascht zu sein, aber das liegt wohl weniger daran, dass er es schon wusste, als daran, dass es ihm schlicht egal ist.“

„Und Madame Cassard?“

„Sie wirkte einerseits geschockt. Andererseits glaube ich, dass es im Moment nichts gibt, was die Lage für sie wirklich schlimmer machen könnte. Der Tod Ihres Mannes überschattet einfach alles. Und die Affäre ist Jahre her. Nicht auszuschließen, dass sie es wusste und jetzt einfach so getan hat, als wäre es neu für sie.“

„Diese Spur bringt uns nicht weiter“, wischte Finot das Gesagte beiseite. „Die Sache kommt mir wie ein Ablenkungsmanöver vor. Haben wir inzwischen einen

Anhaltspunkt, wer Ihnen die Fotos hat zukommen lassen?"

„Leider nein, aber ich vermute, es steckt eine von Sabines Kolleginnen dahinter. Es muss jemand gewesen sein, der mein Auto kennt und weiß, dass ich mit dem Fall betraut bin."

„Gut. Wenn Julien und ich im Institut fertig sind, fahren wir noch schnell nach Villerville, wegen dieses Brückengemäldes." Er gab wieder, was Rose dazu gesagt hatte.

„Wenn Sie unbedingt möchten…", sagte Dominique nur.

Das *Institut Médico-Légal* befand sich im Zentrum Rouens. Vor dem schmiedeeisernen Tor, das auf das Gelände des Instituts führte, stand eine schlanke, große Frau mit kurzen Haaren und einem aparten Gesicht. Sie trug eine weite, helle Hose, die im Wind flatterte, dazu ein schwarzes T-Shirt und darüber einen Blazer in einem etwas dunkleren Farbton als die Hose. Den rechten Daumen hatte sie an der rechten Schulter unter den Henkel ihrer Tasche geklemmt, der linke Unterarm lag quer über der Brust, wobei sie die Hand unter den anderen Arm geschoben hatte. Sie schaute nicht etwa nervös in der Gegend herum, wann Finot endlich auftauchen würde. Sie stand vielmehr ruhig und gelassen da, als wäre das Warten eine ausfüllende Tätigkeit. Davon abgesehen waren Finot und Julien, sah man von der vierminütigen Verspätung ab, pünktlich.

„Madame Fresnel?", fragte Finot.

„Ah!" sagte sie. „Und Sie sind der Kommissar."

Sie reichten sich die Hand.

Finot stellte Blanche zuerst vor, da er gesehen hatte, dass Inès' Blick zu ihr gewandert war. Die Frau ging behände in die Knie und streichelte sie zur Begrüßung.

Dann war Julien an der Reihe. „Mein Kollege Julien Lafosse."

Die beiden waren annähernd gleich groß. Finot ertappte sich bei dem Gedanken, dass sie ein hübsches Paar abgeben würden. Dann fiel ihm ein, dass Inès Fresnel eine Ehefrau hatte, was ihn wiederum zu der Assoziation brachte, dass sie folglich keinen Ehemann hatte bitten können, den eigenen Vater und Cassard umzubringen. Dann einen Freund? Aber Martine hatte Inès überprüft und keine Auffälligkeiten entdeckt.

Er mahnte sich, seine umtriebigen Gedanken im Zaum zu halten und sich auf das zu konzentrieren, weswegen sie hier waren. Und das beinhaltete zuallererst, Madame Fresnel sein Beileid auszusprechen.

Sie bedankte sich mit einem leichten Nicken.

„Hatten Sie eine gute Anreise?"

„Es ist ja nicht so weit von Paris. Und ich kenne das Institut, weil ich schon ein paar Mal hier zu tun hatte. Ich kann es immer noch nicht fassen!", sagte sie im Hineingehen. „Ermordet? Es ist wirklich… ich verstehe es nicht."

Finot konnte ihre Bestürzung gut nachvollziehen, die sich zu seiner Verwunderung aber nicht auf die Identifizierung übertrug. Lag es daran, dass Inès durch ihren Beruf an den Tod gewöhnt war? Aber konnte man sich je daran gewöhnen? Finot, der selbst ständig damit konfrontiert war, konnte es nicht. Und wenn es noch dazu um den eigenen Vater ging?

Sie standen an der Bahre, Serge nahm die Decke zurück. Inès betrachtete das Gesicht ihres Vaters und berührte mit den schlanken Fingern sanft seine Wange. So stand sie, in sich ruhend, wie eben am Eingang. Dann ließ sie die Wange los und legte die Hand auf Fresnels nackte Schulter. Ihre linke Hand ruhte entspannt auf der Bahre.

Finot und Serge hatten sich zurückgezogen, waren bereit zu warten, aber nur wenige Sekunden später griff Inès schon vorsichtig nach dem grünen Tuch und deckte ihren Vater wieder zu. Sie drehte sich um und nickte als Zeichen, dass sie fertig war.

„Ich habe mich schon vor langer Zeit von meinem Vater verabschiedet."

Draußen trafen sie auf Julien, der dort mit Blanche gewartet hatte.

„Haben Sie noch einen Moment Zeit für uns?", fragte Finot.

Sie nickte. „Wenn ich hier irgendwo einen *Café* bekomme?"

„Unten im Eingangsbereich ist ein Automat, aber ich warne Sie…", sagte Finot.

Sie lächelte. „Keine Sorge, was das angeht bin ich Kummer gewöhnt, immerhin arbeite ich in einem Krankenhaus."

Sie setzten sich mit ihren Getränken auf die kunstlederne Sitzbank neben dem Automaten. Juliens Gesicht wurde von den Wedeln einer großen Palme verdeckt, sodass er den Platz wechselte.

Nach dem ersten Schluck verzog Inès das Gesicht. „Sie haben nicht zu viel versprochen."

Finot sprach sie auf das Geld an, das ihr Vater verspielt hatte.

„Ja, das ist wirklich merkwürdig."

„Wie meinen Sie das?"

„Ich hatte nie den Eindruck gehabt, dass es Probleme dieser Art gab."

„Sie wussten nicht, dass er spielsüchtig war?"

„Nein, das Eingeständnis kam für mich damals sehr überraschend. Ich wunderte mich, dass ich nichts davon mitbekommen hatte; unser Verhältnis zueinander war bis dahin immer eng gewesen."

„Woher stammte das Geld?“

Sie zuckte mit den Schultern. „Er hatte ja gut verdient in den Jahren davor.“

„Sie sagten, Ihr Verhältnis wäre bis dahin eng gewesen. Danach nicht mehr?“

Sie seufzte bedauernd. „Ich kann es mir bis heute nicht erklären. Er zog sich nach und nach von mir zurück.“

„Warum?“

„Ich nahm an, er schämte sich, auch wenn ich ihm nie Vorwürfe gemacht habe. Aber vielleicht gerade deswegen? Ich weiß es nicht. Ich habe zahlreiche Versuche gemacht, ihm wieder näherzukommen, aber schließlich aufgegeben. Auch meine Mutter konnte mir nicht erklären, wo diese Veränderung herkam.“

„Wir haben Ihre Mutter noch nicht erreicht…“, sagte Finot.

„Ja, sie ist auf Safari in Botswana. Mein Vater ist auch gern gereist, soweit es finanziell möglich war, hat viel fotografiert…“

Finot unterdrückte den Impuls, näher auf Fresnels Fotoleidenschaft einzugehen. „Hatten Ihre Eltern noch Kontakt?“

Sie schüttelte den Kopf. „Schon ewig nicht mehr. Meine Mutter hat erneut geheiratet, das wissen Sie?“

Finot nickte.

„Seit mein Stiefvater tot ist, ist sie viel unterwegs. Ich freue mich für sie. Wir telefonieren regelmäßig.“

Julien fragte mit ruhiger Stimme: „Können Sie sich jemanden vorstellen, der ein Motiv hätte, Ihren Vater umzubringen?“

Sie schüttelte den Kopf. „Er hat ein einfaches, zurückgezogenes Leben geführt. Ich wüsste nicht, wem er dabei auf die Füße getreten sein sollte.“

„Kennen Sie einen Stéphane Cassard?“, fragte Finot.

„Das andere Opfer?" Sie schüttelte den Kopf. „Ich habe den Namen noch nie gehört."

„Wie steht es mit Adrien Finot?"

Sie runzelte fast unmerklich die Stirn, dann schüttelte sie wieder den Kopf. „Sagt mir auch nichts."

Abschließend holte Finot das Foto der Unbekannten aus dem Portemonnaie. „Kennen Sie diese Frau?"

„Ja."

„Ja?" Es kam ein wenig krächzend heraus, Finot wurde rot.

Amüsiert antwortete sie: „Wundert Sie das so sehr?"

Finot winkte verlegen ab. „Ich habe nicht damit gerechnet, dass das Rätsel so schnell gelöst wird. Wer ist sie?"

Inès senkte den Kopf und massierte die geschlossenen Lider mit Daumen und Zeigefinger. „Wie war ihr Name noch gleich?"

Finot und Julien beugten sich interessiert vor.

„Ja, genau: Nathalie! So hieß sie. Sie war eine Bekannte meines Vaters, früher zumindest. Ich weiß nicht, ob er in letzter Zeit noch Kontakt mit ihr hatte."

„Das Foto war in einem Gemälde versteckt, die Normandie-Brücke…"

Sie nickte langsam. „Ach ja, das."

„Haben Sie eine Ahnung, wie er an das Gemälde gekommen ist? Es ist keine Signatur darauf."

Sie zuckte mit den Schultern. „Es war eines Tages einfach da. Ich muss gestehen, ich habe es geflissentlich übersehen, weil…" Sie suchte nach einer passenden Formulierung. „Es ist nicht so wirklich mein Stil."

Sehr diplomatisch, dachte Finot. „Sie wissen nicht zufällig noch den Nachnamen der Frau?"

„Nathalie… Nathalie…" Sie wiederholte den Namen, wohl in der Hoffnung, dass sich der Nachname wie die

Antwort auf eine Frage dadurch schneller einstellen würde. „Es war irgendwas mit T. Ja, ich bin mir sicher."

„Thomas, Trogneux?", schlug Julien vor.

„Thiollet?" Sie quälte sich sichtlich. „Es fällt mir noch ein, keine Sorge."

„Woher kannte Ihr Vater Nathalie?"

„Über die Arbeit. Ich habe sie nur ein, zwei Mal gesehen, als ich bei meinem Vater im Büro war. Da war diese geheimnisvolle Frau. Lange, glatte Haare und große Augen. Wunderschön, aber auch furchteinflößend irgendwie. Ich habe meinen Vater gefragt, wie sie heißt, und noch eine ganze Weile hinterher von ihr gesprochen. Ich weiß noch, dass er eines Abends zu einer Firmenfeier ging. *Nathalie kommt auch*, hat er gesagt."

„Können Sie uns Genaueres zu dieser Feier sagen?", fragte Finot zaghaft. „Wie die Firma hieß zum Beispiel?"

Sie schüttelte bedauernd den Kopf. „Ich weiß nur, dass es nicht *Mirabeau Constructions* war."

Finot winkte ab. Das ließe sich ermitteln. Und wer wusste schon, ob die Frau wirklich eine Rolle spielte. Wahrscheinlich entsprang Finots Interesse an ihr einfach dem Wunsch, einen konkreten Anhaltspunkt zu haben.

„Brauchen Sie mich noch? Ansonsten würde ich jetzt gerne zurückfahren. Ich habe heute Nacht Bereitschaftsdienst."

„Ich melde mich, wenn noch etwas ist", sagte Finot.

Sie verließen das Gebäude und ihre Wege trennten sich vor dem Tor. Plötzlich hörte er Inès rufen. *„Monsieur le commissaire?"*

Er drehte sich um.

„Theillier!", rief sie.

Er lächelte und hob den Daumen zum Zeichen, dass er verstanden hatte. Er sagte noch *„Merci"*, aber sie hörte es nicht mehr.

23

Der Laden konnte sich nicht entscheiden, was er sein wollte: Kiosk, Souvenirgeschäft, Galerie oder gar Café? Davor ein paar Tische und eine Tafel, auf der die empfohlenen Heiß- und Kaltgetränke und ihre Preise angezeigt wurden. Drinnen ein Sammelsurium an Souvenirs mit dem immer gleichen Motiv: dem Strand von Villerville. Dazu Zigaretten, Schokoriegel, Zeitschriften sowie gekühlte und ungekühlte Getränke zum Mitnehmen. Und an einer Wand – Gemälde. „Hier sind wir richtig“, murmelte Finot und griff nach einer Flasche Wasser und zwei Schokoriegeln. „Die hätte ich gerne“, sagte er. „Und eine kleine Auskunft.“

Irgendwo unter den vielen Dingen hinter dem Tresen saß ein kleiner, wettergegerbter Mann mit zerzausten Haaren. „Ah, die Polizei! Oder?“

„Richtig.“ Wie er das wohl erkannt hat?, sinnierte Finot. Es hätte ja auch sein können, dass er einfach nach dem Weg fragen möchte. Leider würde es nie erfahren, denn er hatte keine Zeit mit unwichtigen Fragen zu verlieren.

„Ich interessiere mich für das hier.“ Finot holte das Brückengemälde hervor. „Ist das von Ihnen?“

„Ah das!“ Der Künstler lachte. „Ein Frühwerk.“ Noch lauteres Lachen. „Ich bin inzwischen besser geworden.“ Er betrachtete das Bild mit gespielter Kennermiene, hielt es von sich weg und drehte es mal in die eine, mal in die andere Richtung, um es mit zusammengekniffenen Augen kritisch zu mustern. „Aber nur ein bisschen.“

Er gab Finot das Gemälde zurück. „Es ging mir immer nur um den Spaß am Malen. Es ist schön, wenn einer was kauft, aber wenn nicht, ist es mir auch egal. Es ist besser, wenn man das alles nicht so ernst nimmt.

Außerdem war ich immer schon vielseitig interessiert, ich hätte mich nie nur einer Sache widmen wollen."

Finot fand, dass der Laden im wahrsten Sinne des Wortes der lebende Beweis dafür war.

„Ja, dieses Bild. Das war eine Sonderaktion zur Eröffnung der Brücke. Ich war so fasziniert von dem Bauwerk, dass ich eine ganze Serie gemalt habe." Das Lachen brandete wieder auf. „Die Bilder fliegen hier noch unter dem ganzen Kram herum. Wollen Sie eins kaufen? Ich mache Ihnen einen guten Preis!" Er hielt sich prustend den Mund zu.

Finot fiel es schwer, ernst zu bleiben. „An einzelne Käufer können Sie sich nicht zufällig erinnern?" Er zeigte ihm die Fotos der beiden Opfer und nannte deren Namen.

Der Mann wurde ernst. „Es geht doch nicht etwa um die Morde?"

„Doch, leider schon. Uns interessiert vor allem dieser Mann." Er wies auf Fresnels Foto.

Der Mann studierte die Bilder eingehend. „Ich muss sie mir natürlich jünger vorstellen", murmelte er. Schließlich gab er Finot die Fotos zurück und schüttelte den Kopf.

„Was ist mit ihr?" Finot drückte ihm das Foto der Frau in die Hand. „Sie heißt Nathalie Theillier."

Wieder bedauerndes Kopfschütteln.

„Erinnern Sie sich an irgendein außergewöhnliches Ereignis zu dieser Zeit? Zum Beispiel einen merkwürdigen Kunden?"

Der Mann begann wieder zu lachen, unterdrückt diesmal. „Bitte entschuldigen Sie. Es ist nur… merkwürdiger Kunde. Es ist alles eine Frage der Perspektive."

„Okay, okay", sagte Finot. „Schon verstanden. Wir sind selbst merkwürdige Kunden." Er holte eine

Visitenkarte heraus und legte sie auf den Tresen. „Rufen Sie mich an, wenn Ihnen noch etwas einfällt?"

„Natürlich!" Er nahm die Karte. „Wollen Sie noch eine Signatur?"

Finot überlegte. Signatur?

„Auf das Bild", half ihm der Künstler auf die Sprünge.

Das Brückengemälde würde wahrscheinlich in der Asservatenkammer landen, wie konnte er ihm höflich verklickern, dass…

Aber der Mann lachte schon wieder. „Die Schokoriegel und das Wasser gehen aufs Haus", sagte er, verabschiedete sich und tauchte wieder unter.

Finot und Julien gingen zum Ausgang.

„Komisch, der eine Mord so in aller Öffentlichkeit, der andere so klammheimlich…", tönte es aus dem Hintergrund.

Finot blieb abrupt stehen und drehte sich um. Julien lief frontal in ihn hinein. „Äh, Chef?"

„Was haben Sie gesagt?", fragte Finot. Er brauchte einen Moment, den Mann unter den Sachen wiederzuentdecken.

„Die beiden Morde, sie unterscheiden sich." Der Mann zeigte nach links und sagte: „öffentlich", dann zeigte er nach rechts und erklärte: „klammheimlich".

„Hm", machte Finot. „Danke nochmal, *au revoir.*"

Draußen sagte Julien trocken: „Sollen wir die Leute von der Drogenfahndung herschicken?" Er wickelte den Schokoriegel aus und sah ihn skeptisch an.

Finot winkte lachend ab. „Weil er so fröhlich ist? Ich glaube, Sie können bedenkenlos zubeißen. Der Herr ist eher trunken vom Leben als Drogenhändler." Und würde sich ganz ausgezeichnet mit Pauline verstehen, fügte er in Gedanken hinzu.

Sein Telefon meldete sich, eine Nachricht von Motas. *Hast du was Konkretes? Die Presse sitzt mir im Nacken. Eric.*

Finot aß nachdenklich den Schokoriegel und ließ Blanche an dem Wasser schlabbern. Bezüglich Cassard hatte er eine Affäre mit der Praxismanagerin und einen Streit zwischen Vater und Sohn zu bieten. Was Fresnel anging, gab es im Moment nichts als dieses Foto einer schönen Frau und den Anruf bei seinem Vater.

Auf dem Weg zurück nach Honfleur, wo Juliens Auto stand, rief er Motas zurück und berichtete, was sie bisher wussten. „Besser als gar nichts", brummte er, es klang aber eher so, als hätte er *Ist das etwa alles?* gesagt.

„Was halten Sie von der Bemerkung, dass der eine Mord öffentlich und der andere – wie sagte er noch – klammheimlich verübt wurde?", fragte Julien anschließend.

„Ich finde das eine sehr bemerkenswerte Beobachtung", sagte Finot. „Aber was sie bedeutet? Keine Ahnung. Dass Cassard und Fresnel aus unterschiedlichen Gründen umgebracht wurden?"

„Sie meinen zwei Motive? Cassard wurde umgebracht, weil er dem Täter eine Frau weggeschnappt und Fresnel, weil derselbe Täter seinetwegen viel Geld verloren hat? Rein theoretisch, versteht sich. Das mit der Frau und dem Geld ist nur ein Beispiel."

„Ja. Aber vielleicht geht es auch um dieselbe Sache, aber Cassard und Fresnel haben einen unterschiedlichen Anteil daran."

„Cassard hat die Frau in aller Öffentlichkeit angebaggert, während Fresnel vorsichtige Annäherungsversuche gemacht hat, die kaum aufgefallen sind? Und beide haben so dafür gesorgt, dass der Täter die Frau nicht gekriegt hat? Wieder rein theoretisch gesprochen, natürlich."

Finot nickte.

Als er Julien an dessen Auto abgesetzt hatte, sagte er: „So, Blanche, bald ist es geschafft, nur noch eine kleine Befragung."

Die Hündin antwortete mit einem kurzen Bellen.

Zuvor schrieb er Laura eine Nachricht. *Ich muss noch schnell was erledigen, dann komme ich vorbei. Ich freue mich!*

Die Antwort war binnen Sekunden da. *Ich mich auch!!!*

24

„Alle nennen mich nur *le philosophe*", sagte der Mann mit den dünnen, ein bisschen fettigen Haaren und der hohen Stirn.

Die umstehenden Gäste lachten.

„In einem früheren Leben!", rief einer.

„Der redet immer so bedeutungsschwanger!", sagte ein anderer und machte eine abwinkende Handbewegung.

Im *l'Absinthe* hatte sich Finot zwischen den kleinen, runden Tischen hindurch an die Theke geschlängelt, wo der Philosoph laut Julien jeden Abend saß. So auch heute. Und am Abend vor Fresnels Tod.

Finot bestellte sich eine Cola. „Kannten Sie Fresnel gut?"

„Nein. Ich hab' ihn zwar regelmäßig hier gesehen und ab und zu mit ihm gequatscht, aber ich wusste nicht mal, wie er heißt." Während er sprach, starrte der Philosoph auf die Wand hinter der Theke, die mit Postkarten aus aller Herren Länder tapeziert war.

Finot dachte an Jonathan, den Kellner in seinem Lieblingscafé, mit dem er sich schon so oft unterhalten hatte. Er wusste, dass Jonathan eine Freundin hatte, an einem Buch schrieb und lange Zeit von einer eigenen Bar geträumt hatte. Das war aber auch schon alles. Finot kannte ihn, aber nur oberflächlich, wie ihm jetzt klar wurde. „Wie war er so?"

Der Philosoph massierte sein stoppeliges Kinn. „Kann man das wirklich jemals wissen? Wissen Sie, wie Sie sind?"

Der behäbige Wirt hinter der Theke rollte mit den Augen, aber es lag auch eine freundliche Verbundenheit in seinem Blick. Der Philosoph war wohl genauso unverrückbar Teil des Kosmos *„l'Absinthe"* wie die Postkartenwand.

„Sie haben recht", erwiderte Finot schmunzelnd. „Manchmal bin ich mir selbst ein Rätsel."

Der Philosoph zeigte bestätigend mit dem Finger auf den Kommissar und nahm einen Schluck Bier. „Nett war er. Ein ruhiger Typ."

„Hatten Sie den Eindruck, dass Fresnel in letzter Zeit nervöser war als sonst? Fühlte er sich bedroht?"

„Hm."

„Ist das ein Ja oder ein Nein?"

„Es ist einfach ein Hm."

Finot stutzte. Ob es Sinn machte, auf eine klare Antwort zu bestehen? Er beschied, dass das nicht der Fall war und stellte eine andere Frage. „Hat Fresnel je den Namen Stéphane Cassard erwähnt?"

„Cassard?"

Finot trank von seiner Cola, sie schmeckte schal.

„Die Brücke", sagte der Philosoph.

„Die Normandie-Brücke?"

„Es ging oft um die Brücke. Waren Sie mal in dem Dokumentationszentrum?"

„Er war stolz, nicht wahr?"

„Ja, schon. Aber vor allem… wehmütig, traurig."

Stille breitete sich aus.

„Danach war nichts mehr so wie früher…" Der Philosoph drehte den Kopf. „Das war ein Zitat." Er sah wieder nach vorne zum Wirt und hielt ihm sein leeres Glas hin. „Die Brücke hat ihm nicht nur Glück gebracht."

„Wie meinen Sie das?"

Der Philosoph zuckte mit den Achseln. „Ich meine gar nichts."

„Ein Zitat?"

Schweigen.

Der Wirt stellte ein frisches Glas Bier vor den Philosophen auf den Tresen.

„Kennen Sie das hier?“ Finot hatte sein Smartphone hervorgeholt und präsentierte ihm ein Foto des Brückengemäldes.

„Nie gesehen.“

„Fresnel war regelmäßig hier im *l'Absinthe*, das war kein Geheimnis. Richtig?“

„Ihr junger Kollege hat schon danach gefragt und unsere Alibis aufgenommen. Ich selbst war die ganze Zeit hier am Tresen.“

„Wo auch sonst“, warf der Wirt ein, aber es klang nicht bösartig. „Ich habe dich um drei rausgeschmissen. Da war ich mit Spülen und Putzen fertig und wollte nur noch ins Bett.“

„Ist Ihnen jemand aufgefallen, der in letzter Zeit hier herumgelungert hat? Der Fresnel vielleicht ausspionieren wollte?“ Finot richtete diese Frage genauso an den Philosophen wie an den Wirt.

„Wir sind ja immer hier drin, nicht da draußen“, sagte der Wirt orakelnd.

Wahrscheinlich wurde man so, wenn man viel Zeit mit dem Philosophen verbrachte, überlegte Finot. Es färbte einfach ab. Davon abgesehen war das hier die skurrilste Unterhaltung, die er je geführt hatte. Und das waren einige gewesen, inklusive des Künstlers in Villerville!

Finot bedankte sich, zahlte und verließ das *l'Absinthe*. Im Auto schrieb er Laura eine Nachricht, dass er auf dem Weg zu ihr sei.

Die Chefin der Kriminaltechnik lebte in einem zweigeschossigen, rotbraun verklinkerten, lang gestreckten Mietshaus im Nordosten Dieppes. Einige Mieter hatten ihre schmalen Balkone hübsch bepflanzt, nicht so Laura. Sie besaß nur wenige Blumen; Finot vermutete, aus der

Selbsterkenntnis heraus, dass sie bei ihr kein gutes Leben haben würden.

Lauras Wohnung war ein Museum. Viele kleine Erinnerungsstücke lagen und standen herum: Ein Kerzenständer, eine Miniaturausgabe des Eiffelturms, eine Sukkulente, eine Buddhafigur. Es fügte sich alles zu einem behaglichen Ganzen zusammen.

Sie saßen in der Küche und aßen Pastete aus dem Supermarkt und einen Salat, den Laura vorbereitet hatte. Dazu gab es ein Glas Cidre für Laura und Wein für Finot. Blanche hatte sich, nachdem sie ihr Futter verdrückt hatte, in einen Korb gekuschelt, den Laura für sie hergerichtet hatte.

Laura trug, wie Sabine am Morgen, eine ausgeleierte Jogginghose und ein schon viel zu oft gewaschenes T-Shirt. Sie sah einfach umwerfend aus. Auch der unordentliche Zopf mit den Strähnen, die an willkürlichen Stellen herausgerutscht waren, bezauberte ihn. Sie hatte es nicht darauf angelegt, ihm zu gefallen. Und gefiel ihm gerade deswegen umso mehr.

Sie nahm ein Stück *Baguette* und bestrich es dick mit gesalzener Butter. Einen ernsten Ausdruck im Gesicht, fragte sie: „Glaubst du, dass dein Vater Cassard und Fresnel kannte?"

„Worauf willst du hinaus?"

„Vielleicht wollte Fresnel ihn warnen? Er hat mitbekommen, dass Cassard ermordet wurde und hat sich an etwas erinnert… Ein Ereignis aus der Vergangenheit."

„Ein Ereignis aus der Vergangenheit? Wovon sprichst du?"

Sie ließ das Brot sinken. „Ein Ereignis, dass einem Mörder ein Motiv geben würde", sagte Laura vorsichtig.

Finot dämmerte, was sie meinte. Es gefiel ihm nicht. „Zum Beispiel ein Verbrechen, dass die drei begangen haben?"

Laura deutete ein Nicken an.

Finots Puls schoss in die Höhe. Sein Vater ein Verbrecher? Dieser gebrechliche, alte Mann? Niemals! Er nahm ein paar Atemzüge. Wie konnte Laura nur so etwas denken! Abwehrend verschränkte er die Arme vor der Brust.

Laura blieb völlig ruhig.

Natürlich, jeder Mensch machte Fehler, gingen Finots Gedanken weiter. Auch sein Vater war nicht davor gefeit. Wie oft hatte er Adrien kritisiert.

Aber ein Verbrecher?

Er musterte Laura, die das Essen wieder aufgenommen hatte.

Andererseits war der Vater nicht immer so hilflos gewesen, das durfte Finot nicht vergessen. Er hatte ein normales Leben geführt, mit Höhen und Tiefen, war nie ein Heiliger gewesen.

„Vielleicht ist er in Gefahr und sollte unter Polizeischutz gestellt werden?“, sagte Laura zwischen zwei Bissen.

Wieder schoss Finots Puls nach oben. „Was redest du für einen Unsinn!“, entfuhr es ihm.

Laura kaute ungerührt weiter.

Sie hatte recht, aber Finot wollte nicht, dass sie recht hatte! Er wollte, dass sein Vater zufällig in diese Mordermittlung hineingeraten war! *„Merde!“* Er sprang auf und ging zum Fenster. Dort stand er ein paar Minuten, bis er sich wieder beruhigt hatte und an den Tisch zurückging. „Ich muss Dominique sowieso noch anrufen:“

Laura griff seine Hand. „Es tut mir leid.“

„Unsinn, mir tut es leid.“

VI

25

Am nächsten Morgen fuhr Finot nach Hause, um zu duschen und sich etwas Frisches anzuziehen. Anschließend ließ er die Leine vor Blanches Schnauze baumeln: „Lust auf einen Spaziergang?“ Ihr wuscheliger Schwanz wackelte wie ein wild gewordener Staubwedel hin und her; einem Rehkitz gleich sprang sie freudig an Finot hoch. Finot schlüpfte in seine Regenjacke, der Himmel war wolkenverhangen.

Unterwegs machte er Halt bei einer *Boulangerie* und kaufte duftende *Croissants*; trug die warme Tüte, die von Fett ganz durchsichtig geworden war, mit knurrendem Magen nach Hause. Pauline war auch schon wach. Sie stand in ihrem blauen Samt-Hausanzug in der Küche und kochte *Café*. „Ich nehme gerne ein *Croissant*“, sagte sie. „Haben Sie Lust, sich einen Moment zu mir zu setzen?“

Pauline hätte auch gut damit leben können, wenn er abgelehnt hätte; umso leichter fiel es ihm, „ja, gerne“ zu sagen.

Sie setzten sich an den Tisch mit der Plastikdecke, die Pauline mit ein paar schnellen Bewegungen abgewischt hatte. Dann brachte sie zwei Schalen mit *Café au lait*. „Können Sie mir gleich kurz helfen, auf der Terrasse einen Blumenkübel zu verschieben?“

„Natürlich“, sagte Finot, tunkte das *Croissant* in den Milchkaffee und biss herzhaft hinein. Ein Meer aus blättrigen Krümeln bildete sich auf dem Tisch. Sie unterhielten sich über dies und das, und zum ersten Mal war Finot froh, dass sein aktueller Fall dabei *nicht* zur Sprache kam. Ein solches Gespräch hätte unweigerlich zu seinem Vater geführt, und über ihn wollte er lieber schweigen.

„Wo soll der Topf hin?“, fragte Finot, als die *Croissants* verdrückt und die Schalen leer waren. Er schob die Krümel mit der Hand in eine der Schalen und stellte das Geschirr auf dem Weg zur Terrasse in die Spüle.

Dort erledigte er die kleine Aufgabe. „So?“

„Perfekt!“

Blanche war mit den beiden in den Garten gewackelt. „Na, was schaust du so erwartungsvoll?“, fragte Pauline. „Bleibst du heute bei mir?“ Sie sah Finot an.

Er zuckte die Schultern. *„Mais bien sûr.“*

Es klingelte. „Ich gehe schon“, sagte Finot.

„Guten Morgen! Habe ich was verpasst?“

„*Bonjour,* Chef“, sagte Julien und ging an Finot vorbei zu Pauline, die sich wieder an den Tisch gesetzt hatte. *„Comment allez-vous?“*

Küsschen rechts, Küsschen links.

„Mir geht es ausgezeichnet“, antwortete sie augenzwinkernd. „Auch ein *Croissant*?“

„Danke, ich habe schon gefrühstückt.“

„Was führt Sie hierher?“, fragte Finot.

„Ich habe Nathalie Theillier ausfindig gemacht und nehme an, Sie möchten sie so schnell wie möglich sprechen.“

So ließ Finot sich das Leben gefallen. „Sie haben sie gefunden, wunderbar!“

„Es war nicht *so* schwer“, wiegelte Julien ab. Doch später im Auto wurde klar, dass er doch einiges an Arbeit in die Suche gesteckt hatte. „Ich habe mich ans Finanzamt gewandt und alle Nathalie Theilliers herausgefiltert, die Architektinnen oder Ingenieurinnen gewesen sind – weil sie ja offenbar eine berufliche Verbindung zu Fresnel hatte. Und da war die Liste von jetzt auf gleich relativ kurz und ich hatte auch direkt die aktuelle Adresse.“ In Frankreich gab es, anders als in vielen anderen Ländern, keinen Zwang, sich nach einem Umzug in eine neue Stadt umzumelden. Zwar war auf dem Ausweis eine Adresse angegeben, aber es reichte, diese schlicht mit Hilfe einer Telefonrechnung oder ähnlichem nachzuweisen.

„Madame Theillier ist sechsundsechzig Jahre alt und hat einen Lebensgefährten, mit dem sie einen kleinen Antiquitätenladen betreibt", berichtete Julien weiter. „Sie war zweimal verheiratet, zweimal geschieden. Keine Kinder." Er las weiter vom Display seines Smartphones ab, wo er sich Notizen gemacht zu haben schien. „Geboren in Le Havre, Studium an der *École nationale supérieure d'architecture de Normandie*. Ausgehend von Fresnels Telefon und seinem Rechner hatte er in dem Zeitraum, den wir überblicken können, keinen Kontakt zu ihr."

„Hat sie einen Sohn, jüngeren Freund oder Bekannten, der der Täter gewesen sein könnte?" Dann fiel ihm ein: „Ach nein, sie hat ja keine Kinder."

„Wir bräuchten erst mal ein Motiv…", wandte Julien vorsichtig ein.

„Sie haben ja recht! Aber den Lebensgefährten müssen wir trotzdem unter die Lupe nehmen. Gute Arbeit, Julien!"

Er nickte zum Dank. „Ich habe mir auch die Fotoalben vorgenommen", fuhr er fort. „Fresnel in jung!" Er schüttelte lachend den Kopf. „Ich würde gerne mal ein paar Jugendfotos von Ihnen sehen!"

„Bloß nicht!"

„Sie sahen bestimmt genauso aus wie jetzt." Julien klang ein bisschen enttäuscht.

„Sie trauen mir aber auch wirklich gar nichts zu!", schimpfte Finot gespielt.

Julien lachte. „Aber zurück zur Sache. Fresnel scheint Ende der neunziger Jahre komplett auf Digitalfotos umgestiegen zu sein, es gibt nur alte Aufnahmen in den Alben. Die neueren Fotos auf dem Rechner haben Sie sich ja schon angeguckt. Soweit ich das beurteilen kann, sind weder Cassard noch Ihr Vater zu sehen. Es gibt ein paar Fälle, bei denen ich mir nicht sicher bin; da müssen Sie beziehungsweise ein Mitglied der Familie Cassard noch einmal gucken. Nathalie Theillier war nicht dabei, da bin ich mir sicher. Bei ihrem markanten Aussehen wäre mir das aufgefallen."

Finot vergegenwärtigte sich das Gesicht der Frau mit den langen, braunen Haaren und dem Pony, der bis knapp über die geheimnisvollen, großen Augen fiel. Die hohen Wangenknochen, die schmale Nase und der schwungvolle Mund ließen sie aristokratisch wirken. Wie sah sie wohl heute aus?

Sie war eine attraktive Frau mit grauen, kurz geschnitten Haaren. Nicht raspelkurz, sondern fransig und länger an den Seiten und im Nacken. Das Gesicht war schmaler als auf dem Foto, die Wangen ein wenig eingefallen. Sie hatte einen ernsten Zug um den Mund und war komplett in schwarz gekleidet. Das betonte ihre Blässe, verlieh ihr aber gleichzeitig auch einen Hauch von Eleganz.

Sie war eine ähnlich zarte Person wie Pauline, aber Finot fand, dass seine Vermieterin mehr Leichtigkeit an sich hatte. Nathalie schien ihre Vergangenheit wie einen schweren Koffer mit sich herumzuschleppen, bei Pauline war es eher ein leichtes Täschchen. Aber wer war er, Urteile zu fällen, er kannte Nathalie Theillier nicht.

Wenn sie sich über den unangekündigten Besuch der Polizei am Morgen wunderte, so ließ sie es sich nicht anmerken. Im Gegenteil. „Gut, dass Sie so früh sind, in einer halben Stunde öffne ich mein Geschäft." Ihre Stimme klang rau und brüchig, aber es schwang auch eine große Stärke mit. Finot bemerkte ein unkontrolliertes Beben der Nasenflügel beim Sprechen. Ein Ausdruck von Nervosität?

Sie führte Julien und Finot in ein Wohnzimmer voller sorgsam gepflegter Antiquitäten. „Beeindruckend!", sagte Finot.

„Eine meiner Leidenschaften", sagte sie. „Es hat sich im Laufe der Jahre einiges angesammelt. Bei schönen, alten Möbeln kann ich einfach nicht widerstehen." Sie zeigte auf eine Kommode mit verschnörkelten Griffen zu beiden Seiten und einem Schloss in der Mitte jeder der drei Schubladen. „Empire, Frankreich, erstes Viertel des neunzehnten Jahrhunderts. Nussbaum." Danach war der braune, fein gemaserte und glänzende Esstisch dran. Die Platte geschwungen, die Tischbeine geschweift und in Form von Tierpfoten endend. „Viktorianisch, ebenfalls Nussbaum, um achtzehnhundertachtzig." Sie seufzte schwärmerisch. „Auf das Biedermeier-Sofa bin ich besonders stolz!"

Bequem sah das pralle, mit bunten Bordüren bezogene, Polster nicht gerade aus. Finot war froh, als sie auf den Tisch wies, auch wenn die Stühle nicht wesentlich gemütlicher wirkten.

„Nehmen Sie Platz. Es ist auch nicht schlimm, wenn ich ein bisschen später aufmache. Möchten Sie etwas trinken?"

Die beiden Männer schüttelten den Kopf.

„Worum geht es?"

„Wir ermitteln in den zwei Mordfällen in Honfleur und Dieppe; haben Sie davon gehört?"

„Ach ja, das, natürlich, sehr schlimm!", bekundete sie voller Betroffenheit. Sachlicher fuhr sie fort: „Was habe ich damit zu tun?"

„Uns interessiert speziell Ihre Verbindung zu Roger Fresnel; er ist eines der Opfer. Soweit wir wissen, kannten Sie ihn von früher? Sie haben zusammengearbeitet?"

„Roger Fresnel", wiederholte sie langsam, als wolle sie Zeit zum Überlegen gewinnen.

Finot holte das Foto hervor und legte es vor sie auf den Tisch.

„Ich bin mir nicht sicher… Ja, es könnte sein, dass ich ihn von der Arbeit her kenne. Wenn er der Mann ist, von dem ich glaube, dass er es ist.“ Sie hob den Kopf. „Ich habe nicht direkt mit ihm zusammengearbeitet. Er war kein Kollege in dem Sinne, sondern ein Ingenieur, der bei verschiedenen Bauprojekte mit unserem Architekturbüro zusammengearbeitet hat.“

„Die Normandie-Brücke war eines davon?“, fragte Finot.

Nathalie Theillier schüttelte den Kopf. „Nein, warum?“

„Aber er war am Bau der Brücke beteiligt?“, fragte Julien konsterniert.

Sie zuckte die Achseln. „Das mag sein.“

Finot war auch wie selbstverständlich davon ausgegangen, dass sie sich in diesem Zusammenhang getroffen hatten und nicht weniger verblüfft als Julien. „Können Sie sich vorstellen, warum er ein Foto von Ihnen in einem Gemälde der Normandie-Brücke versteckt hat?“

„In einem Gemälde?“

„Zwischen Bild und Rückwand. War er verliebt in Sie? Hat er Ihnen Avancen gemacht?“

„Es ist schon so lange her.“

Wieder die Nasenflügel. Der Tic hatte etwas Dramatisches an sich, fand Finot.

„Aber nein, hat er nicht. Ob er verliebt in mich war? Ich glaube nicht. Wir kannten uns kaum.“

„Seine Tochter erinnert sich an Sie. Sie sprach auch von einer Firmenfeier, die Sie gemeinsam besucht haben.“

„Tatsächlich?“

„Was war das für eine Feier?“

Sie fuhr mit dem rechten Zeigefinger die Maserung des Holzes nach. „Ein Jubiläum?“

Finots Ehrgeiz war geweckt; sie würden es schon noch in Erfahrung bringen. „Wann hatten Sie das letzte Mal Kontakt zu ihm?"

„Vor ungefähr hundert Jahren." Ihr Lachen geriet ein wenig zu laut. „Ende der Achtziger?"

„Was war er für ein Mensch?"

„Schwer zu sagen. Freundlich?"

Den Blick auf das mit gerafften Gardinen geschmückte Fenster gerichtet, wartete Finot, ob noch etwas kam. Als das nicht der Fall war, fuhr er fort: „Können Sie sich vorstellen, wer einen Grund hatte, ihn umzubringen?"

„Sie sind wirklich lustig! Wie gesagt, ich kannte ihn kaum."

„Er hat ein Foto von Ihnen mühevoll versteckt. Das tut man normalerweise nicht, wenn man jemanden nur flüchtig kennt."

Sie wandte sich ab.

Er holte das nächste Foto hervor. „Kennen Sie diesen Mann? Er heißt Stéphane Cassard."

Sie zog fragend die Mundwinkel herunter. „Nie gehört oder gesehen."

„Wie steht es mit Adrien Finot?" Der Kommissar spürte, wie er sich innerlich verkrampfte.

Sie musterte ihn. „Von dem haben Sie kein Foto?"

„Kommt Ihnen mein Gesicht bekannt vor?"

„Ihr Vater?" Sie schüttelte den Kopf.

Finot entspannte sich wieder. Er musste unbedingt daran denken, ein Foto Adriens einzustecken. Viel wichtiger: Er musste Adrien nach Nathalie fragen! Auch wenn er sich wenig davon versprach.

Plötzlich kam ihm Abidals Komplizen-Theorie in den Sinn. Gesetzt den Fall, irgendwo in der gemeinsamen Vergangenheit von Nathalie, Fresnel, Cassard und seinem Vater war doch ein Motiv versteckt – hatte Nathalie das

Messer des Täters in Empfang genommen? „Ich würde Sie gerne noch nach Ihren Alibis fragen." Er nannte ihr die kritischen Zeiträume.

„Bin ich jetzt verdächtig?"

„Reine Routine", antwortete Finot klischeehaft.

„Ich war hier zu Hause und habe geschlafen beziehungsweise im Geschäft. Mein Lebensgefährte wird letzteres bestätigen."

Ja natürlich, dachte Finot sarkastisch. „Wo ist Ihr Lebensgefährte jetzt?"

„Bei sich zu Hause." Erklärend fügte sie hinzu: „Wir wohnen nicht zusammen."

Sie sollten die Aufnahmen der Überwachungskameras am Alten Hafen in Honfleur erneut überprüfen, dachte Finot, der beobachte, wie eine Blaumeise in der Eiche vor dem Fenster nach kleinen Insekten pickte. Als sie die Aufnahmen das letzte Mal wegen der Komplizen-Theorie überprüft hatten, war Nathalie noch nicht auf ihrer Liste gewesen.

Eine trübe Stimmung hatte von Finot Besitz ergriffen, die er sich nicht so recht erklären konnte. Was war der Grund? Waren es die alten Möbel, war es die Frage nach seinem Vater? Wer wusste das schon.

Das Einzige, das Finot mit Sicherheit wusste, war, dass er das Bild kaufen musste! Roses Gemälde, das drohende Unwetter! Wie kam er plötzlich darauf? Jetzt und hier, in einem völlig anderen Zusammenhang? Noch so eine Frage, die er nicht beantworten konnte. Er sollte einfach aufhören, über die Motive seines Handelns und Befindens nachzugrübeln.

„War Ihr Vater auch am Bau der Normandie-Brücke beteiligt?", fragte Dominique, als sie anschließend telefonierten. Finot war froh, den erdrückenden Antiquitäten entkommen zu sein.

„Meines Wissens nicht", sagte er. „Aber Nathalie hatte nichts mit der Brücke zu tun. Und wie passt Cassard in das Muster?"

„Wir sollten Eugénie danach fragen. Bestimmt weiß sie etwas darüber, was ihr Mann Ende der achtziger, Anfang der neunziger Jahre gemacht hat."

„Ich könnte auch Rose fragen", sagte Finot schnell. „Mit Julien, versteht sich."

„Rose? Warum wollen Sie…" Sie sprach nicht zu Ende. „Na gut, solange Julien dabei ist. Auch wenn ich ehrlich gesagt bezweifle, dass sie etwas dazu sagen kann. Wann ist sie geboren? Anfang der Achtziger?" Dominique klang, als zweifele sie an Finots Verstand, wolle ihm aber in Gottes Namen seinen Willen lassen.

Julien sah das offenbar ähnlich, denn als sie eine halbe Stunde später die *Rue du Dauphin* entlanggingen, fragte er: „Warum ausgerechnet Rose?"

„Ich hoffe, es ist noch da!", erwiderte Finot kryptisch und beschleunigte seinen Schritt.

Ja, es war noch da! Finot atmete erleichtert auf, als wäre es um Leben und Tod gegangen. Zum Glück waren sie die einzigen Kunden in der Galerie, so dass er sofort zur Sache kommen konnte. Alles andere hätte seine Geduld überstrapaziert. Mit rotem Gesicht und nervös flackernden Augen verkündete er: „Ich kaufe es!"

„Oh!", stieß sie hervor. „Damit habe ich nicht gerechnet, wenn ich ehrlich bin…"

Sie warf die Haare nach hinten und legte sorgsam ein paar Bögen Einschlagpapier auf den Tresen. Nochmal die Haare, dann ging sie los, um das Bild von der Wand zu nehmen. Behutsam fasste sie es rechts und links und trug es zum Tresen, wo sie es auf das vorbereitete Papier legte. Dabei achtete sie darauf, an allen Seiten gleich viel Platz zu lassen. Sie schlug das Bild ein, als wickele sie ein Baby in eine kuschelige Decke.

„Tut es Ihnen leid?", fragte Finot.

„Was?"

„Das Bild zu verkaufen?"

„Nein", sagte sie und strich über das fertige Paket. „Ich freue mich, wenn es ein schönes zu Hause bekommt. Und das bekommt es doch, oder?"

Finot nickte eilfertig, bezahlte und nahm das eingewickelte Gemälde entgegen. In seinen Händen wirkte es gar nicht mehr so groß. Er stellte es umständlich auf seinem Fuß ab und hielt es fest. Keine sehr bequeme Pose.

„Wir sind nicht nur wegen des Bildes hier", sagte Finot und überlegte, wie er die nun folgende Frage formulieren sollte. „Hatte Ihr Vater etwas mit dem Bau der Normandie-Brücke zu tun? Oder…", er wusste, dass es sich verrückt anhörte, „…mit der Berufsgruppe der Ingenieure? Oder Architekten?"

Sie sah ihn verständnislos an.

Das war kein Wunder, fand Finot. Erst kaufte er halb aufgelöst ein Bild, dann fragte er nach einer Brücke und Ingenieuren.

„Warum sollte er?" Die Skepsis in ihrer Stimme war unüberhörbar. „Er war Arzt. Sicher hatte er Ingenieure und Architekten als Patienten, aber…" Sie brach ab.

„Was hat er Ende der achtziger, Anfang der neunziger Jahre gemacht?"

„Puh, da war ich noch ein Kind und wirklich mit anderen Dingen beschäftigt." Sie steckte die rechte Hand in die Hosentasche. „Er hat in einer Klinik gearbeitet, ich glaube in Caen. Sie hieß *Clinique Saint-Étienne*. Er war selten zu Hause. Maman war nicht sehr glücklich darüber."

Finot fiel ein, dass der Name der Klinik in Cassards Lebenslauf auf dessen Webseite zu finden war.

„Das wurde besser, als er die eigene Praxis aufgemacht hat. Anfang der neunziger Jahre müsste das gewesen sein, so genau weiß ich es nicht. Sprechen Sie mit Eugénie. Sie kam zwar erst später mit meinem Vater zusammen, aber vielleicht hat er ihr etwas erzählt?" Sie räumte das Papier nachdenklich zurück in ein Fach hinter dem Tresen. Plötzlich schien ihr etwas eingefallen zu sein. „Oder sprechen Sie mit meiner Oma!"

26

Zurück im Kommissariat in Honfleur tauschten sie die Neuigkeiten aus. Eugénie hatte zu berichten gewusst, dass Cassard nicht sehr gerne Klinikarzt und froh gewesen war, als er endlich seine eigene Praxis gehabt hatte. Bis dahin sei es allerdings ein hartes Stück Arbeit gewesen. Zusammenhänge mit dem Bau der Normandie-Brücke seien ihr nicht bekannt.

„Ich schlage vor, wir sprechen mit Cassards Mutter und danach sehen wir uns in dieser Klinik in Caen um", sagte Finot.

Die Seniorenresidenz war genau so feudal, wie sie in dem Flyer gewirkt hatte, den Finot sich zu Beginn des Falls mit Laura angeschaut hatte.

Madame Cassard war eine Ehrfurcht gebietende Frau. Groß und hager, mit weißem, aufwendig nach hinten geföhntem Haar und blitzenden, ein wenig abfällig schauenden, grünen Augen. Sie trug einen Rock, der über die Knie reichte, eine Seidenbluse mit Schleife um den Hals und darüber einen karierten Blazer. Bei genauerem Hinsehen stellte Finot fest, dass sie leicht geschminkt war.

Sie musterte Dominique, die in ihrer üblichen Kombination aus engem Rock, engem Pulli und hochhackigen Schuhen unterwegs war. Finot dachte, dass es gut war, dass er die Gedanken der alten Dame nicht kannte.

Madame Cassard ging wackelig, aber hoch erhobenen Hauptes, an ihrem Stock voraus in den großen, hellen Aufenthaltsraum. Mit den Ornamenten an der Decke, den feinen Stuckarbeiten und dem Teppich mit floralem Muster wirkte er wie ein teures *Café* auf der *Champs-Élysées.*

Sie setzten sich an einen Tisch mit Marmorplatte. Eine Mitarbeiterin servierte der alten Dame unaufgefordert ein Glas Champagner. „Madame trinkt gern ein Glas zum Aperitif", erklärte sie den Kommissaren. „Möchten die Herrschaften auch etwas trinken?"

„Die Herrschaften bleiben nicht lange", sagte Madame Cassard schneidend.

„Ein *Café* wäre wunderbar", bat Finot freundlich und sah Dominique fragend an.

„Für mich auch, bitte."

„Wir interessieren uns dafür, was Ihr Sohn Ende der achtziger, Anfang der neunziger Jahre gemacht hat", begann er. „Soweit wir wissen, hat er damals in der *Clinique Saint-Étienne* gearbeitet."

Madame Cassard nickte abwesend einer Mitbewohnerin zu, die gerade den Aufenthaltsraum betrat.

„Hatte Ihr Sohn in dieser Zeit Verbindungen zu Ingenieuren oder Architekten? Hatte er – in welcher Form auch immer – mit dem Bau der Normandie-Brücke zu tun? Zu Personen Kontakt, die daran beteiligt waren?"

„Warum sollte er?", war die abschätzige Antwort. „Er war Arzt. Kardiologe. Das wissen Sie doch!"

„Kannte er Leute, die am Brückenbau beteiligt waren? Hatte er mit Architekten oder Ingenieuren zu tun?", wiederholte Dominique unbeirrt Finots Frage.

„Woher soll ich das wissen?"

„Weil Ihr Sohn Ihnen davon erzählt hat?"

Wohl kaum, schoss es Finot durch den Kopf, so unnahbar, wie die Frau war. Doch er verfolgte den Gedanken nicht weiter, da die Mitarbeiterin mit einem freundlichen Lächeln den *Café* servierte. Finot erwiderte das Lächeln und bedankte sich.

Madame Cassard verscheuchte die sichtlich verunsicherte Frau mit einer wedelnden Handbewegung und nippte dann an ihrem Champagner, die knochigen Finger mit den klobigen Ringen fest um das Glas geschlungen.

„Er wollte unbedingt eine eigene Praxis, darauf lief alles hinaus", sagte sie. Ein einfacher Satz, aber er klang so, als habe sie darin nach reiflicher Überlegung alles, was sie über ihren Sohn in dieser Zeit zu sagen wusste, treffend zusammengefasst. „Er wollte sein eigener Chef sein, keine Dienste mehr haben, keine Vorgesetzten."

„Und Sie haben ihm finanziell unter die Arme gegriffen?", fragte Dominique.

Sie zog die Augenbrauen hoch; zwei einzelne, dünne Striche. „Mein Mann und ich waren immer der Auffassung, dass unsere Kinder auf eigenen Beinen stehen sollten."

Finot verdrehte innerlich die Augen und unterdrückte den Impuls, zu Dominique hinüberzusehen, um ihre Reaktion abzuschätzen. „Wussten Sie, dass Ihr Sohn ein Verhältnis mit Sabine Lambert hatte? Es ist schon ein paar Jahre her."

„Was er mit seinem Ding macht, interessiert mich nicht."

Finot verschluckte sich fast an seinem *Café*.

Sie presste die Lippen aufeinander. „Ich rede zu viel."

Ein älterer Herr in gestärktem Hemd und Anzug ging an ihrem Tisch vorbei. „Madame Cassard!", sagte er mit einer leichten Verbeugung und ganz Kavalier der alten Schule.

Sie nickte salbungsvoll. „Monsieur Fabre."

„Ich frage noch mal: Wussten Sie von dem Verhältnis?"

„Was spielt das für eine Rolle?"

Finot hatte die Unterarme auf dem Tisch abgelegt, die Finger locker verschränkt, Schultern und Gesichtsmuskeln entspannt, ein angedeutetes Lächeln auf den Lippen.

Madame Cassard begann, den dicken Ring an ihrem Finger zu drehen.

Finot wartete.

Schließlich gab sie nach. „Ich habe es geahnt. Sie wollte eine Familie, das hat man ihr immer angemerkt. Dieser Ziehsohn hat ihr nicht gereicht, ein Mann sollte her."

„Moment!", sagte Dominique. „Ziehsohn?"

Ein süffisantes Lächeln glitt über Madame Cassards Gesicht.

„Wie heißt dieser Ziehsohn?", fragte Dominique, nicht im Mindesten eingeschüchtert.

„Xavier Lambert. Er ist ihr Neffe. Als er klein war, hatte Sabines Schwester kaum Zeit für den Jungen. Sie war alleinerziehend und musste viel arbeiten, hatte auch persönliche Probleme, soviel ich weiß. Und so hat Sabine sich um ihn gekümmert."

Finot trank den *Café*, der vorzüglich schmeckte und ihm eine Idee davon gab, wie gut der Champagner erst sein musste. Dann nickte er Dominique zu und stand, nachdem sie ihr Einverständnis signalisiert hatte, auf. „Haben Sie vielen Dank, Madame Cassard, auf Wiedersehen."

Sie traten durch das herrenhausartige Eingangstor hinaus in den warmen Sonnenschein, doch Dominique umschlang sich mit den Armen und schüttelte sich schaudernd. „Mir ist so kalt!"

Finot lachte über die treffende Anspielung auf Madame Cassards Art und sagte: „Ich wollte gar keinen *Café*."

„Ich auch nicht!", erwiderte Dominique spitzbübisch. „Warum hat Sabine uns nicht von ihrem Quasi-Sohn erzählt, was glauben Sie?"

Sie stiegen ins Auto.

„Wir haben sie nicht danach gefragt", sagte Finot. „Was für eine Veranlassung hätte sie gehabt?"

Dominique griff zu ihrem Telefon und rief Abidal an. „Xavier Lambert, der Neffe Sabine Lamberts. Ich brauche die Adresse."

Sie wartete, lauschte, sagte *„oui"*, machte *„hm"*. Schließlich: *„Merci. À bientôt."* Doch trotz der Verabschiedung legte sie nicht auf, Abidal schien noch etwas für sie zu haben. „Aha, ja…", sagte sie und lauschte wieder eine halbe Ewigkeit, wie es Finot schien. Es mussten wichtige Neuigkeiten sein!

„Okay, danke", sagte sie endlich und beendete das Gespräch.

Sie nannte Finot die Adresse. „Ich schlage vor, Sie fahren mit Julien zu Xavier Lambert, ich kümmere mich um die Klinik, in der Cassard gearbeitet hat und lasse mir die Liste der damaligen Patienten und des Personals geben. Das wird eine mühselige Arbeit, das alles durchzugehen."

„Ja und sonst?"

Dominique stutzte. „Ach so. Cassard hat ebenfalls fünftausend Euro abgehoben, auch am Automaten und in mehreren Tranchen. Bis jetzt weiß Abidal noch nicht, wofür Cassard das Geld gebraucht hat. Das Gleiche gilt für Fresnel, Abidal hat mit Martine gesprochen. Was ist mit Ihrem Vater?"

„Ich hatte Julien gebeten, sich darum zu kümmern. Ich werde ihn gleich fragen."

27

Vor dem Hochhaus angekommen, in dem der junge Mann wohnte, machte Finot sich auf eine längere Wartezeit gefasst. Xavier war zu Hause und wusste Bescheid, dass er Besuch von der Polizei bekommen würde. Wer jetzt noch fehlte, war Julien. Er wusste inzwischen bestimmt, ob Adrien Geld hatte abheben lassen und auch Details zu Xavier hätte er sicher auf Lager.

Blieb die Frage, warum Sabines Ziehsohn den Chef seiner Tante und Fresnel hätte umbringen sollen? Für Cassard ergab sich zwar ein Motiv – immerhin hatte Sabine durch die Trennung gelitten. Andererseits war sie diejenige gewesen, die Schluss gemacht hatte. Als Gegenargument dazu wand Finot wiederum ein, dass das den Trennungsschmerz auch nicht unbedingt einfacher machte. Dominique hatte es eben, als sie nach dem Besuch bei Madame Cassard darüber gesprochen hatten, genauso gesehen. „Mal schauen, was Abidal noch über ihn in Erfahrung bringt", hatte sie gesagt. „Zumindest haben wir endlich einen Beteiligten, der als Täter zumindest theoretisch in Frage kommt!"

So weit war es schon gekommen! Die theoretische Möglichkeit, dass jemand als Täter in Frage kam, stimmte sie glücklich.

Dankbar nahm er nun das Klingeln seines Telefons zur Kenntnis; er konnte ein bisschen Ablenkung gebrauchen. Noch mehr freute er sich, dass es Serge war. „*Salut,* Serge, wie geht es dir?"

„Weißt du was von einer Videoshow?", fiel er mit der Tür ins Haus. Der Gerichtsmediziner klang für seine Verhältnisse aufgebracht. Jemand, der Serge nicht kannte, hätte ihn wohl immer noch für tiefenentspannt gehalten.

Finot wurde heiß und kalt. „Videoshow?", fragte er scheinheilig und in der festen Überzeugung, dass seine wackelige Stimme die Lüge sofort entlarven müsse.

Aber Serge war viel zu sehr mit sich selbst beschäftigt, um es zu bemerken. „Ich hab' mitbekommen, dass die Kollegen eine große Überraschung zu unserer Hochzeit planen. Mit Videoshow und allem Drum und Dran."

Finot rang mit sich, ihm die Wahrheit zu sagen – ja, er hatte richtig vernommen. Gleichzeitig ärgerte er sich, dass

Serge ihn überhaupt fragte. Welche Antwort erwartete er? „Ja, ich dachte, du freust dich?" oder „Nein, aber ich höre mich mal um und versuche es gegebenenfalls zu verhindern?"

„Das hat man davon, wenn man in die Kantine geht. Man hört Dinge, die man nicht hören will. Ich weiß schon, warum ich sonst immer auswärts esse."

„Tja", sagte Finot, weil ihm nichts Besseres einfiel.

Aber Serge hatte sich auch schon wieder ein bisschen beruhigt. „Ach, vergiss es, die Neuigkeit kam nur so überraschend; ich musste es einfach loswerden. Diese ganze Sache mit der Hochzeit steigt mir wirklich zu Kopf. Odette redet von nichts anderem mehr, was ich ja auch verstehen kann. Dennoch…" Er führte den Satz nicht zu Ende.

Serges ungewöhnliche Offenheit veranlasste Finot zu einer ungewöhnlich offenen Gegenfrage: „Willst du einen Rückzieher machen?"

„Nein! *Quand le vin est tiré, il faut le boire.*"

Da hatte er recht, wer A sagte, musste auch B sagen.

„Ich wusste ja, dass das zum Heiraten dazugehört. Ich wollte es einfach nicht wahrhaben. Bitte entschuldige die Störung, François, *et au revoir.*"

Sein Freund hatte aufgelegt.

Indem Finot noch ungläubig auf sein Telefon starrte, kam Julien angebraust. Er bremste abrupt, parkte in einer glatten Bewegung rückwärts ein und schwang sich aus dem Auto.

Wie in einem Werbespot, dachte Finot, stieg ebenfalls aus und ging ihm entgegen. „*Salut,* Julien!"

„*Salut,* Chef!"

„Haben Sie schon mit meinem Bruder gesprochen wegen der Finanzen meines Vaters?", fragte Finot ohne Umschweife.

„Ja, habe ich. Es gibt keine Auffälligkeiten. Ihr Bruder schickt mir die Kontoauszüge der letzten Monate."

Finot blieb stehen und verfasste eine kurze Nachricht an Dominique. „Alles klar, danke, Julien. Was wissen Sie über Xavier?"

„Abidal hat auf die Schnelle nicht viel herausbekommen. Sabines Neffe ist Jahrgang 1989, da war die Mutter gerade mal neunzehn. Abitur in Le Havre, Studium in Rouen; seitdem hat er sich mit wenig Erfolg an mehreren Start-up-Unternehmen versucht. Vater unbekannt."

Sie erreichten den Eingang. Finot ging mit dem Zeigefinger die Klingelschilder durch. Viele Namen waren kaum zu lesen oder die Schilder waren x-fach überklebt worden.

„Da ist er!", rief Julien.

Bevor der Summer ging, wurde die Tür von innen geöffnet. Ein Mann mittleren Alters verließ, ohne sie zu beachten, das Haus und zündete sich eine Zigarette an. Als die Tür laut scheppernd hinter den beiden ins Schloss fiel, waberte Rauch zu Finot und Julien hinein und vermischte sich mit dem Gestank von alten Mülltüten. Sie stiegen in den Aufzug, der sich, besorgniserregend wackelnd, in Bewegung setzte und sie in den siebten Stock brachte.

Als Finot Xavier gegenüberstand, überfiel ihn ein unerwarteter Schauer. War das der Mann, dem er hinterhergelaufen war? Dieser sportliche junge Typ mit den praktischen, kurzen Haaren? Finot spürte in sich hinein; stellte ihn sich mit Perücke und angeklebtem Bart vor. Zum ersten Mal bei diesem Fall stand er einer Person gegenüber, die es wirklich gewesen sein konnte.

Wie reagierte Xavier auf ihn? War da ein Zucken in den Augen? Eine leichte Rötung auf den Wagen? Ging der Atem schneller? Doch Finot bemerkte nichts von alledem.

Und selbst wenn – der Besuch der Polizei hatte schon manchen hartgesottenen Zeitgenossen nervös gemacht.

Xavier führte sie durch einen schmalen Flur. An der Wand hing ein professionell aussehendes Fahrrad. „Triathlon“, erklärte Xavier. Das erklärte auch den Stapel an Turnschuhen. Turnschuhe… Sofort kam Finot Sabines Schuhregal in den Sinn.

Die Möbel in der kleinen Küche waren bunt zusammengewürfelt. Ein Tisch mit vier verschiedenen Stühlen, ein kleines Cord-Sofa, ein einzelner Spültisch und ein Herd mit zwei Gas-Kochfeldern, darunter ein alter Backofen. Das Geschirr stapelte sich ohne ersichtliches System in einem einfachen Holzregal. Auf der Fensterbank stand eine traurige Birkenfeige.

„Wir haben ein sehr enges Verhältnis“, erklärte Xavier auf die Frage hin, wie er zu Sabine stand. „Sie war mir immer mehr Mutter als meine eigene; ich habe ihr viel zu verdanken. Allein, dass ich Abitur machen und studieren konnte. Ich weiß nicht, ob ich das ohne Sabines Unterstützung hinbekommen hätte. Sie stand immer hinter mir.“

„Wussten Sie, dass Sabine ein Verhältnis mit Monsieur Cassard hatte?“

Langsam nickend sagte er: „Sabine hat sehr unter der Trennung gelitten.“ Er sah abwechselnd zu Finot und Julien. „Aber wohin hätte das führen sollen? Cassard hätte sich nie von Eugénie getrennt. Sabine wusste das, und trotzdem, als er es dann beendet hat…“

„Cassard hat es beendet?“ Finot war mit einem Mal hellwach. Warum hatte Sabine das Gegenteil behauptet?

„Ja, wussten Sie das nicht?“

„Ich wollte nur sichergehen, dass ich Sie richtig verstanden habe“, überspielte Finot seine Verwunderung. „Warum hat er es beendet?“

Xavier zuckte mit den Achseln. „So genau hat sie mir das nicht gesagt. Ich weiß nicht mal, ob sie den Grund kennt. Vielleicht hat er gespürt, dass er sie nicht länger hinhalten kann? Vielleicht hatte er jemand anderes gefunden?“

Eine neue Geliebte? Dafür gab es keinerlei Hinweise. Aber immerhin hatten sie hier den Ansatz eines Motivs: Cassard hatte Sabine fallenlassen. Nur warum jetzt?, dachte Finot. Warum hätte Xavier – oder sonst jemand – Cassard *jetzt* umbringen sollen? „Seit wann wussten Sie von der Sache?“

Xavier fuhr sich mit der Hand über das Gesicht. Dabei rutschte der Ärmel seines T-Shirts ein Stück nach oben, so dass ein wie mit dem Lineal gezogener Übergang von dunkel gebräunter zu winterblasser Haut sichtbar wurde. „Von Anfang an. Ich habe ihr immer gesagt, dass sie sich nicht darauf einlassen soll, aber sie war so verliebt. Sie müssen verstehen... Sabine ist einsam. Sie hat mich, sie hat die Arbeit.“ Er hielt inne. „Wobei sich das ja jetzt auch gerade zerschlägt.“

„Kennen Sie einen Roger Fresnel?“, fragte Finot.

„Fresnel? Nie gehört.“

„Adrien Finot?“

Er schüttelte den Kopf.

„Wo waren Sie am Freitagnachmittag gegen fünfzehn Uhr?“

„Als Cassard umgebracht wurde? Ich war zu Hause. Sabine rief mich an; sie war total aufgelöst.“

„Kann das jemand bezeugen? Ein Nachbar?“

„Hier achtet keiner auf den anderen. Ich weiß noch nicht mal, wer direkt nebenan wohnt.“

„Und Samstag- auf Sonntagnacht zwischen zwölf und zwei?“

„Da habe ich im Bett gelegen und geschlafen. Und nein, es gibt auch hier keine Zeugen.“

„Sie wundern sich gar nicht, dass ich Sie nach Ihrem Alibi frage“, sagte Finot.

Xavier sah ihn verständnislos an. „Warum sollte mich das wundern? Wenn jemand denen, die sie lieben, etwas antut, dann tut er es auch Ihnen an und damit habe ich ein Motiv.“

Finot wusste nicht, was er darauf sagen sollte. Welche Antwort hatte er erwartet? Xavier hatte recht, und letztlich wurde er ja genau deswegen verdächtigt.

Bei der Verabschiedung war Finot nicht ganz bei der Sache. Warum hatte Sabine behauptet, Cassard habe Schluss gemacht? Die Frage ging ihm nicht aus dem Kopf.

Julien drückte den Aufzugsknopf. „Wenn Xavier etwas damit zu tun hätte, hätte er nicht abweichend von Sabine gesagt, dass die Trennung von ihr ausging. Sie hätten sich abgesprochen und einheitlich geantwortet.“

„So sehe ich das auch.“

„Haben Sie ihn deshalb nicht gefragt, ob er zu einem DNA-Test bereit ist?“

Warum hatte Finot ihn nicht danach gefragt? Unten angekommen, stand die Frage immer noch im Raum. Er bat Julien, Xaviers Alibis so gut es ging zu prüfen und griff zum Telefon, um Sabine anzurufen und sie mit dem Widerspruch zu konfrontieren.

„Ich wollte nicht so idiotisch dastehen“, sagte sie.

„Idiotisch?“

„Wie Frauen, die hoffen, hoffen, hoffen und nicht merken, dass die Hoffnung vergebens ist. Ich habe mir selbst was vorgemacht, und das war mir einfach peinlich. Ich wäre gerne schlauer gewesen, das ist alles“, sagte sie freimütig.

„Was glauben Sie, wer hat uns die Fotos geschickt?“

„Tut das etwas zu Sache?“, fragte sie zurück. „Jemand, der mir ein bisschen Stress machen will. Der sauer auf mich ist. Oder war.“

„Wegen Ihrer Affäre?“

„Sie sind der Kommissar!“, sagte sie vorwurfsvoll. „Wegen dieser Sache oder wegen etwas anderem.“

„Was könnte das für eine Sache sein? Wer hätte einen Grund, Ihrer Meinung nach? Eine Kollegin?“

Julien, der mithörte, zog skeptisch die Mundwinkel herunter.

„Ich habe zu allen Kolleginnen ein einigermaßen gutes Verhältnis.“

Nach allem, was Finot wusste, entsprach das der Wahrheit. „Bitte überlegen Sie. Wer hätte einen Grund, Ihnen Stress zu machen? Auch unabhängig von Cassard und der Praxis.“

Sie lachte traurig. „Meine Schwester. Sie hat es mir nie verziehen, dass ich ein besseres Verhältnis zu ihrem Sohn habe als sie selbst.“

28

„Ich halte hier mal kurz an dem Supermarkt, ich muss noch was einkaufen“, sagte Finot. Die beiden Polizisten waren auf dem Weg zu Finots Vater, um ihn nach Nathalie Theillier zu fragen. Juliens Auto hatten sie vor Xaviers Haus stehen lassen.

Finot hatte eine ungefähre Ahnung, wo die *Tapenade* in dem Supermarkt zu finden war. Aber die Suche dauerte länger als nötig, weil er mit den Gedanken immer noch bei den zwei Telefonaten war, die er nach dem Gespräch mit Sabine geführt hatte.

„Gibt es von Ihrer Seite noch etwas Neues zu der Frage, wer Ihnen die Fotos unter den Scheibenwischer gesteckt hat?“, hatte er Dominique gefragt.

„Leider nein.“

Ach, da war ja die *Tapenade*. Jetzt schnell noch mal zu den Backwaren und ein *Baguette* gegriffen, dann zur Expresskasse und wieder raus.

Auch Martine hatte sich zwischenzeitlich gemeldet, sie hatte endlich mit Fresnels Ex-Frau gesprochen. Martines Frage nach der Normandie-Brücke hatte bei der Frau eine, Zitat, „fast schon hysterische" Reaktion hervorgerufen. „Hören Sie mir auf mit dieser Brücke!"

Finot war sich sicher, dass Martine den Tonfall perfekt imitiert hatte. Nein, ihr sei nicht bekannt, dass ihr Gatte mit Männern namens Stéphane Cassard oder Adrien Finot in Kontakt gewesen sei. Eine Nathalie Theillier kenne sie auch nicht. Sie sei einfach froh gewesen, als sie nach der Trennung nicht mehr über die Brücke habe reden müssen.

Finot und Julien grüßten den Kollegen, der vor Adriens Tür Wache hielt. „Das ist mal ein netter Auftrag", sagte er fröhlich. „Alle haben ein nettes Wort für mich übrig."

„Möchten Sie schon mal reingehen und Ihren Vater begrüßen?", fragte Julien.

Adrien erkannte Finot auch heute nicht; der Kommissar spürte einen Stich der Enttäuschung. Entschädigt wurde er durch Adriens Freude über das Mitbringsel. Ein Strahlen breitete sich auf seinem Gesicht aus.

„Wie teuer?", fragte er.

„Es ist ein Geschenk, Papa!"

Er schüttelte energisch den Kopf.

„Ich weiß nicht mehr, was es gekostet hat", log er.

Adrien zeigte aufgeregt auf Finots Hose.

„Was möchtest du?" Finot drehte sich einmal um die eigene Achse.

Er beharrte darauf. „Schauen Sie!"

Finot tastete sich ab. Das Portemonnaie? Er zog es hervor.

Adrien schien zufrieden. „Auf dem Zettel!"

Zettel? Ah, er sollte auf die Rechnung schauen. So leicht ließ der Vater ihn mit der Ausrede nicht davonkommen. Finot durchforstete folgsam seine Börse, in der sich allerhand Quittungen angesammelt hatten. Sie bildeten einen dicken Papierstapel in dem Fach, das für Geldscheine vorgesehen war. Eine Tankquittung machte sich selbstständig und rutschte heraus, als er den Stapel wie ein Daumenkino durchging. Finot wollte sie wieder hineindrücken, aber das Papier war einfach zu dünn und endete wie ein eingeklappter Fächer. Er knüllte die Tankquittung ärgerlich zu einer Kugel zusammen und steckte sie in die Hosentasche. Dann nahm er seufzend den kompletten Stapel raus, um ihn wie ein Spielkartendeck zu begradigen und im Ganzen wieder reinzustecken. Warum schmiss er die Dinger nicht direkt weg?

Und jetzt fiel ihm auch noch das Foto von Nathalie Theillier auf den Boden!

Adrien rief: „Nathalie!“

Finot ließ perplex die Hände sinken. „Du kennst sie?“

Er wiederholte: „Nathalie!“

In der einen Hand die Börse, in der anderen die Quittungen, trat Finot auf den Vater zu. Er wollte ihn packen, wusste aber nicht wohin mit den Sachen. Schließlich schob er den Stapel Quittungen in die linke vordere, die Börse zurück in die rechte, hintere Hosentasche. „Papa!“, rief er und kniete sich vor ihn. „Sag, woher kennst du sie?“ Finot packte ihn an der Schulter, nicht zu fest, aber bestimmt.

Adrien wand sich unruhig in seinem Rollstuhl, fing an zu jammern. „Nein, nein!“

Es klopfte, die Tür ging auf, Julien und der Kollege starrten auf Vater und Sohn. „Was ist los?“, rief Julien.

Finot ließ von Adrien ab und erhob sich. Seine Gedanken rasten. Woher kannte er Nathalie Theillier? Hatte sein Vater ihren Namen ihm gegenüber je erwähnt? Finot konnte sich einfach nicht erinnern!

„Sie sind ja kalkweiß im Gesicht", sagte Julien. „Setzen Sie sich!"

Julien gab dem Kollegen Zeichen, dass er wieder zurück auf seinen Posten konnte. „Was ist passiert?"

„Er hat Nathalie erkannt." Finot wusste gar nicht, warum ihn das so aus dem Gleichgewicht brachte. Er hatte seinen Vater ohnehin nach ihr fragen wollen, nur deshalb waren sie hier. Aber er war fest davon ausgegangen, dass Adrien sich nicht erinnern würde. „Befragen Sie ihn besser", sagte Finot matt.

Doch Adrien hatte andere Pläne. Er zeigte aufgeregt auf die *Tapenade*.

Die beiden Polizisten halfen ihm, ein kleines Stück *Baguette* in das Glas zu tunken. Auch mit dem Abbeißen tat sich der alte Mann schwer. Aber als er schließlich kaute, war er selig. Die Sache mit dem Geld hatte er vergessen.

Finot unterdrückte mühsam seine Ungeduld. Es half nicht, Adrien unter Druck zu setzen. Wenn er etwas zu Nathalie zu sagen hatte, würde er es im entspannten Zustand eher tun.

Als Adrien fertig gegessen hatte, zog sich Julien einen Stuhl heran und zeigte Adrien das Foto. „Woher kennen Sie Nathalie Theillier?"

„Sie ist eine Bekannte."

„Verstehe, sie ist eine Bekannte von Ihnen", wiederholte Julien mit ruhiger Stimme. „Wie haben Sie Nathalie kennengelernt?"

Adrien lächelte gequält.

Finots äußerliche Ruhe war eine Lüge. Er hätte die Antworten am liebsten aus seinem Vater herausgeschüttelt. Aber er wusste, Julien tat genau das Richtige. Er signalisierte Adrien, dass er verstanden hatte, indem er wiederholte, was der gesagt hatte. Dazu sprach er in einfachen Sätzen und in aller Ruhe.

„Wo haben Sie Nathalie getroffen?", fragte Julien, nachdem Adrien sich wieder beruhigt hatte. Das war die dritte Variante derselben Frage: Woher kannte Adrien Nathalie Theillier?

„Die Feier", sagte Adrien und fing an zu zittern.

Julien setzte sich kerzengerade auf. „Eine Feier, verstehe. Wo war diese Feier?" Die Ruhe in seiner Stimme war einem drängenden Ton gewichen.

„Ich möchte Musik!"

„Ja, ich mache die Musik gleich an", sagte Julien und sah Finot hilflos an. „Nochmal zu Nathalie und dieser Feier…"

„Nein, nein!", sagte Adrien.

Juliens Schultern sackten nach unten.

„Hatte diese Feier mit der Arbeit zu tun?"

Aber Adrien schien schon wieder in seiner eigenen Welt versunken und drängte darauf, endlich Musik zu hören.

Schon wieder das Stichwort Feier!, dachte Finot. Handelte es sich um dasselbe Ereignis, von dem Inès gesprochen hatte? Aber warum sollte sein Vater dabei gewesen sein? Andererseits: Wie wahrscheinlich war es unter den gegebenen Umständen, dass er von einer anderen Feier sprach?

Der Kollege vor der Tür bekam das zweite Glas *Tapenade* geschenkt, das offene Glas und das restliche Brot gab Finot vorne bei Nicolas ab.

„Wenn ich nur wüsste, was das für eine Feier gewesen ist!", schimpfte Finot draußen. „Wieso weiß ich nichts davon?"

„Sie waren doch schon längst erwachsen und hatten ihr eigenes Leben", wand Julien ein. „Ich weiß auch nicht über alles Bescheid, was meine Eltern tun." Er dachte einen Moment nach. „Vielleicht weiß Ihr Bruder etwas?"

Finot setzte den indirekten Vorschlag direkt in die Tat um und wählte Marcels Nummer.

„Francois, was gibt's?"

„*Salut,* Marcel. Ich habe eine Frage. Nein, zwei, ach egal. Kennt Papa eine Frau namens Nathalie Theillier?"

„Die Frau von dem Foto, das Monsieur Lafosse mir gezeigt hat?"

„Ja, genau die."

„Nicht, dass ich wüsste." Leicht genervt fügte er hinzu: „Wie ich deinem Mitarbeiter schon gesagt habe."

„Weißt du etwas von einer Feier, auf der er diese Frau getroffen haben könnte?"

„Du bist manchmal ganz schön anstrengend, François!"

Julien grinste.

„Ich werte das als nein", sagte Finot. „War Papa am Bau der Normandie-Brücke beteiligt?"

Marcels Schweigen war zwar Antwort genug, aber er rundete es durch ein skeptisches „Glaub ich nicht!" ab. „Er war zwar später auch selbstständiger Gutachter und ich kenne nicht alle seine Auftraggeber, aber wenn er mit der Brücke zu tun gehabt hätte – das hätte er doch erzählt!"

Finot stimmte ihm zu. „Gibt es noch Unterlagen zu Papas beruflicher Tätigkeit? Oder überhaupt zu seinem Leben, seiner Vergangenheit?"

„Wir haben doch bis auf die aktuellen Sachen alles weggeworfen, als er umgezogen ist."

„So habe ich das auch in Erinnerung." Finot rieb sich nachdenklich das Kinn. „Und die Ordner mit dem aktuellen Papierkram stehen in seinem Zimmer, die haben wir schon geprüft."

„Wenn noch irgendwo was ist, dann in deiner Rumpelkammer. Bei uns jedenfalls nicht."

„Bei mir?“ Darüber hatte er noch gar nicht nachgedacht. „Gut, danke“, sagte er mit belegter Stimme.

„He, du bist mir eine Erklärung schuldig!“

„Wir wissen noch nicht, wie alles zusammenhängt. Ich meine Papa, Nathalie und die beiden Opfer. Es tut mir leid, ich melde mich wieder. *Au revoir.*“

„Gut, dann durchforsten wir Ihre ‚Rumpelkammer‘“, sagte Dominique, die nach dem ersten Klingeln am Apparat war.

Juliens Miene nach zu urteilen stellte er sich auf eine Nachtschicht ein.

„Sie brauchen mal eine Pause von Ihrem Chef, Julien, ist es nicht so?“, fragte Dominique, als hätte sie seinen Gesichtsausdruck durch das Telefon gesehen. „Sagen Sie mir die Adresse, ich komme vorbei.“

29

Finot kam als erster bei seiner Rumpelkammer an, einem kleinen, abschließbaren Kasten auf einem weitläufigen Platz abseits der Stadt, der in Reih und Glied mit vielen anderen Kästen dieser Art stand und für Leute wie ihn gedacht waren, die sich schlecht trennen konnten und zu Hause wenig Platz hatten.

Ob er die Bezeichnung Rumpelkammer jemals wieder aus seinem Kopf bekommen würde?

Julien hatte ihm noch die Fotos aus Fresnels Fotoalbum geschickt, bei denen er sich unsicher war, aber Finot hatte keine der abgebildeten Personen als seinen Vater erkannt. Eugénie Cassard und Rose hatten auch ihren Ehemann beziehungsweise Vater auf den Bildern nicht entdeckt. Weiterhin gab es Neuigkeiten zum Thema Perücke, die da lauteten, dass eine Reihe von langhaarigen, braunen Perücken in Dieppe und Umgebung verkauft worden war. Verkäufe, die nun in minutiöser Kleinarbeit überprüft wurden.

Finot hatte zu Hause eine Kleinigkeit gegessen und Laura Bescheid gesagt, dass er sich mit Dominique auf Spurensuche begeben würde.

„Was ist mit Blanche?"

„Die leistet Pauline Gesellschaft", hatte Finot gesagt. „Danke, dass du fragst."

Sie hatte ihm viel Erfolg gewünscht und ein bisschen komisch geklungen.

Er stellte den Campinghocker ab, den er immer mitbrachte, wenn er herkam, und schloss die Tür auf. Als sich der muffige Geruch verzogen hatte, griff er nach dem Hocker und ging hinein.

Das hier war seine Vergangenheit. Das meiste war Papierkram, aber auch andere, mit Erinnerungen behaftete Gegenstände bewahrte er hier auf. So zum Beispiel eine Krawatte, die seine Frau Helene ihm einmal geschenkt und die er nie getragen hatte, ein paar Kühlschrankmagnete als Reisesouvenirs, die Menükarte eines feinen Restaurants, in dem er gespeist hatte, ungenutztes Hundespielzeug, ausgewählte Fotos, die frühere Sortieraktionen überlebt hatten und sogar Videokassetten! Lieblingsfilm hin oder her, die mussten auf jeden Fall weg. Finot organisierte ein bisschen herum, bis er eine Kiste mit zu entsorgenden Videokassetten vor die Tür stellen konnte. Da er schon lange nicht mehr hier gewesen war, bereute er es bitterlich, keinen Staubwedel mitgebracht zu haben. In seiner Nase juckte es bedenklich.

Die Kisten und Ordner waren zwar beschriftet, aber verlassen konnte man sich darauf auch nicht mehr. Finot hatte zum Glück eine ungefähre Ahnung, wo sich was befand.

Er setzte sich, die kleine Foto-Kiste auf den Knien, auf seinen Campinghocker und begann zu stöbern. Nicolas hatte recht, Finot sah seinem Bruder wirklich ähnlich. Zumindest auf diesem älteren Foto. Marcel war aber etwas kleiner und kräftiger gebaut, mit hellen, lockigen Haaren wie die Mutter. Der Vater, mit Schnäuzer, Koteletten und dunkler Hornbrille, hatte braune Haare. Von wem hatte Finot bloß seine Körpergröße geerbt? Von seinen Eltern jedenfalls nicht.

Seine Mutter war inzwischen eine Fremde für ihn. Das Gefühl der Vertrautheit, das er von seinem Vater kannte, stellte sich bei ihrem Anblick nicht ein. Sie war gestorben, als er Mitte zwanzig gewesen war. Es war eine Routine-OP gewesen.

Der Vater und der Bruder waren ihm vertraut, ja, aber eine besondere Verbindung zu ihnen spürte er trotzdem nicht. Pauline und Blanche, aber auch Martine und Julien, Louise und Motas, das war seine Familie. Von seinem Chef waren auch ein paar Fotos darunter. Adrien hatte mit Motas' Vater bei Michelin gearbeitet und die Errichtung neuer Werke begleitet.

Seine Geburtsurkunde fiel Finot in die Hände. Er war in Clermont-Ferrand geboren worden; vor langer, langer Zeit, wie es ihm gerade schien. Er lachte. Da waren ja auch seine Abschlusszeugnisse; eigentlich konnte er sie wegschmeißen, wer wollte die noch sehen.

Die Krankenhausakten seiner Mutter könnten auch weg. Und dann waren da noch die zahlreichen Kisten und Ordner mit Recherchen zu Helene. Es hatte umfassende Ermittlungen gegeben, um die letzten Tage vor ihrem Verschwinden minutiös zu rekonstruieren, Befragungen noch und nöcher, aber nichts. Sie hatte gearbeitet, eine Freundin getroffen, war im Supermarkt gewesen, hatte keine außergewöhnlichen Telefonate geführt, keine besonderen Briefe erhalten. Sie war einfach ihrem Alltag nachgegangen. War sie entführt oder ermordet worden, oder gar freiwillig verschwunden? Keine Variante, die Finot sich nicht in aller düsteren Ausführlichkeit ausgemalt hätte. Monatelang war er wie besessen gewesen und hatte alle verrückt gemacht.

Dann, von einem Tag auf den anderen, hatte er den Verlust akzeptiert und war in ein tiefes Loch gefallen. Da hatte Motas ihn irgendwann rausgeholt.

Was noch? Ein paar Ordner zum Kauf und Verkauf des Hauses, in dem sie nicht lange gewohnt hatten, die Heiratsurkunde und eine Kiste mit persönlichen Gegenständen Helenes. Uhren, Schmuck, ihre Tagebücher, Zeugnisse, Porzellanfigürchen, an denen sie gehangen hatte, Fotos, ihr Lieblingshalstuch, eine Puppe, mit der sie als Kind gespielt hatte.

Die Eheringe bewahrte er zu Hause in einer hübschen Kiste auf. Pauline hatte sie ihm geschenkt. Er war offiziell noch verheiratet, denn Helene war laut Gesetz nicht tot, sondern einfach nicht mehr da. Es gab keinen Hinweis auf ein Verbrechen und es lag immer noch im Bereich des Möglichen, dass sie freiwillig verschwunden war. Laut Gesetz konnte er sie nach einer Frist von zwanzig Jahren, unter bestimmten Umständen verkürzt auf zehn Jahre, für abwesend erklären lassen, was einer Todeserklärung gleichkam. Das hätte auch die gleichen Folgen: Er wäre nicht mehr verheiratet und der Nachlass würde eröffnet. Manchmal fragte er sich, ob er insgeheim daran glaubte, dass sie noch lebte.

Er öffnete wahllos eine Seite ihres Tagebuchs und las den Text, den er schon auswendig kannte. Als er Motorengeräusche vernahm, klappte er es zu und legte es zur Seite.

Dominique parkte ihren matt-schwarzen Fiat 500 neben Finots Peugeot und stieg aus. Zum ersten Mal sah Finot die Kommissarin in Jeans und Turnschuhen und erkannte sie fast nicht wieder. Sie kam mit einer angebrochenen Flasche Wein in der einen und einer

Tasche, aus der ein Sitzkissen und ein *Baguette* hervorlugten, in der anderen Hand, auf ihn zu.

Sie wedelte mit der Weinflasche. „Die hat mein Mann mir noch schnell in die Hand gedrückt. Ich hoffe, Sie mögen australischen Wein."

„Australien?"

„Warum soll man sich leidige Arbeiten nicht durch ein Gläschen Wein versüßen, hat er gesagt."

Mit australischem Wein?

Sie begutachtete die Flasche skeptisch. „Viel ist es natürlich nicht mehr, aber wir müssen ja sowieso noch fahren." Interessiert sah sie sich um. „Was ist das hier?"

„Meine Vergangenheit", sagte Finot. „Wird alles ausgemistet, demnächst."

„Haben Sie eine Vermutung, wo wir fündig werden könnten?"

„Ich weiß, wo die Sachen meines Vaters *nicht* sind", erwiderte Finot mit einer Spur Resignation in der Stimme. Er reichte ihr den zweiten Campinghocker, den er vorsichtshalber mitgebracht hatte, aber Dominique lehnte ab. Stattdessen holte sie das Sitz-Kissen aus der Tasche, warf es auf den Boden und ließ sich im Schneidersitz darauf nieder. Schnell hatte sie auch zwei einfache Trinkgläser herausgefischt, die sie mit Wein füllte.

„À votre santé!", presste Finot hervor.

„Warum so ängstlich? Auf Ihr Wohl!"

Das hier darf niemand erfahren!, schoss es Finot durch den Kopf. „Was haben Sie in der Klinik herausgefunden?", fragte er schnell.

„Namen, Namen und nochmals Namen. Die werden jetzt nach und nach überprüft. Ein paar alte Hasen erinnern sich noch an Cassard, aber mehr als Allgemeinplätze hatten sie auch nicht zu bieten."

Finot stellte es sich so vor: Eine Krankenschwester oder ein Pfleger, kurz vor der Rente, die oder der mit gerunzelter Stirn etwas murmelte wie: „War das nicht der, der in Honfleur dann diese Praxis aufgemacht hat? Hm, ich erinnere mich dunkel, der war nett."

„Die ehemaligen Mitarbeiter müssen natürlich auch noch befragt werden", fuhr sie fröhlich fort, „wir sind noch lange nicht fertig."

„Bevor wir anfangen", sagte Finot, „sollte ich Ihnen ein paar Dinge über mich erzählen." Dominique war im Begriff, tief in sein Leben einzutauchen, es wäre besser, sie vorher einzuweihen.

„Vielen Dank für Ihr Vertrauen", sagte Dominique, als Finot mit seinem Bericht fertig war.

Dann kehrte konzentrierte Stille ein. Finot saß zusammengefaltet auf seinem kleinen Hocker, Dominique hatte sich eine schicke, rote Lesebrille aufgesetzt. Dann und wann nahm sie winzige Schlucke von dem Wein, zog die Flüssigkeit durch die Zähne und ließ sie kreisen wie Mundwasser. Sie tat das immer noch, als Finots Glas längst leer war.

Dominique wechselte – zum wievielten Mal? – ihre Sitzposition. Finot drückte den schmerzenden Rücken durch.

Eine kurze Frage, eine knappe Antwort. Und weiter ging's.

Finot stand auf und holte sich eine weitere Kiste. „Woher kennen Sie und Martine sich eigentlich?", fragte er, indem er sich wieder setzte.

„Hat sie Ihnen das noch nicht erzählt?"

Finot schüttelte den Kopf.

„Na dann." Dominique fuhr sich, die Spitzen von Daumen und Zeigefinger zusammengelegt, von links nach rechts über den Mund, als schließe sie einen Reißverschluss.

Sie versanken wieder in geschäftiges Schweigen, nur unterbrochen von gelegentlichem Räuspern, dem

Geräusch von Seiten, die umgeblättert werden, ächzen, wenn wieder einer der beiden aufstand, um sich eine neue Kiste, einen neuen Ordner vorzunehmen.

„Sie haben ja einiges hinter sich", konstatierte Dominique trocken.

Finot ging nicht darauf ein. Ihm war gerade etwas eingefallen. Es hatte mit einem Ordner zu tun, den er sich angeguckt hatte, bevor Dominique eingetroffen war. Darin hatte sich etwas befunden, das er gesehen, und doch nicht richtig wahrgenommen hatte. Eine vage Erinnerung. Plötzlich schien ihm, dass es wichtig sein könnte. Abrupt stand er auf, ging zielsicher auf ein Regalbrett zu und entnahm ihm einen Ordner.

Da war es. Er las. Dann ließ er den Ordner sinken.

Dominique, die Finot über den Rand ihrer Brille hinweg beobachtet hatte, fragte: „Haben Sie was gefunden?"

„Ich glaube ja."

VII

30

Finot entnahm dem Ordner umständlich ein paar zusammen getackerte Blätter und war mit einem Schritt bei Dominique. Er kniete sich neben sie auf den Boden, verstaute mühsam seine langen Beine und kam endlich auf dem kalten, dreckigen Boden zum Sitzen.

„Nun zeigen Sie schon her!"

„Es geht um diesen Schnipsel da, den mein Vater – wohl eher aus Versehen – mit der Rechnung abgeheftet hat."

„Eine Krankenhausrechnung Ihrer Mutter?"

„So ist es."

Sie studierte das Stück Papier; es war ein Zeitungsausschnitt, zumindest ein Teil davon. Es sah so aus, als hätte ihn jemand zerrissen. Dominique kniff die Augen zusammen. „Eine Ausschreibung?"

Finot nickte. „Hier, das Logo und Teile der Firmenadresse", er zeigte auf die verschlungenen Buchstaben M und C in einer Ecke, „und da steht: *Lieber Monsieur Finot, Sie hatten sich auf unsere Stellenausschreib…*"

„*Leider müssen wir Ihnen mit…*", las Dominique weiter. Sie ließ die Blätter sinken. „Ihr Vater hat sich beworben."

„Genau. Und das Logo müsste Ihnen auch bekannt vorkommen."

Sie sah ihn an. „*Mirabeau Constructions.* Die Firma, bei der Fresnel gearbeitet hat."

„Mein Vater wollte offenbar an diesem großen Projekt, dem Bau der Normandie-Brücke, beteiligt sein."

„Und Sie wussten nichts davon?"

Finot massierte sich grüblerisch das Kinn. „Ich könnte mir vorstellen, dass er meinem Bruder und mir nichts davon erzählt hat, weil er sich nicht sicher war, ob es klappen würde. Er hätte uns mit der positiven Nachricht überrascht, aber so hat er es einfach unter den Teppich gekehrt."

„So hätten Sie es an seiner Stelle gemacht?"

Finot lächelte. „Ich glaube, er hat die Ausschreibung durchgerissen, um sie in den Müll zu werfen. Dabei muss sie ihm unter die Rechnungen gelangt sein und er hat sie irrtümlich abgeheftet. Ich hatte diesen Ordner vor Ihrer Ankunft schon einmal in der Hand. Da war mir der Zettel zwar aufgefallen, aber ich habe ihm keine Bedeutung beigemessen."

Dominique zog ihre Brille aus. „Vielleicht gab es ein Bewerbungsgespräch, bei dem Fresnel und Ihr Vater sich kennengelernt haben."

„Das vermute ich. Unsere Anfrage bei *Mirabeau Constructions* bezog sich nur darauf, wer dort gearbeitet, aber nicht, wer sich damals beworben hat." Er stand auf und rammte dabei einen Stapel Kisten, so dass sie fast umfielen. Als sie mit Finots Hilfe ihr Gleichgewicht wiedergefunden hatten, sagte er: „Ich schlage vor, wir fahren jetzt nach Hause, schlafen ein paar Stunden und machen morgen weiter. Wenn wir Glück haben, gibt es bei *Mirabeau Constructions* Aufzeichnungen darüber, wer damals die Bewerbungsgespräche geführt hat."

Finot sah Dominique hinterher, als sie mit ihrem Fiat 500 davonbrauste; die nächtliche Aktion war erfolgreich gewesen, aber er fühlte sich miserabel. Da war sie, die mögliche Verbindung zwischen seinem Vater und Fresnel. Aber Finots Instinkt sagte ihm, dass sie nichts Gutes verhieß.

Am nächsten Morgen rief er Laura an. „Einerseits bin ich froh, endlich eine Idee zu haben, woher Fresnel und mein Vater sich kennen könnten. Andererseits wäre mir natürlich lieber, er wäre gar nicht erst in diese Sache verstrickt."

„Wie lange wart ihr zugange?"

„Ich war gegen halb drei zu Hause." Auf seine dann folgende Frage, wie es ihr gehe, antwortete sie ruppig: „gut!"

„Bist du sauer?"

„Nein, alles in Ordnung."

„Was machst du heute?"

„Heute Vormittag miste ich den Keller aus, danach fahre ich zu meiner Schwester. Ich habe ja noch Urlaub und mit Fresnel sind wir durch."

„Schön, dann wünsche ich dir viel Spaß mit deiner Schwester. Renée, richtig?"

„Hm, ja. Also dann." Laura hatte es plötzlich sehr eilig.

Er spazierte mit Blanche los. Noch leicht fröstelnd, spürte er in windstillen Momenten doch bereits deutlich die Kraft der Sonne. Der Himmel war klar und von einem leuchtenden Blau; ein paar Schäfchenwolken zogen vorbei. Schönwetterwolken am frühen Morgen? Das deutete auf ein Gewitter im Verlauf des Tages hin. Doch Finot glaubte nicht wirklich daran, dass dieser vielversprechende Morgen Blitz und Donner nach sich ziehen würde.

Im Kommissariat angekommen, fiel ihm siedend heiß ein, dass Roses Bild immer noch in seinem Kofferraum lag! Er musste es unbedingt bei nächster Gelegenheit herausnehmen.

Dann wandte er sich der Arbeit zu. Er bat Julien, mit der Architekturfirma zu telefonieren, bei der Nathalie angestellt gewesen war. Hatte es eine Feier gegeben? Er selbst klemmte sich ans Telefon und sprach mit einem Mitarbeiter von *Mirabeau Constructions* und bat ihn, nachzuforschen, wer sich damals beworben und wer die Bewerbungsgespräche geführt hatte. Dann steuerte er Motas' Büro an, während Blanche zurückblieb und ein kleines Nickerchen machte.

„Und, freuen Sie sich schon auf die Hochzeitsfeier?", fragte Louise, ohne mit dem Tippen aufzuhören.

Finot fiel ein, dass er dringend seinen guten Anzug in die Reinigung bringen musste. „Äh, ja", antwortete er unkonzentriert und ging durch das Sekretariat zu seinem Chef. Der hatte sicher immer einen frisch gewaschenen, „guten" Anzug im Schrank.

„Francois!", rief Motas zur Begrüßung und lauter als nötig. Und wie immer am Morgen war er von einer Wolke aus Rasierwasser umgeben. „Was gibt es Neues?"

Finot erstattete Bericht und schloss mit der Frage: „Wusstest du, dass sich Papa bei *Mirabeau Constructions* beworben hat?"

Motas schüttelte den Kopf. „Nein, das ist mir neu." Erklärend fügte er hinzu: „Zu der Zeit war die Freundschaft zwischen deinem Vater und meinen Eltern aber auch schon ein bisschen abgekühlt. Andernfalls hätte er ihnen vielleicht davon erzählt – und sie dann mir." Er zuckte mit den Schultern. „Spekulation."

„Wie kam es dazu, dass sie keinen Kontakt mehr hatten?"

„Ich glaube, deine Maman fehlte einfach. Sie war das Bindeglied zwischen deinen und meinen Eltern. Das wurde mir aber erst klar, als sie nicht mehr da war. Ich dachte immer, es wären unsere Väter gewesen, von Berufs wegen, aber da habe ich mich wohl getäuscht."

„Fällt dir sonst noch jemand ein, der uns etwas dazu sagen könnte?"

Erneutes Kopfschütteln.

Noch eine Frage trieb Finot um. „Wenn du dich bewirbst – und ich meine eine Stelle, die dir wirklich wichtig ist – sprichst du vorher darüber? Hängst du es an die große Glocke? Auch wenn du dir nicht sicher bist, ob du die Stelle kriegst?"

„Natürlich!", sagte Motas. „Warum denn nicht?"

Finot schmunzelte. Er hätte es sich denken können. „Weil es dir unangenehm wäre, gegebenenfalls zugeben zu müssen, dass es nicht geklappt hat?"

Motas zuckte nur mit den Schultern. „Das ist doch deren Problem, wenn die mich nicht nehmen." Er räusperte sich. „Du fragst dich, warum dein Vater euch nicht eingeweiht hat?"

Finot nickte. „Wollte er Marcel und mir gegenüber das Gesicht wahren? Aber wir sind seine Söhne!"

„Na und? Trotzdem könnte es ihm unangenehm gewesen sein. Gerade den eigenen Kindern gegenüber will man doch stark wirken."

„Selbst, wenn sie erwachsen sind?"

„Das ist einfach die Rolle, die man verinnerlicht hat, schätze ich."

Finot rutschte auf dem Stuhl hin und her. „Vielleicht hat er es aber auch aus anderen Gründen für sich behalten?"

„Du meinst, er hatte etwas zu verbergen?"

Motas' direkte Art verursachte Finot Bauchschmerzen.

„Tja, das lässt sich, nach allem, was wir wissen, leider nicht ausschließen. Denkbar ist aber auch, dass er euch einfach nicht unnötig belasten wollte. Er wollte nicht, dass ihr euch aufregt."

„Aber es hätte mich nicht belastet! Und Maman war ja auch nicht mehr da, um mit ihr darüber zu sprechen."

„Machst du dir Vorwürfe?"

„Ein bisschen, ja." Finot starrte auf den Tisch und wagte schließlich auszusprechen, was des Pudels Kern war: „Traust du ihm zu, in ein Verbrechen verwickelt zu sein?"

Motas faltete die Hände. „In den letzten Jahren habe ich deinen Vater kaum noch gewesen. Und früher…"

„Früher?"

Er löste die Hände wieder, holte ein großes, weißes Stofftaschentuch aus der Hosentasche und schnäuzte sich ausgiebig die Nase. „Ich traue ihm nicht zu, kaltblütig jemanden umzubringen. Und er war auch damals nicht der Typ, der von seinen Emotionen überwältigt wird."

„Aber?" Finot fand, er klang wie ein ängstliches Kind. Und so fühlte er sich auch. Er sah seinem Chef an, dass er die weiteren Worte sorgfältig wählte.

„Aber ich traue ihm – genau wie jedem anderen – zu, in bestimmten Situationen aus bestimmten Umständen heraus eine falsche Entscheidung zu treffen."

„Eine Entscheidung, die man hinterher bereut?"

Motas hob in einer hilflosen Geste die Arme.

Finot wurde abwechselnd kalt und heiß, bestimmt war er auch schon ganz rot im Gesicht. Dankbar nahm er das Klopfen an der Tür zu Kenntnis.

Julien steckte den Kopf ins Zimmer, Motas gab ihm Zeichen, hereinzukommen. „Was gibt's?"

„Es gab tatsächlich eine Feier in Nathalies Architekturbüro", sagte Julien, indem er sich auf den Stuhl neben Finot fallen ließ. „Ein Jubiläum, meinte die Frau am Telefon, das zehnjährige Bestehen der Firma. Sie will mir alles, was an Informationen dazu noch vorhanden ist, zukommen lassen. So viel ist aber schon klar: Nathalie, Ihr Vater und Roger Fresnel waren auch dabei. Und sie ist zuversichtlich, noch weitere Namen ausfindig machen zu können."

„Sieh mal einer an!", sagte Finot, plötzlich grimmig und voller Tatendrang. „Mal schauen, was Madame Theillier dazu zu sagen hat!" Er stand auf. „Danke, Julien, gute Arbeit!"

Dominique fackelte auch nicht lange, als Finot ihr am Telefon die Neuigkeit übermittelte. „Die gute Dame hat also gelogen? Wir treffen uns dort…!"

„Einverstanden", sagte Finot. Er war bereit.

„Ich hätte nicht damit gerechnet, Sie so schnell wiederzusehen, *Monsieur le commissaire*", sagte sie in der Tür stehend. Heute hatte sich Madame Theillier für ein aggressiv grell-rotes Oberteil entschieden, als hätte sie Finots Besuch kommen sehen.

„So kann man sich irren", sagte er und stellte Dominique vor.

Blanche wackelte freundlich mit dem Schwanz, aber Madame Theillier beachtete sie nicht. Auch als die Hündin näherkam und vorsichtig schnüffelte.

Finot verstand. Er ging in die Knie und sagte: „Warte bitte einen Moment hier, ja? Wir kommen gleich wieder." Dann erhob er sich und fragte: „Dürfen wir?"

„Natürlich", erwiderte Madame Theillier. Auch wenn das Wort sinngemäß Zustimmung signalisierte, klang es abweisend. Sie führte die beiden ins Wohnzimmer und zeigte auf den Tisch. „Wie kann ich Ihnen helfen?"

„Sie haben meinen Vater und Roger Fresnel auf der Jubiläumsfeier zum zehnjährigen Bestehen Ihres Arbeitgebers getroffen", begann Finot und zog den Stuhl zurück, um sich zu setzen. „Warum haben Sie behauptet, die beiden nicht zu kennen?"

Sie nahm ebenfalls Platz und präsentierte mit erhobenen Schultern ergeben ihre Handflächen. „Ich würde Ihnen wirklich gerne weiterhelfen, aber es gab viele Feiern zu dieser Zeit und ich habe viele Leute kennengelernt in meinem Beruf als Architektin. Natürlich ist es möglich, dass diese beiden Männer bei einer dieser Feiern dabei waren." Sie legte die Hände übereinander und fragte stirnrunzelnd: „Wie sagten Sie noch, hieß der andere? Nicht Ihr Vater. Fresnel?"

„Erzählen Sie uns keinen Unsinn!", brauste Dominique auf. „Monsieur Finot erinnert sich sehr genau an Sie! Was ist an diesem Abend passiert?"

Finot warf Dominique einen kurzen Seitenblick zu. Nathalie wusste zwar nicht, wie es um seinen Vater bestellt war, aber es war trotzdem ein gefährliches Manöver, sollte Nathalie nachhaken. Andererseits konnte man ihr auf diese Weise eventuell weitere Informationen entlocken.

„Sie wissen offenbar mehr als ich“, sagte Nathalie ruhig.

Wo war eigentlich das dramatische Beben der Nasenflügel hin, das sie bei seinem letzten Besuch gezeigt hatte? Finot schien, dass es weniger ein Tic, denn eine kleine schauspielerische Einlage gewesen war.

„Haben Sie noch jede Party vor Augen, auf der sie vor dreißig, vierzig Jahren waren?“, fuhr sie fort. „Und jede Person, die Sie dort getroffen haben? So gut ist mein Gedächtnis leider nicht. Was genau hat Monsieur Finot denn über mich zu berichten gewusst?“

„Sind Sie sich damals nähergekommen?“, fragte Finot ins Blaue hinein zurück.

„Behauptet er das?“

„Beantworten Sie einfach die Frage.“

„Wenn ich wüsste, was er gesagt hat, könnte ich ja dazu Stellung nehmen, aber…“

Finot, leicht gereizt, erwiderte: „Zu Ereignissen auf einer Feier, die Ihnen entfallen ist?“ Er fummelte ruppig sein piependes Telefon aus der Hosentasche. Julien teilte mit, dass Nathalies Lebensgefährte deren Alibi bestätigte. Finot zeigte Dominique die Nachricht. Sie las und nickte. Dann wandten sie sich wieder Nathalie zu.

Die verschränkte die Arme vor der Brust, sobald sie sich wieder der vollen Aufmerksamkeit der Polizisten sicher war.

„Ist es zu einem Zwischenfall gekommen? Einem Streit? Ist jemand handgreiflich geworden?“

„Um diese Frage beantworten zu können, müsste ich mich erinnern.“

Finot wurde immer wütender. Diese Frau hielt sie doch zum Narren! Redete sich mit einem schlechten Gedächtnis heraus. Er hätte ihr einiges darüber erzählen können, was es wirklich hieß, ein schlechtes Gedächtnis zu haben. „Besitzen Sie Fotos aus dieser Zeit?"

„Nein. Ich bin seitdem mehrmals umgezogen und habe sie nach und nach entsorgt."

„Verstehe, Sie sind nicht der Typ Mensch, der an alten Dingen festhält", sagte Finot sarkastisch und wanderte mit den Augen über die Antiquitäten. „Gut, Madame Theillier", er erhob sich. „Wir melden uns wieder, da können Sie sicher sein!"

Dominique stand ebenfalls auf. Sie wartete nicht darauf, dass Nathalie sie hinausbegleitete, sondern stöckelte vorneweg zur Tür.

Als diese hinter den beiden Kommissaren ins Schloss gefallen war, beugte Dominique sich hinunter. „Arme Blanche! Musstest hier draußen warten! Aber du hast nichts verpasst." Sie streckte sich. „Was stand übrigens in der Nachricht?"

„Sie haben sie doch gelesen", sagte Finot.

„Ich hatte meine Brille nicht an."

„Nathalies Alibi wurde durch ihren Lebensgefährten bestätigt."

„Pah! Sie lügen, alle beide! Bei dieser Feier ist irgendetwas passiert. Es muss etwas sehr Wichtiges sein, wenn selbst Ihr Vater es noch weiß!" Betroffen sah sie ihn an. „Bitte entschuldigen Sie, ich wollte nicht…"

„Schon gut, ich verstehe, was Sie meinen. Sie haben recht."

Zurück im Kommissariat gab es noch keine Rückmeldung von *Mirabeau Constructions*, was Adriens Bewerbung anging oder dem Architekturbüro und der kritischen Feier. Also nahmen Dominique und Finot sich die Videoaufzeichnungen des alten Hafens zum Zeitpunkt des ersten Mordes erneut vor. Sie entdeckten niemand Bekanntes, weder Nathalie noch sonst jemanden, der mit dem Fall zu tun hatte. Auch den Lebensgefährten nicht, dessen Foto sie sicherheitshalber zum Vergleich herangezogen hatten.

Es war wenig Material, so dass sie schon bald wieder arbeitslos waren. „Nutzen wir die Zeit und knöpfen uns Sabines Schwester vor“, sagte Finot. „Mich interessiert immer noch, wer Ihnen diese Fotos unter den Scheibenwischer geklemmt hat.“

31

Annabelles Geschenkelädchen, dessen Inhaberin Sabines Schwester war, befand sich in der Nähe des *Musée d'art moderne André Malraux* in Le Havre. Das unweit des Hafencenters gelegene MuMa, wie es auch genannt wurde, zeigte bildende Kunst des 16. bis 21. Jahrhunderts, vor allem Werke von Eugène Boudin und anderen Impressionisten.

Annabelle war gerade dabei, Postkarten in ein Gestell einzusortieren. „Ich bin gleich bei Ihnen!“, zwitscherte sie fröhlich. Ein bisschen zu fröhlich für Finots Geschmack.

Er verlor sich oft in Läden dieser Art. Auch wenn alles sehr liebevoll arrangiert war – die Kerzen, verschnörkelten Wechselrahmen, Schlüsselanhänger, bunten Notizbücher, Tassen und Emaille-Schilder mit lustigen Sprüchen – sah der Kommissar oft vor lauter Bäumen den Wald nicht mehr.

Hätte er nicht gewusst, dass Annabelle und Sabine Schwestern waren, er wäre nie darauf gekommen. Während Sabine dunkle, lange Haare hatte und durch ihr sorgenvolles Gesicht älter wirkte als sie war, machte die Schwester einen deutlich jüngeren Eindruck. Die Haare waren von der Sonne ausgebleicht; sie trug ein sommerliches Kleid mit Blumenmuster und eine jugendliche Jeansjacke darüber. Sie war tatsächlich ein paar Jahre jünger als Sabine, doch der optische Unterschied ging Finots Meinung nach weit über den Unterschied an Jahren hinaus.

„Wir sind keine Kunden", stellte Finot richtig, „sondern Kommissare und ermitteln in den beiden Mordfällen in Honfleur und Dieppe. Sicher haben Sie davon gehört?"

Annabelle starrte verdutzt auf Blanche.

„Ja, wir sind Kommissare mit Hund. Ihr Name ist Blanche." Er zeigte auf Dominique. „Das ist Madame Magimel aus Honfleur, mein Name ist Finot. Wir haben ein paar Fragen zu Ihrer Schwester." Sicherheitshalber fügte er hinzu: „Ich habe kein Schild gesehen, dass Hunde draußen bleiben müssen?"

Annabelle winkte ab. „Es ist okay. Moment, ich schließe schnell ab." Sie sah sich suchend um, plötzlich Hektik in den Augen. Wohin mit den Karten, schien sie zu überlegen. Dann marschierte sie los Richtung Eingang und legte sie unterwegs auf dem Tresen ab. Bevor sie abschloss, hielt sie noch einmal inne und wies auf eine Tür im hinteren Teil. „Bitte, gehen Sie schon mal durch."

Sie folgte den Kommissaren und Blanche in einen Raum, der mehrere Funktionen gleichzeitig erfüllte: Er war Büro, Küche, Pausenraum und Lager in einem.

„Was ist mit meiner Schwester?", fragte sie und setzte sich an einen Tisch. „Nehmen Sie Platz."

Dominique und Finot taten, wie ihnen geheißen.

„Es ist alles in Ordnung, machen Sie sich keine Sorgen", sagte Finot. Er registrierte Erleichterung in Annabelles Gesicht. „Uns interessiert das Verhältnis zu Ihrer Schwester."

Die Erleichterung schlug sofort in Misstrauen um. „Warum fragen Sie?"

Dominique schmiss die Fotos vor sie auf den Tisch. „Deshalb!“

Als wäre er der Teufel höchstpersönlich und Dominique seine Assistentin, dachte Finot. Es gab keinen Grund, so offensiv vorzugehen. Aber etwas an der Frau schien Dominique zu reizen, genau wie ihn selbst.

Annabelle warf widerwillig einen Blick darauf. „Gut! Wir haben ein sehr, sehr gutes Verhältnis!“

„Wollen Sie gar nicht wissen, was es mit diesen Fotos auf sich hat?“, fragte Finot. „Sie haben sie sich gar nicht richtig angeguckt.“

Wahllos ergriff sie eins davon. „Sabine und Monsieur Cassard.“

Das war eine sehr stark vereinfachte Beschreibung dessen, was auf den Fotos zu sehen war. „Wussten Sie von dem Verhältnis der beiden?“

Sie legte das Foto zurück. „Ja.“

„Und was hielten Sie davon?“

„Das ging mich nichts an. Es war einzig und allein die Sache meiner Schwester.“

Der verächtliche Tonfall strafte ihre Worte lügen. „Wie haben Sie davon erfahren?“, fragte Finot weiter. „Hat Ihre Schwester es Ihnen erzählt? Oder Xavier?“ Zuvor noch ablehnend, waren ihre Augen nun auf eine der Aufnahmen geheftet. Hatte sie überhaupt richtig zugehört? „Madame Lambert? Wie haben Sie davon erfahren?“

Sie löste langsam den Blick und wandte sich Finot zu. „Mein Sohn hat es mir erzählt.“

„Ihr Sohn scheint eine sehr enge Beziehung zu Ihrer Schwester zu haben.“

„Ja.“ Sie wickelte sich fest in ihre Jeansjacke ein, als würde sie frieren. „Meine Schwester war für ihn da, als er sie brauchte. Ich bin eine alleinerziehende, berufstätige Mutter. Jetzt ist Xavier erwachsen und kommt allein klar, aber das war früher natürlich anders. Sie hat sich sehr um ihn gekümmert, dafür bin ich ihr dankbar."

Finot überlegte: War die Konstellation aus dem Ruder gelaufen? War Annabelle zunächst froh über Sabines Hilfe gewesen und hatte dann erschrocken feststellen müssen, dass der Sohn an die Schwester verloren war? „Haben Sie uns die Fotos zukommen lassen?", fragte er.

Sie rieb sich die Nase. „Warum sollte ich?"

Die Kommissare sahen sich vielsagend an.

„Also noch einmal", übernahm Dominique. „Was ist mit den Fotos?"

„Ich war es nicht!"

„Wenn wir jetzt rund um das Kommissariat eine Befragung durchführen und dabei ihr Konterfei zeigen", sagte Dominique, „was glauben Sie, wird sich jemand an Sie erinnern?"

Annabelle sprang auf und ging zu einem Tisch, der die ganze Länge des Raums einnahm und mit Kartons vollgestellt war. Sie nahm einen in Papier eingewickelten Gegenstand aus einem der Kartons, der sich als kitschiger Briefbeschwerer in Form des Kulturzentrums *le volcan* entpuppte. Sie stellte ihn auf den Tisch und strich das Papier sorgfältig glatt. „Sie hat ihn einfach abserviert!", klagte sie. „Können Sie sich das vorstellen? Stéphane Cassard! Ich meine…" Sie drehte sich um, als wolle sie die Bestätigung in ihren Gesichtern sehen. „Sie hätte ihn haben können und hat ihn abserviert!" Enttäuscht wandte sie den Kommissaren wieder den Rücken zu, als deren Gesichter reglos blieben. Sie holte mit einer brüsken Bewegung einen zweiten Briefbeschwerer hervor, nur um ihn direkt wieder zurückzulegen. Sie stützte sich auf dem Tisch ab und atmete einmal tief durch.

„Wussten Sie, dass es nicht Ihre Schwester war, die Schluss gemacht hat?", fragte Finot. „Es ging von Cassard aus. *Er* wollte nicht mehr."

Sie wirbelte herum. „Das ist nicht wahr!"

„Doch", sagte Finot schlicht.

Sie atmete schwer, Röte stieg von ihrem Hals auf.

„Macht es einen Unterschied für Sie, von wem die Trennung ausging?", fragte Dominique.

Aber Annabelle reagierte nicht, stand einfach nur da.

„Wieso glaubten Sie, Ihre Schwester hätte es beendet? Hat sie das behauptet?"

Annabelles Atem hatte sich ein bisschen beruhigt. „Ich habe nichts mehr dazu zu sagen."

„Sind Sie sicher?", hakte Finot nach. Dabei überkamen ihn Zweifel. Bauschte er die Sache unnötig auf? Womit hatten sie es hier zu tun? Mit nichts als einer missgünstigen Schwester oder tatsächlich einer Mordverdächtigen?

„Gut", sagte Dominique, deren Geduldsfaden gerissen zu sein schien. „Wir kommen wieder, da können Sie sicher sein!"

Finot grinste wider Willen. Das waren genau die Worte, die er selbst Nathalie gegenüber gebraucht hatte.

„Annabelle scheint zu glauben, dass Sabine alles hat, was sie selbst nicht hat", sagte Dominique, als sie wieder auf der trubeligen Einkaufsstraße waren. Das schöne Wetter hatte zahlreiche Menschen ins Freie gelockt. Blanche begann sofort zu schnuppern „Zumindest glaube ich, dass Annabelle das so sieht. Sie ist neidisch auf ihre Schwester."

Finot wies auf den Laden. „Annabelle hat das hier."

Dominique zuckte mit den Schultern. „Sie wusste nicht, dass die Trennung von Cassard ausging. Sie dachte, ihre Schwester hätte sich die Chance ihres Lebens durch die Lappen gehen lassen. Sie war möglicherweise selbst in ihn verliebt. Haben sie gesehen, wie sie die Bilder angeguckt hat?"

„Aber ich verstehe immer noch nicht, warum sie uns deshalb die Fotos schicken sollte."

„Na, um Sabine Ärger zu machen", sagte Dominique. „Um sie dafür zu bestrafen, dass sie etwas ausgeschlagen hat, das Annabelle gerne gehabt hätte. Mit Logik kommen Sie hier nicht weit."

„Ich frage mich, inwieweit das mit unserem Mord zu tun hat."

„Ich frage mich: Hat Xavier davon gewusst?"

„Tja", sagte Finot nur und nahm einen Anruf mit unbekannter Nummer entgegen.

„*Monsieur le commissaire,* wir haben eben wegen des Bewerbungsgesprächs eines Monsieur Adrien Finot telefoniert…"

Der Mitarbeiter von *Mirabeau Constructions*, sehr gut!

„Ich habe ein paar alte Akten gewälzt und ein bisschen herumtelefoniert", erklärte er, um dann zufrieden zu resümieren: „Das Bewerbungsgespräch wurde mit ziemlicher Sicherheit von unserem damaligen Mitarbeiter Roger Fresnel geführt!"

Finot war vorübergehend sprachlos. Das wiederum verblüffte ihn. Hatte er insgeheim immer noch gehofft, dass alles nur ein Irrtum war? Es sah alles danach aus.

Bevor das Schweigen peinlich werden konnte, murmelte er reflexhaft: „Äh, vielen Dank für Ihre Mühe, Sie waren uns wirklich eine große Hilfe, *au revoir.*" Zerstreut steckte er sein Telefon in die Hosentasche und setzte sich in Bewegung.

Nur undeutlich drang Dominiques Stimme zu ihm durch. „François?"

„Ja?"

„Ihr Telefon! Es klingelt schon wieder."

„Oh!" Schnell fischte er es aus der Hosentasche. „Ja, Julien?"

„Wir haben jemanden ausfindig gemacht, der bei dieser Feier damals dabei war!"

32

Julien hatte einen merkwürdigen Treffpunkt mit dem Mann ausgemacht: Eine Bank auf dem sich am Meer entlangstreckenden *Boulevard Foch*. „Da geht er immer mit seinem Hund spazieren, hat er gesagt."

„Was wissen Sie über den Mann?", hatte Finot noch gefragt.

„Er ist Anfang achtzig, Witwer, lebt allein, war Architekt und ist nie aktenkundig geworden. Sie erkennen ihn an Hund und Rollator, meinte er." Julien hatte gelacht. „Wie bei einem Date!"

„Ein schönes Plätzchen haben Sie sich hier ausgesucht", sagte Finot zu dem freundlichen alten Mann, der den Kommissar mit dem dichten, weißen Haar und den buschigen Augenbrauen spontan an einen alten Seemann erinnerte. Neben der Bank stand besagter Rollator, vor der Bank spazierte ein Rauhaardackel mit grauer Schnauze herum.

Sonnenhungrige bummelten nach und nach zu dem schmalen Kieselstrand. Unerschrockene Dauerschwimmer und Minimalisten mit nichts als einem Badelaken unter dem Arm, aber auch solche, die ihren halben Hausstand mitbrachten und nach Sonnencreme rochen. Finot schaute verwundert auf seine Armbanduhr. Es war gerade mal halb elf!

„Ah, die Kommissare!", sagte der Mann mit kratziger Stimme und wies auf die Plätze rechts neben sich, als wären sie bei ihm zu Hause. „Und wen haben Sie da mitgebracht?"

„Das ist Blanche", sagte Finot.

Blanche und der Dackel beschnupperten sich neugierig. Genauer gesagt war es nur Blanche, die neugierig schnupperte. Der alte Mann beobachtete die beiden lächelnd. „Socrate ist genauso alt und langsam wie ich." Er schloss die Augen und hielt sein Gesicht in die Sonne. „Heraus mit Ihren Fragen, junger Mann!"

Finot erklärte, dass es um die beiden Morde in Honfleur und Le Havre gehe und um eine Jubiläumsfeier, bei der auch Fresnel Gast gewesen sei. Der alte Seemann winkte ungeduldig ab. „Einfach die Fragen."

„Gut", erwiderte Finot. „Wie standen Sie zu Roger Fresnel?"

„Fresnel war bei *Mirabeau Constructions* angestellt. Ich habe, wie Sie wissen, in dem Architekturbüro gearbeitet, in dem die Feier stattfand. Es war also eine Geschäftsbeziehung, oder wie auch immer Sie das nennen möchten."

„Nathalie Theillier war Ihre Kollegin?"

Er deutete ein Nicken an. „Nur, um das direkt nochmal klarzustellen: Unsere Firmen haben bei verschiedenen Bauprojekten zusammengearbeitet, aber die Normandie-Brücke war nicht darunter; Ihr Kollege Lafosse hatte danach gefragt." Sein Gesicht blieb völlig regungslos, so als wolle er auf keinen Fall einen Sonnenstrahl verpassen. „Auf dieser Jubiläumsfeier habe ich mich zum ersten Mal ein bisschen länger mit Fresnel unterhalten. Ich hatte vorher nur ab und zu mit ihm telefoniert." Er lächelte in sich hinein. „E-Mail und WhatsApp gab's ja damals noch nicht."

Soweit war das alles nichts Neues. „Wie kann ich mir diese Feier vorstellen?", fuhr Finot fort. „Was genau ist passiert?"

„Es war einfach eine Feier. Es gab ein Buffett, viel Alkohol, Musik und mehr oder weniger interessante Gespräche."

Finot runzelte die Stirn. „Wieso erinnern Sie sich dann daran?"

„Warum sollte ich nicht?"

„Bitte verzeihen Sie", sagte Finot, kurz abgelenkt durch Blanche, die unbeirrt versuchte, Socrates Aufmerksamkeit zu erlangen. „Es hat mich einfach gewundert, weil…" Er brachte den Satz nicht zu Ende, denn dazu hätte er von den Gedächtnisproblemen seines Vaters erzählen müssen, was ihm aber in dem Moment erst klar wurde. „Bei dieser Feier war unseres Wissens auch ein Mann namens Adrien Finot zu Gast?"

„Ja", erwiderte der alte Mann. Er drehte den Kopf zu Finot und öffnete die Augen. „Bitte entschuldigen Sie meine Neugier – ist dieser Monsieur mit Ihnen verwandt? Ich meine, es gibt viele Finots in Frankreich, aber…"

Finot unterdrückte ein Seufzen. „Er ist mein Vater."

„Oh, tatsächlich! Wie geht es ihm?"

„Recht gut", sagte Finot unbestimmt, der nicht unfreundlich werden, das Thema aber auch hinter sich bringen wollte.

„Wie alt ist er jetzt?"

„Er hat die Achtzig überschritten."

Der Mann setzte sein Sonnenbad fort. „Fresnel hat Ihren Vater damals zu der Feier mitgebracht." Er öffnete das rechte Auge und linste zu Finot hinüber. „Sie wussten es nicht, stimmt's? Die beiden hatten sich bei dem Bewerbungsgespräch ein wenig angefreundet. Fresnel hätte Ihren Vater gerne eingestellt, aber aus Gründen, die ich nicht kenne, war das nicht möglich und da wollte er anscheinend etwas gut machen. Vielleicht dachte Fresnel, es würden sich bei dieser Feier neue Kontakte für Ihren Vater ergeben." Ein Lächeln huschte über sein Gesicht. „Ich habe mich mit ihm über Françoise Hardy unterhalten, das weiß ich noch. Er war ein großer Fan und Nathalie Theillier sah ihr zumindest damals sehr ähnlich. Alle waren begeistert von Nathalie, aber sie wollte nichts davon wissen."

Finot dachte, dass ihm die Ähnlichkeit der beiden Frauen bisher entgangen war. Und noch ein Gedanke kam dazu: Nathalie hatte nicht gelogen, als sie gesagt hatte, dass sie seinem Vater nicht nähergekommen war.

„Und Sie?" Finot streckte seine Beine aus und legte sie übereinander.

„Ob ich begeistert von ihr war?" Er lächelte vieldeutig.

Finot meinte es ernst. „Wie standen Sie zu ihr?"

„Ich würde lügen, wenn ich sagen würde, dass ich sie nicht attraktiv gefunden hätte. Aber sie war eine Nummer zu groß für mich. Ich habe mich nie eingereiht in die Gruppe derjenigen, die es bei ihr versucht haben. Und ich habe mich auch nie darum gerissen, direkt mit ihr zusammenzuarbeiten. Es gab doch immer Neider, das war mir zu kompliziert und nie mein Ding."

Finot zog seine Beine zurück, um Platz für ein paar Spaziergänger zu machen. „Nochmal zurück zu der Feier. Gab es dort ein besonderes Vorkommnis? Einen Streit zum Beispiel?"

„Nicht, dass ich wüsste." Er zwinkerte mit den Augen. „Das ist alles schon sooo lange her!"

Finot lachte.

Der alte Mann wurde ernst. „Jetzt müsste mir nur noch einfallen, wie der dritte Mann geheißen hat."

„Der dritte Mann?", riefen Dominique und Finot wie aus einem Munde.

Ein paar Spaziergänger horchten neugierig auf.

Er kratzte sich nachdenklich am Kopf. „Ja. Da waren Roger Fresnel, Ihr Vater und noch einer. Einer von unseren Leuten. Sie hingen an diesem Abend zusammen und sind dann auch gemeinsam weg. Der hieß… Lassen Sie mich überlegen."

Ein dritter Mann! Diese Information kam für Finot wie aus heiterem Himmel. Eigentlich war es ein vierter Mann: Cassard, sein Vater, Fresnel und der Unbekannte.

„Alexandre, ja genau, das was sein Vorname! Er war um einiges jünger als wir anderen, stand am Anfang seiner Karriere und war erst ein paar Monate dabei. Mit ihm habe ich kaum geredet, er war direkt betrunken. Wobei…“ Er machte eine kleine Pause. „Die restlichen Gäste waren auch nicht lange nüchtern.“

Weiterhin den Seemann fixierend, nahm Finot aus den Augenwinkeln wahr, dass Blanche, was Socrate anging, kapituliert hatte und sich anderweitig beschäftigte.

„Dubois. Alexandre Dubois. Er war dann aber schnell wieder weg. Jetzt im Nachhinein erscheint mir das komisch, denn er war so einer, dem alle Türen offenstehen.“ Er tippte sich an den Kopf. „Ist alles hier oben drin.

„Sie haben uns wirklich sehr geholfen!“, sagte Finot mit einem Kloß im Hals, da er an seinen Vater denken musste.

„Haben Sie noch Fragen?“, wandte er sich an Dominique, aber sie schüttelte den Kopf. „Dann *merci beaucoup* und auf Wiedersehen!“, sagte Finot und erhob sich. „Komm, Blanche.“

„Ja, ja, auf Wiedersehen. Schönen Tag noch. *Adieu,* Blanche!“

In ihre Gedanken versunken, spazierten die Kommissare davon. An einem Eiswagen blieb Dominique stehen. „Für Sie auch eins? Ich lade Sie ein.“

„Ja gerne, Zitrone bitte.“ Während Dominique das Eis kaufte, rief Finot Julien an und bat ihn, Alexandre Dubois ausfindig zu machen und aufs Revier zu bringen.

„Ah, vielen Dank!“, sagte Finot und nahm die Waffel mit dem weißen, cremigen Eis entgegen. „Das ist jetzt genau das Richtige!“

Doch so entspannt, wie er wirkte, war Finot nicht. Fragen türmten sich in seinem Kopf. Was war damals passiert? War jemand zu Schaden gekommen und nahm jetzt Rache? Oder sann ein Angehöriger des Opfers auf perfide Wiedergutmachung? Aber warum jetzt? Und lag er mit seiner Theorie überhaupt richtig? Oder war die Feier gar nicht der springende Punkt?

Als sie im Auto saßen, war ein weiteres Telefonat an der Reihe. Doch Marcel wusste weder etwas von der Bewerbung noch von einem Monsieur Alexandre Dubois. Der nächste Anruf galt Inès Fresnel. Ebenfalls Fehlanzeigte. Immerhin hatte sie einen Vorschlag für die Kommissare parat: „Fragen Sie meine Mutter!“ Also wählte Finot deren Nummer und sprach ihr aufs Band – sicher war sie wieder auf Safari.

„Und jetzt?“, fragte Finot leicht frustriert.

Munter erwiderte Dominique: „Jetzt fahren wir ins Kommissariat und trinken erst mal einen schönen *Café!*“

33

Trotz Dominiques vorzüglichen *Cafés* war Finot bei der nachfolgenden Besprechung angespannt. Er presste die Zähne so fest aufeinander, dass sein Kiefer schmerzte. Seinen Mitstreitern schien es nicht anders zu gehen: Julien wippte unruhig mit den Knien, Dominique malträtierte einen Kaugummi, Abidal stierte angestrengt auf seine Unterlagen. Er war es auch, der nach einem längeren Schweigen wieder das Wort ergriff. „Ich gehe übrigens gerade die alten Polizeiakten durch. Vielleicht gab es an dem Tag der Feier eine besondere Meldung.“

„Gut, gut.“, murmelte Dominique, die mit ihren Gedanken überall zu sein schien, nur nicht bei Abidal.

„Was ist mit Dubois?“, fragte sie weiter.

„Der sitzt nebenan und wartet“, erklärte ihr Mitarbeiter. „Wir haben Glück; er war ein paar Tage verreist und ist erst gestern Abend wiedergekommen. Eines seiner Kinder lebt in England und da gab es Nachwuchs. Drei Wochen zu früh; er ist spontan mit seiner Frau hingeflogen."

Abidal berichtete noch, dass Dubois seit dem Fortschreiten einer Erkrankung, deren Namen Finot sofort wieder vergaß, im Rollstuhl saß. Sein berufliches Leben habe er seiner Fotofirma gewidmet, eigentlich sei er aber Architekt. Ob Dubois ebenfalls Bargeld abgehoben habe, prüfe er als nächstes.

Den letzten Satz bekam Finot nur am Rande mit... Die Fotofirma Dubois! Die Firma, bei der Fresnel seine Fotoausrüstung bestellt hatte. Ob er gewusst hatte, dass es *der* Alexandre Dubois war? Er machte Dominique auf den Zusammenhang aufmerksam.

„Das ist ja interessant!" Sie dachte einen Moment nach. „Klar ist, dass Dubois nicht per E-Mail oder Telefon von Fresnel kontaktiert wurde, das hätten wir herausgefunden. Aber wir können natürlich nicht ausschließen, dass es ein persönliches Treffen gab. Oder einen Brief." Sie setzte sich in Bewegung. „Ich hole uns schnell zwei Flaschen Wasser, François, und dann legen wir los."

Abidal eilte hinter ihr aus dem Zimmer.

Julien ließ sich, wie es seine Art war, mehr Zeit und schlenderte zur Tür. Dabei fiel sein Blick auf Dominiques Schreibtisch, wo Fotos der Überwachungskameras vom alten Hafen lagen. „Moment, was ist das denn?"

„Was ist los?", fragte Finot, stand auf und ging zu seinem Mitarbeiter.

Julien zeigte auf einen Mann im gestreiften Pullover. „Das ist Nathalies Lebensgefährte!"

Finot rümpfte die Nase. „Woher wollen Sie das wissen? Er ist nur von hinten zu sehen."

„Der Pullover!"

„Ich weiß nicht", entgegnete Finot, ohne zu wissen, warum er so skeptisch war. „Viele Leute tragen gestreifte Pullis."

„Aber genau diesen Pulli hat der Lebensgefährte getragen, als ich ihn befragt habe! Halten Sie das wirklich für Zufall?"

Dominique kam zurück. „Hier, Ihr Wasser." Sie reichte Finot die Flasche. Voll konzentriert auf die nun folgende Befragung, schien sie die veränderte Stimmung gar nicht wahrzunehmen.

„Der dritte Mann muss noch einen Moment warten", sagte Finot. „Julien meint, den Lebensgefährten auf dem Bild einer Überwachungskamera erkannt zu haben."

Die Formulierung bescherte Finot einen bösen Seitenblick, den er so nur von Martine kannte. Schuldig im Sinne der Anklage, dachte er.

Es entging ihm nicht, dass Dominique ihrerseits sofort umschaltete und sich nicht damit aufhielt, die Glaubhaftigkeit dieser Möglichkeit abzuwägen und sich in Skepsis zu üben. Mit dem Tablet-Computer setzte sie sich an den Tisch; Finot und Julien drängten sich neben sie.

„Ich glaube zwar nicht, dass wir ihn von vorne aufgenommen haben – das wäre uns bestimmt aufgefallen, als wir das letzte Mal geguckt haben –, aber sicher ist sicher."

Zu dritt starrten sie auf den Bildschirm, ergebnislos. Der Mann im gestreiften Pulli war nur einmal kurz von hinten zu sehen.

„Mist!" Julien schlug mit der flachen Hand auf den Tisch.

„Was ist mit seinem Alibi?", fragte Dominique.

„Er war angeblich mit Nathalie im Antiquitätenladen. Er hat nicht *ihr*, sondern sich selbst ein Alibi gegeben!"

„Das heißt, er ist der Komplize?", fragte Finot. „Aber wessen Komplize? Und vor allem: Warum?" Finot rauchte der Kopf. Auf einer Feier vor ein paar Jahrzehnten hatten sich Nathalie, das zweite Mordopfer, sein Vater und der nun zu befragenden Alexandre Dubois getroffen. Gleichzeitig war Nathalies Lebensgefährte möglicherweise zur Tatzeit des ersten Mordes am Tatort gewesen und kam als Komplize infrage. Wie passte das zusammen?

„Haben wir überprüft, wo ihre Telefone eingeloggt waren?“, fragte Dominique, völlig unbeeindruckt von Finots Fragen.

„Ja, in der Gegend des Geschäfts.“

„Wäre auch zu schön gewesen“, sagte der Kommissar. „Wir müssen rund um Antiquitätenladen Befragungen durchführen“, fuhr er fort. „Vielleicht stand ein Kunde vor verschlossener Tür. Oder hat nur Nathalie dort angetroffen und nicht ihren Lebensgefährten…“

„Noch schöner wäre natürlich, wenn wir einen Zeugen fänden, der ihn zur Tatzeit am alten Hafen gesehen hat“, wand Dominique ein. Sie erledigte ein paar Telefonate, um das zu veranlassen. Dann sah sie Finot an und nickte ihm zu. Das hieß so viel wie: und jetzt der dritte Mann.

Dubois war ein distinguierter Zeitgenosse mit Anzug, Weste und Einstecktuch und von hagerer Gestalt, was sich vor allem am Kragen seines Hemdes zeigte, der den faltigen Hals locker umspielte. Seine blauen Augen waren durchscheinend.

Die Stimme fest, den Blick bohrend, begann Dominique zu sprechen: „Sie haben vor Jahren in einem Architekturbüro gearbeitet und waren mit Roger Fresnel und Adrien Finot Gast auf einer Feier zum zehnjährigen Bestehen dieser Firma. Ihre damalige Kollegin Nathalie Theillier war ebenfalls anwesend. Was ist bei dieser Feier passiert?“

Finot war gespannt auf Dubois' Reaktion. Er selbst hätte Dominiques Fragen sicher keine fünf Minuten standgehalten.

„Ich weiß wirklich nicht, worauf Sie anspielen." Er sprach unnötig deutlich, was seinem Ausdruck etwas Arrogantes verlieh.

„Beschreiben Sie die Feier!"

Dubois' mit fragender Stimme vorgetragener Bericht ähnelte dem des alten Seemanns. Die Quintessenz war, dass es sich um eine beliebige Firmenfeier gehandelt hatte.

„Wann hatten Sie das letzte Mal Kontakt zu Roger Fresnel und Adrien Finot?"

„Bei dieser Feier – mehr oder weniger."

„Danach nicht mehr? Warum nicht?"

„Mit Fresnel habe ich noch ab und zu telefoniert, bis ich kurz darauf einen beruflichen Neuanfang wagte. Ich hatte mich schon immer für die Fotografie begeistert und entschieden, daraus einen Beruf zu machen. Ich war ja noch jung zu dem Zeitpunkt. Adrien Finot habe ich an dem Abend zum ersten und letzten Mal gesehen."

„Sie hatten die Stelle gerade erst angetreten", ging Finot dazwischen. „Wie man hört, standen Ihnen alle Türen offen. Und Sie steigen direkt wieder aus?"

„Mir wurde klar, dass es nicht das Richtige für mich ist", sagte Dubois mit fester Stimme.

„Warum hat Fresnel nach Jahren plötzlich versucht, Kontakt zu Ihnen aufzunehmen?" Wieder Dominique.

Sie bluffte wirklich hervorragend, dachte Finot.

„Hat er das? Darüber ist mir nichts bekannt."

„Können Sie sich einen Grund vorstellen, warum jemand Fresnel nach dem Leben trachtet?", feuerte Dominique die nächste Frage ab.

„Was weiß denn ich!", rief Dubois aus.

„Wie waren die beiden so?"

„Fresnel war ein Geschäftspartner.“ Dubois hatte nach dem verteidigenden Ausruf zu seinem kontrollierten Stakkato-Stil zurückgefunden. „Monsieur Finot…“ Er zuckte die Schultern. „Sie dürfen sich das nicht wie eine Clique von Freunden vorstellen.“

„Eher wie eine Schicksalsgemeinschaft?“, warf Finot ein. Das Verhältnis von Inès zu ihrem Vater war zu der Zeit abgekühlt, Dubois hatte sich eine gute Stelle durch die Lappen gehen lassen und Finots Vater hatte nichts vom erfolglosen Bewerbungsgespräch verlauten lassen. Alles Zufall? Wohl kaum.

Dubois massierte mit den Händen die Lehnen seines Rollstuhls.

„Und Nathalie Theillier?“, fragte Dominique.

„Sie war eine sympathische Kollegin. Ich unterhielt mich an diesem Abend mit ihr, aber ich trank auch ordentlich…. Ich kannte sie noch gar nicht richtig nach den wenigen Monaten, die ich erst dabei war und hatte vorher kaum mir ihr gesprochen.“

„Sagt Ihnen der Name Stéphane Cassard etwas?“

Dubois atmete kaum merklich auf, so als wäre er froh um den Themenwechsel. „Das erste Opfer, nicht wahr? Ich war nie sein Patient, aber ich habe natürlich von ihm gehört. Er war ein sehr beliebter Arzt hier in der Stadt.“

Dominique trommelte mit einem Kugelschreiber auf den Tisch. Das war offensichtlich nicht die Antwort, die sie hatte hören wollen. „Sie sind möglicherweise in Gefahr“, sagte sie und stand abrupt auf. „Wir werden einen Beamten zu Ihrem Schutz abstellen.“

„Wenn Sie meinen…“ Auch wenn er versuchte, sorglos zu klingen, schwang die Angst in seiner Stimme mit.

Dominique griff zum Telefon und bat einen Kollegen, Dubois nach Hause zu bringen.

Wieder allein, sagte Finot: „Gesetzt den Fall, Fresnel wollte nach dem Tod Cassards meinen Vater und Dubois vor wem auch immer warnen. Warum ist er nachts zu Fuß durch die Gegend gelaufen? Er hätte sich doch denken können, dass er selbst auch in Gefahr ist!"

„Er hielt seine Rolle in der Sache – was immer es war – vielleicht für… unkritisch? Oder er dachte, der Täter wisse nichts von seiner Beteiligung?"

Etwas in der Art hatte Finot auch schon erwogen. „Eine dritte Möglichkeit wäre, dass er es darauf ankommen ließ."

„Wie meinen Sie das? Eine Form von Selbstmord?"

„Wenn Sie so wollen. Er wollte die anderen warnen, aber was ihn selbst anging…"

„Das ist ja eine gruselige Vorstellung!", sagte Dominique.

„Es ist nur eine Theorie."

Dominique rieb sich seufzend über den Bauch. „Ich weiß ja nicht, wie es Ihnen geht, aber ich habe einen Mordshunger! Ich kenne hier ein kleines Restaurant…"

„Das klingt gut!", sagte Finot. Er konnte nicht nur etwas zu Essen vertragen, auch eine kleine Ablenkung von den trüben Gedanken wäre nicht verkehrt.

Und so marschierten sie bei strahlendem Sonnenschein los. Finot, ungläubig wie immer, konsultierte seine Wetter-App. Was war denn nun mit dem Gewitter? Aber von einem Ende des blauen Himmels im weiteren Verlauf des Tages war nichts zu lesen. Hatte er den Zusammenhang von Schönwetterwolken und Gewitter falsch in Erinnerung?

Zwischen dem schlichten, rechteckigen Springbrunnen und dem großen Parkplatz ging es auf dem von Kastanien gesäumten *Quai Laupalmier* bis zur Bücherei. Finots Gedanken gingen zurück an den Anfang des Falls und die misslungene Verfolgungsjagd. Wenn er doch nur ein bisschen schneller gewesen wäre!

Das Restaurant befand sich direkt gegenüber der Bibliothek, war von oben bis unten rot gestrichen und mit Geranien in Blumenkästen dekoriert, die – natürlich – rot waren.

Sie studierten die Tafel mit den Tagesgerichten, wobei Finot zum ersten Mal der Ehering an Dominiques Hand auffiel. Wer war dieser mysteriöse Mann, der seiner Frau australischen Wein zu trinken gab? Es wäre interessant, ihn kennenzulernen.

Was er las, ließ ihm das Wasser im Mund zusammenlaufen. Als Hauptgericht würde er das Geflügel-Schmorgericht *à la Normand* wählen, das bestimmt mit Calvados zubereitet war. Zum Nachtisch die *tarte aux abricots* mit Vanilleeis? Andererseits hatte er an diesem Tag schon Eis gehabt, also doch lieber Vor- und Hauptspeise statt Hauptspeise und Dessert?

Jemand tippte Finot auf die Schulter, er wirbelte herum.

„Laura! Du hier?“ Ehe er sich versah, war er ihr um den Hals gefallen, als hätte er sie seit einer halben Ewigkeit nicht mehr gesehen. Und so empfand er es auch. „Ich freue mich!“ Als er sich von ihr löste, entdeckte er Lauras Begleitung. „Und Sie müssen Renée sein. Es freut mich, Sie kennenzulernen!“

Es war gar nicht anders möglich. Nicht nur hatte Laura erzählt, dass sie sich treffen würden, sie sahen einander auch ungemein ähnlich, fast wie Zwillinge. Das gleiche blonde, lange Haar, die gleiche vorwitzige Nase und der gleiche skeptische Gesichtsausdruck.

Sie schüttelten einander die Hand.

Finot war ein bisschen unbehaglich zumute, fühlte sich gemustert. Was hatte Laura ihrer Schwester über ihn erzählt? „Was macht ihr hier? Ach, Entschuldigung." Er wandte sich Dominique zu und stellte sie Renée vor.

„Wir machen einen kleinen Ausflug", sagte Laura. „Wir sind ganz zufällig hier vorbeigekommen."

Warum guckte Dominique bloß so komisch, dachte Finot, hielt sich aber nicht lange mit einer Analyse auf. „Wir wollten gerade etwas essen. Gesellt euch doch zu uns!"

Blanche war auch einverstanden, wedelte aufgeregt mit dem Schwanz und lief zwischen Finot und den drei Frauen hin und her.

„Ich weiß nicht, sicher müsst ihr noch den Fall besprechen", sagte Laura.

Finot runzelte die Stirn. Seit wann zierte sie sich so? Er hakte sich bei ihr unter. „Komm!" Beschwingt betrat er das Lokal.

Umso ärgerlicher nahm er das Klingeln seines Telefons zur Kenntnis. Grummelnd meldete er sich. „Ja, Finot?" Seiner Stimmung entsprechend hätte es eher lauten müssen: „Wer stört?"

Es war Pierres Sekretärin, die störte.

„Ich glaube, Monsieur Cassard ist verschwunden."

34

„Für heute Vormittag hatte er sich abgemeldet", erklärte die Frau. „Das macht er manchmal, wenn er private Dinge erledigen will." Finot sah sie vor seinem inneren Auge in ihrer weißen Bluse und dem formalen Blazer. „Zum Mittagessen sollte er einen Mandanten treffen, aber er ist nicht zu der Verabredung erschienen und geht auch nicht ans Telefon. Das passt überhaupt nicht zu ihm! Mit seiner Stiefmutter, Rose und Sabine habe ich schon telefoniert, keine von ihnen weiß, wo er ist. Auch Monsieur Hollande – er kam eben vorbei – konnte mir nicht helfen. Ich hätte Sie nicht angerufen, wenn

Monsieur Cassard nicht sonst immer so zuverlässig wäre. Und wegen der besonderen Umstände mit den zwei Morden…"

„Sie haben genau das Richtige getan", sagte Finot. „Wann haben Sie das letzte Mal mit ihm gesprochen?"

„Heute Morgen gegen neun Uhr. Ich habe ihn gefragt, ob es bei dem Termin bleibt. Er hat ja gesagt."

„Ist Ihnen bei dem Gespräch etwas Besonderes aufgefallen? War Monsieur Cassard anders als sonst?"

„Nein, gar nicht."

„Hm", machte Finot und erklärte nach kurzem Nachdenken: „Bitte halten Sie sich zu unserer Verfügung; Madame Magimel und ich kommen später zu Ihnen in die Kanzlei. Wir müssen Monsieur Cassards Terminkalender genauer angucken." Er bedankte sich und legte auf.

„Was ist los?", fragte Laura. „Ist was mit Pierre Cassard?"

„Er ist verschwunden." Betrübt fasste er Laura an der Schulter. „Das Essen muss leider ausfallen." Er drehte den Kopf zu Dominique. „Zumindest für uns beide."

Blanche schien gemerkt zu haben, dass etwas nicht in Ordnung ist, denn sie hatte aufgehört, mit dem Schwanz zu wedeln und sah ihr Herrchen erwartungsvoll an.

„Das war Cassards Sekretärin. Er ist zu einem Termin nicht erschienen, was sehr untypisch für ihn ist."

„Na dann", sagte Dominique. „Die Damen, *bon appétit!*" Und flugs war sie unterwegs zum Ausgang.

„Bleibst du bei uns, Blanche?", fragte Laura. „Es hört sich so an, als könnte es zu aufregend für dich werden."

Finots Hände ruhten immer noch auf Lauras Schultern, er konnte sich nicht losreißen.

Sie lachte. „Nun mach kein Drama draus. Los! Such deinen Pierre!"

Noch ein schneller Kuss, ein entschuldigendes Lächeln in Renées Richtung, ein kurzes Streicheln über Blanches Schnauze, und weg war er.

Dominique, die draußen auf ihn gewartet hatte, stöckelte los, sobald er bei ihr war. Und wieder dieser Blick! „Habe ich was falsch gemacht?“

„Ich hoffe, Ihre Laura weiß, was sie an Ihnen hat.“

Finot legte ein paar Laufschritte ein, um mitzuhalten. „Warum?“

Sie blieb stehen, er stolperte in dem Versuch, die gerade eingelegte Beschleunigung wieder abzubremsen.

„Laura ist furchtbar eifersüchtig und Sie merken es vor lauter Verliebtheit nicht mal.“

„Eifersüchtig?“

„Es ist doch kein Zufall, dass wir sie hier treffen.“

„Glauben Sie wirklich? Laura denkt, dass…?“

„Nicht Ihr Ernst, oder?“, sagte Dominique und setzte sich wieder in Bewegung. „Ich schlage vor, wir fahren zuerst zu Pierre nach Hause.“

Genau das hatte er auch vorschlagen wollen. Vorerst war er jedoch gedanklich mit Dominiques Beobachtung beschäftigt. Laura eifersüchtig? Das konnte er sich gar nicht vorstellen. Andererseits hatte er sich schon gefragt, warum sie gestern Abend und heute Morgen am Telefon so merkwürdig gewesen war.

Der Anwalt wohnte in Yvetot, einer verkehrsgünstig an der A29 und A150 gelegenen Gemeinde mit rund zwölftausend Einwohnern, von der aus sowohl Le Havre als auch Rouen gut erreichbar waren. Ein Umstand, der Pierre sicher entgegenkam, dachte Finot. Eine der Sehenswürdigkeiten des Ortes war die zylinderförmige *Église Saint-Pierre* mit farbenprächtigen Bleiglasfenstern von Max Ingrand. Neben dem Zylinder ragte ein Quader als Glockenturm in die Höhe, ein Ensemble wie zwei Bausteine. Der Zylinder war rundherum von schmalen

Fenstern durchbrochen, die sich über die Höhe des Gebäudes erstreckten. So schlicht sich die Kirche von außen präsentierte, so ergreifend war sie von innen. Bei Sonne verstand man die geniale Idee: Zu verschiedenen Tageszeiten schien sie durch verschiedene Fenster ins Innere und erleuchtete die unterschiedlichen biblischen Motive. In den fünfziger Jahren aus Beton gebaut, nachdem die alte Kirche im Krieg zerstört worden war, hatte man es hier mit einem mutigen Bauwerk zu tun, das althergebrachte Vorstellungen von einer Kirche durchkreuzte. Finot hatte einmal eine geschlagene Stunde daringesessen und das Schauspiel bewundert.

Pierre wohnte am Rande der Stadt in einem Bungalow, mitten in einer lockeren Ansammlung von Häusern, die an das *Manoir du Fay* angrenzte. Das 1603 entstandene Herrenhaus fand Finot an sich gar nicht sehr beeindruckend. Allerdings schien ihm, wenn er sich Pierres Haus so anschaute, dass der großzügige, übersichtliche Park ganz nach dem Geschmack des Anwaltes sein musste.

Der modern wirkende Bungalow war von einem gepflegten Rasen umgeben, das gesamte Grundstück von einer niedrigen Hecke eingefasst und rechts und links zu den Nachbarn hin kaum vor fremden Blicken geschützt. Vor dem Haus befand sich ein Beet mit vereinzelten Blühpflanzen, Gräsern und Sukkulenten, fein säuberlich von Rindenmulch umgeben. Weder in noch vor der großen, offenstehenden Garage stand ein Auto.

Dominique klingelte. Finot schirmte die Augen mit der Hand ab und schaute durch das Fenster neben dem Eingang hinein. Es tat sich nichts. Dominique drückte ein zweites Mal die Klingel, noch energischer als zuvor. Finot rief: „Monsieur Cassard?“

„*Bonjour!*“, tönte es plötzlich zu ihnen hinüber.

Finot wandte sein Gesicht der hohen Stimme zu und war erstaunt, einen Mann hinter der Hecke zu sehen.

„Was wollen Sie denn von Monsieur Cassard?"

„Und Sie sind?", rief Finot.

„Der Nachbar."

Dominique rollte mit den Augen.

„Ach so, George Durand."

„Das ist Kommissarin Magimel aus Honfleur und ich bin François Finot vom Kommissariat in Dieppe."

Durand stand der Mund offen.

„Wissen Sie, wo Monsieur Cassard ist?"

„Eben war er noch joggen, drüben, im Park. Das macht er jeden Tag. Ich habe ihn zurückkommen sehen. Sonst ist er früher unterwegs, müssen Sie wissen, aber vermutlich hatte er heute Vormittag keine Zeit."

Finot fragte sich, wie glücklich ein nüchterner Mann wie Cassard mit einem aufmerksamen Nachbarn wie George Durand sein konnte. Dem Kommissar selbst kam Durands Neugier allerdings sehr gelegen. „Um wieviel Uhr genau kam er vom Joggen zurück?"

„Gegen eins."

Jetzt war es zwei Uhr. „Und danach?"

Durand zuckte mit den Achseln. „Danach war ich einkaufen. Ich esse meist sehr früh zu Mittag, müssen Sie wis…"

„Vielen Dank, Monsieur Durand, *et bonne journée!*", schnitt Finot ihm das Wort ab.

Sie gingen um das Haus herum in den Garten, der abgesehen von einem Mähroboter keine Überraschungen bereithielt. Weit und breit nur Rasen.

Die Rückseite des Bungalows wurde von einem riesigen Fenster mit Schiebetür dominiert; der Bereich vor der Tür war ordentlich mit Steinen ausgelegt und eine schwere Sitzgarnitur und zwei wuchtige Blumenkübel mit Palmen fanden dort Platz.

Finot legte seine Hand in den Griff der Schiebetür und stellte verblüfft fest, dass sie sich bewegen ließ.

„Madame Magimel?“ Er zeigte ihr die Öffnung, als wäre sie das achte Weltwunder.

„Er lässt nie die Terrassentür auf, wenn er weg ist. Da ist er sehr pingelig!“, vernahm Finot Monsieur Durands hohe Stimme. Der Mann war Dominique und ihm gefolgt und stand nun, die Hände in den Hosentaschen, interessiert neben ihnen.

„Vielen Dank für Ihre Hilfe, Monsieur Durand“, sagte Finot eisig.

Er lächelte, dankbar für das Lob.

„Aber jetzt gehen Sie bitte zurück in Ihr Haus!“

Das Lächeln erstarb. „Wie jetzt?“ Er machte keine Anstalten zu gehen.

„Sonst lassen wir Sie verhaften.“

„Ich… aber…“

Zwei Augenpaare funkelten ihn ärgerlich an, bis er endlich begriff und sich davonmachte.

Finot und Dominique gingen mit gezückten Waffen hinein. Schnell konnten sie den Wohn- und Essbereich mit der offenen weißen Küche, dem eckigen, grauen Sofa und dem Esstisch als sicher deklarieren. „Hier ist niemand“, sagte Dominique.

Links neben der wuchtigen Haustür befand sich ein Flur, von dem drei Türen abgingen. Sie standen offen, was die Durchsuchung der dahinterliegenden Räume erleichterte: Ein Bad, das Schlafzimmer und ein Gästezimmer. Es dauerte nicht lange, bis klar war: Die Kommissare waren die einzigen Menschen in diesem Haus.

„Haben Sie eine Kellertür gesehen?“, fragte Dominique.

Finot schüttelte den Kopf.

„Hier ist niemand eingebrochen.“ Sie ließ die Waffe sinken.

Finot tat es ihr gleich und sah sich genauer um. Hier lebte ein Mensch, der klare Strukturen liebte. Das gesamte Haus war eher spärlich möbliert und kaum dekoriert. Eine Blume hier, ein einsames Kissen und ein edler Kunstdruck – oder Original? – dort. Ordnung zu halten war für Pierre anscheinend eine Kleinigkeit. Keine Zeitung lag auf dem Sofatisch, kein Brief, der demnächst beantwortet werden musste, wartete auf der Anrichte, keine Packung Taschentücher steckte unbeachtet in einer Ecke. Alles hatte seinen Platz.

Umso mehr stachen die kleinen Inseln der Unordnung ins Auge. Auf der Küchenzeile standen eine benutzte Tasse, ein Glas und daneben eine offene Flasche mit Saft, der Deckel war in die Spüle gerollt. Im Bad lag ein Handtuch auf dem Boden, Zahnbürste und -pasta waren achtlos auf dem ansonsten leeren Waschtisch zurückgelassen worden. Vor dem begehbaren Kleiderschrank, der vom Schlafzimmer ausging, waren die Laufklamotten auf dem Boden verteilt.

„Schauen Sie mal hier“, schallte Dominiques Stimme aus dem Eingangsbereich zu Finot herüber. „Er hat sein Handy vergessen.“

Sie trafen sich auf halbem Weg im Flur. „Hat er noch ein zweites?“

„Das passt doch alles nicht zusammen!“, sagte Dominique. „So ein ordentlicher Mann, und dann verlässt er das Haus in diesem Zustand? Ohne sein Telefon? Niemals! Dann noch die offene Garage und Terrassentür. Er ist Hals über Kopf weggefahren, dem saß die Zeit im Nacken.“

Sie rief Abidal an. „Geben Sie eine Fahndung nach Pierre Cassard heraus. Stellen Sie fest, mit wem er zuletzt telefoniert hat und ob er ein zweites Smartphone besitzt.“ Sie hörte kurz zu. „Und schicken Sie die Kriminaltechnik zu seinem Haus. Wir warten.“

35

Als die Kriminaltechnik vor Ort war, fuhren sie in die Kanzlei und ließen sich Pierres Terminkalender geben. Sie mussten rekonstruieren, was der Anwalt vor seinem Verschwinden gemacht hatte.

Was hatte Pierre veranlasst, sein Haus so überstürzt zu verlassen? Was wusste er über die Morde? Oder hing sein Verschwinden gar nicht damit zusammen? Das wiederum schien Finot höchst unwahrscheinlich. War er gar selbst in die Taten verwickelt und hatte die Befürchtung, die Polizei sei ihm auf den Fersen? Aber Pierre hatten sie gar nicht mehr auf dem Schirm gehabt.

Sie waren gerade auf dem Weg in Dominiques Büro, um sich einen Überblick über Pierres Termine zu verschaffen, da trat eine junge, dunkelhaarige Uniformierte mit Pferdeschwanz und Sommersprossen auf sie zu. Sie hielt eine Akte in der Hand. „Madame Magimel?"

„Ja?", fragte sie unwirsch.

Die junge Frau wurde sofort ein Stück kleiner. Mit leiser Stimme erklärte sie: „Abidal hat mich gebeten, zu prüfen, ob es am Tag dieser Feier, die Sie so interessiert, ungewöhnliche Vorkommnisse gab. Er wollte sich selbst drum kümmern, aber…"

„Und?", schnitt Dominique ihr das Wort ab.

„Es gab einen Unfall mit Fahrerflucht. Das Opfer – es hieß Benoît Prissette – wurde in die *Clinique Saint-Étienne* eingewiesen, in der dieser *Docteur Cassard* gearbeitet hat. Ich weiß nicht, ob das wichtig ist."

„Und ob das wichtig ist!", rief Dominique und riss ihr die Akte aus der Hand.

„Ich habe im Krankenhaus angerufen und die entsprechenden Unterlagen angefordert", schob sie hinterher. „Sie schicken Ihnen gleich ein Fax und eine E-Mail." Sie eilte davon, ohne eine Antwort abzuwarten.

„Danke!“, rief Finot ihr hinterher.

Dominique hatte die Akte schon geöffnet und war im Begriff zu lesen, da besann sie sich und überließ Finot das entscheidende Dokument.

„Hm?“, machte Finot, erstaunt über die großzügige Geste. Er zeigte mit der Akte in Richtung Büro.

Als sie dort angekommen waren, klappte er den Pappdeckel auf. Das Papier in der Akte war vergilbt und roch muffig nach Keller und Feuchtigkeit; Kaffeeflecken und ein paar Eselsohren zeugten vom Alltag vergangener Jahrzehnte. War hier die Lösung ihres Falls zu finden?

Aus einem Impuls heraus klappte er die Akte wieder zu und gab sie Dominique zurück. „Ihr Kommissariat, Ihre Akte.“

Erleichtert setzte sie sich an ihren Schreibtisch und scannte, die rote Brille auf der Nase, konzentriert die Unterlagen. Dazu fuhr sie mit dem Finger die Zeilen entlang. Finot sah ihre Augen von links nach rechts wandern und wieder zurückspringen. Sie las offenbar genauso schnell, wie sie ging.

Unvermittelt stieß sie sich mit den Füßen vom Boden ab, rollte mit ihrem Schreibtischstuhl nach hinten an die Wand und schlug die Beine übereinander. Sie räusperte sich. „Wie schon gesagt, es gab einen Unfall mit Fahrerflucht, der vierunddreißigjährige Benoît Prissette kam dabei zu Tode, allerdings nicht direkt. Er wurde von einem Taxifahrer gefunden, der rief den Notarzt. Im Krankhaus ist er dann verstorben.“

Finot stand auf und ging zu der großen Karte an der Wand; ein Relikt aus alten Zeiten und dennoch manchmal übersichtlicher als eine digitale Karte. „Wo war das?“

Dominique nannte die Adresse. „Ich kenne die Gegend, das ist ein Waldstück mit einem verfallen Bauernhof darauf. *La Ferme de Rivault.*“

Finot hatte es gefunden und hielt seinen Zeigefinger darauf. „Und wo war die Feier?"

Dominique rollte zurück an ihren Schreibtisch und kramte darauf herum, bis sie ihre Notizen gefunden hatte und die zweite Adresse vorlas.

Finot markierte die Stelle mit dem anderen Zeigefinger und maß die Entfernung. „Nur ein paar hundert Meter…"

„Es geht noch weiter." Dominique blätterte um. Überrascht stieß sie Luft aus.

„Was?", drängte Finot.

„Prissettes Freundin wurde damals befragt. Sie sagte aus, dass er auf dem Weg war, sie von einer Feier abzuholen." Sie ließ die Akte sinken und sah Finot an.

„Nathalie Theillier?"

Sie nickte.

Finot setzte sich; ihm war ein bisschen schwindelig geworden. Warum, wurde ihm erst nach und nach klar. Sein Vater, Fresnel und Dubois hatten die Feier laut dem alten Seemann gleichzeitig verlassen; sie waren betrunken gewesen. In der gleichen Nacht war Nathalies Freund durch einen Unfall mit Fahrerflucht ums Leben gekommen.

Mehr als dreißig Jahre später wurde Fresnel ermordet, der nach Jahren wie aus dem Nichts heraus Kontakt mit Adrien Finot aufgenommen hatte und möglicherweise auch Dubois hatte ansprechen wollen.

„Glauben Sie das Gleiche wie ich?", fragte Finot.

„Dass Fresnel, Ihr Vater und Dubois an dem Unfall beteiligt waren?"

„Gab es Zeugen", fragte er mit trockener Kehle zurück.

Dominique schüttelte den Kopf. „Die Suche verlief ergebnislos."

„Spuren?"

„Splitter eines Scheinwerfers."

„Woher sollte Nathalie gewusst haben, dass die drei Männer im Unfallauto gesessen haben? Steht etwas darüber in der Akte? Wird Fresnel, Dubois oder mein Vater erwähnt?"

Sie schüttelte erneut den Kopf.

„Wenn unsere These stimmt", fuhr Finot fort, „warum sollte Nathalie erst jetzt tätig werden? Und wen hat sie engagiert, die Morde zu begehen? Warum nur Fresnel? Weil er der Fahrer war? Weil sie nicht wusste, dass die anderen mit ihm Auto saßen? Oder hatte sie die anderen beiden auch noch auf dem Kieker? Und vor allem: wieso Cassard?"

Das Faxgerät begann nach einem kurzen Piepston zu rattern. Noch so ein Relikt längst vergangener Zeit. „Das werden die Unterlagen aus dem Krankenhaus sein. Ich schaue mal nach der E-Mail, die sie noch schicken wollten." Ein paar Mausklicks später surrte der Drucker.

Mit einem Stapel Papier saßen sie kurz darauf am Tisch. „Cassard hat *schweres SHT GCS 5* notiert", sagte Dominique. „SHT ist Schädel-Hirn-Trauma, eine schwere Kopfverletzung, aber GCS?"

Finot griff zu seinem Telefon. „Hallo, Serge, gut, dass ich dich direkt erwische, Dominique und ich haben eine Frage." Er erklärte dem Gerichtsmediziner die Zusammenhänge. Serge hörte in aller Seelenruhe zu.

„Hallo Madame Magimel!", begann er.

„*Bonjour*, Monsieur Courtois!"

„Ihr habt recht, SHT steht für Schädel-Hirn-Trauma. GCS ist die Abkürzung für *Glasgow Coma Scale*. Eine Skala, mit der man den Grad einer Bewusstseinsstörung abschätzen kann. Sie wird häufig in der Intensivmedizin verwendet; es gibt sie schon ewig. Der Arzt schätzt drei Kategorien ein: Sind die Augen geöffnet? Wie reagiert der Patient verbal, also kann er sich sprachlich äußern? Und wie reagiert er motorisch? Kann er Aufforderungen wie *heben Sie den Arm* befolgen? Zur letzten Kategorie gehört auch, ob und wie der Patient auf Schmerzreize reagiert."

„Und GCS *5* heißt?"

„Die Skala reicht von 3 – keinerlei Reaktion in allen drei Kategorien, bis 15 – Augen offen, Patient kann verbal kommunizieren und befolgt Aufforderungen."

„Es sah also schlecht aus für Prissette?"

„So könnte man das sagen, ja."

Finot bedankte sich und beendete das Telefonat.

Dominique veranlasste zweierlei: Benoît Prissettes Hintergründe sollten genauestens durchleuchtet und die Telefonverbindungen von Nathalie Theillier und ihrem Lebensgefährten gecheckt werden. „Bringen Sie mir die beiden hierher! Und vergessen Sie auch Dubois nicht!" Mehr zu sich selbst fügte sie hinzu: „Der muss uns noch einiges erklären."

36

Nathalie hatte ihren Anwalt mitgebracht, einen Mann mit kantigem Gesicht und heruntergezogenen Mundwinkeln, der sich bedrohlich im Hintergrund hielt und die Begrüßung mehr geflüstert als gesprochen hatte.

Ihr Gesicht war emotionslos, aber nicht auf eine attraktive, geheimnisvolle Art, sondern versteinert und kalt. Ob sie überhaupt einen Ton aus ihr herausbekommen würden?

Dominique fixierte Nathalie interessiert; die Hände der Kommissarin ruhten verschränkt auf dem Tisch. „Benoît Prissette", sagte sie.

Nathalie zuckte leicht zusammen, sagte aber nichts.

„Ihr Freund wollte Sie von der Feier abholen, an die Sie sich angeblich nicht erinnern. Dann wurde er Opfer eines folgenschweren Unfalls, dessen Verursacher nie gefunden wurde. Es muss schwer für Sie gewesen sein."

Sie presste die Lippen aufeinander.

In diesem Moment durchströmte Finot die feste Überzeugung, dass Nathalie in die Sache verwickelt war. Während er vorher noch einen Rest Unsicherheit verspürt hatte, war es damit jetzt vorbei. Sie hatte die Morde entweder direkt in Auftrag gegeben oder – sollte es die Idee des Täters selbst gewesen sein – diese gutgeheißen und unterstützt.

Finot fragte sich, wo Nathalie die Kraft hernahm, zu schweigen. Sie musste doch voller Wut sein. Wollte sie die Ungerechtigkeit nicht in die Welt hinausschreien? Wäre es nicht nachvollziehbar? Andererseits hatte sie vermutlich jahrelang von der Ungerechtigkeit gewusst und geschwiegen, da kam es auf ein paar Minuten auch nicht an.

„Wer hat den Wagen gefahren? Fresnel? Haben Sie ihn deshalb umbringen lassen?“ Dominique sprach mit freundlicher Bestimmtheit, doch auch dem unaufmerksamsten Zuhörer wäre der wenig subtile Unterton aufgefallen, der andeutete, dass es mit der Freundlichkeit schnell vorbei sein könnte. „Woher wussten Sie davon?“

Der Anwalt flüsterte Nathalie etwas ins Ohr.

„Wen haben Sie beauftragt, Fresnel umzubringen? Warum musste auch Cassard sterben?“

Schweigen.

Der Anwalt räusperte sich. „Alles, was Sie uns bisher präsentiert haben, sind Vermutungen“, sagte er kaum vernehmlich und ohne Dominique anzuschauen. Vielmehr starrte er knapp an ihr vorbei an die Wand.

Finot lief ein kalter Schauer über den Rücken. Der Mann hatte leider den Finger in die Wunde gelegt, da konnte Dominique noch so überzeugend auftreten.

„Haben Sie Beweise, die Ihre Vermutungen untermauern?“ Der Anwalt wartete kurz – zu kurz, als dass

Dominique hätte reagieren können, dann griff er nach seiner Tasche und stand auf. „Ansonsten hat meine Mandantin nichts weiter dazu zu sagen und würde jetzt gerne gehen." Er schenkte Nathalie ein freundliches Lächeln und wies, ganz Gentleman, mit der Hand Richtung Tür, bevor er ihr galant den Arm offerierte und sie hinausführte.

„Warte ab, meine Liebe!", murmelte Dominique, als die beiden draußen waren. „Dich kriegen wir noch."

Erst mal bekamen sie aber einen weiteren Dämpfer. Auf die Frage, ob er sich am Tatort aufgehalten habe, hatte Nathalies Lebensgefährte nur Schweigen als Antwort zu bieten. Wenn sie nur einen Zeugen ausfindig machen könnten!

„Möglich, dass es für einen Durchsuchungsbeschluss für Nathalies Wohnung und die des Lebensgefährten reicht", sagte Dominique, aber sie klang skeptisch. Ärgerlich fügte sie hinzu. „Und was ist mit Dubois? Ist der endlich da?" Sie führte ein kurzes Telefonat, das sie mit einem wütend-resignierten Schnaufen beendete, dann wandte sie sich Finot zu. „Es dauert noch eine Weile. Nehmen wir uns Pierres Terminkalender vor, während wir warten?"

Einen *Café* und ein paar Kekse später wussten sie, dass Pierre an diesem Morgen zwei Arzttermine gehabt hatte, was wohl der Grund für sein verspätetes Lauftraining gewesen war. Sie hatten außerdem eine Liste erstellt. Diese enthielt persönliche Termine mit Mandanten, mehrere Telefonkonferenzen, ein geschäftliches Mittagessen, viele Einzel-Telefonate, Schriftsätze und E-Mails sowie Termine bei Gericht.

„Puh!", sagte Finot. „Der Mann ist fleißig."

Dominique sah ihn von der Seite an. „Haben Sie mal auf die Uhr geguckt? Wissen Sie noch, wann Sie das letzte Mal ausgeschlafen oder in Ruhe gegessen haben?"

Finot lachte und richtete sich auf dem Stuhl auf. „Vor allem ist es gar nicht das Entscheidende."

„Woher wusste Pierre von Dubois?", griff Dominique Finots Andeutung auf. „Wir haben den Namen ihm gegenüber nie erwähnt!"

Finot zuckte mit den Achseln. „Ich weiß auch nicht, warum er Dubois' Adresse und Telefonnummer notiert hat."

„Das soll er uns selbst erklären", antwortete Dominique. „Gehen Sie schon mal vor, er müsste inzwischen da sein. Abidal hat mir eine Nachricht geschickt, die lese ich mir noch schnell durch."

37

„Unsere Firma arbeitet mit Monsieur Hollande zusammen", sagte Dubois, offensichtlich erstaunt über Finots Frage, ob er Pierre Cassard kenne. „Natürlich kenne ich ihn."

„Wussten Sie, dass er der Sohn unseres ersten Opfers ist?"

Dubois schüttelte irritiert den Kopf.

Finot kam der Abend in den Sinn, als er Dubois' Firma einen Besuch abgestattet und die Feier vom Parkplatz aus beobachtet hatte. Finot hatte geglaubt, einen der Gäste zu kennen. Jetzt verstand er, dass es Thierry Hollande gewesen sein musste, dessen Gesicht er auf Pierre Cassards Internetseite gesehen hatte.

Soweit, so gut. Was sagte ihm das jetzt?

In Finots unentschlossenes Schweigen hinein fragte Dominique: „Sie haben kürzlich insgesamt fünftausend Euro Bargeld von Ihrem Konto abgehoben. Warum?"

Hatte er? Finot begriff: Natürlich, Abidals Textnachricht, die Dominique noch hatte lesen wollen.

„Ich, äh…“, er räusperte sich. „Je älter ich werde, umso wichtiger ist mir, immer eine größere Summe Bargeld zu Hause zu haben. Man weiß ja nie.“

Diese Antwort war so fadenscheinig, dass Finot kurz auflachte.

„Das heißt, wenn wir jetzt Ihr Haus durchsuchen, finden wir fünftausend Euro unter dem Kopfkissen?“, fragte Dominique. Sie signalisierte Finot, dass er weitermachen konnte.

„Zu der Sache mit dem Geld kommen wir später“, sagte er. „Gehen wir ein ganzes Stück zurück in die Vergangenheit… Roger Fresnel, Adrien Finot und Sie haben die Feier damals gemeinsam verlassen, um was zu tun? Woanders weiterzutrinken?“

„Nein! Ich bin mit dem Taxi nach Hause gefahren!“ Dubois verschränkte die dünnen Arme vor der Brust.

„Ich glaube Ihnen kein Wort.“ Finot lehnte sich im Stuhl zurück, nur um dann wieder vorzuschnellen. „Ich sage Ihnen, was passiert ist. Sie sind gemeinsam losgefahren, drei betrunkene Männer.“

„Ich verbitte mir diese Unterstellung!“

„Wer ist gefahren?“

„Ich sage gar nichts mehr!“

Finot rückte ganz nah an den zerbrechlichen Mann heran, so dass er dessen Verletzlichkeit förmlich spüren konnte. Er hätte eher einen Anwalt gebraucht als Nathalie, aber erstaunlicherweise darauf verzichtet. „Wer ist gefahren?“

Es klopfte, Finot wandte sich genervt um. Gerade jetzt!

Abidal steckte den Kopf herein. Dominique stand auf und ging hinaus. Sie wechselte vor der angelehnten Tür ein paar gemurmelte Sätze mit ihrem Mitarbeiter, dann winkte sie Finot zu sich. „Nathalie Theilliers Anrufliste ist da.“

Finot, mit den Gedanken immer noch bei Dubois, sah die beiden ratlos an. „Ja und?“

„Sie hat in letzter Zeit mehrfach mit Thierry Hollande telefoniert. Am Abend nach dem ersten Mord und am Morgen nach dem zweiten.“

„Thierry Hollande…? Warum ausgerechnet der? Moment!“ Finot kramte Hollandes Visitenkarte, die Pierre ihm seinerzeit gegeben hatte, aus seinem übervollen Portemonnaie, und wählte zuerst die mobile Nummer. „Nichts!“ Anschließend versuchte er es mit dem Büroanschluss und landete bei der Sekretärin.

„Ja, Monsieur Hollande arbeitet für die Firma Dubois. Ich kann Ihnen leider nicht sagen, wo er ist.“ Sie gab Finot noch Hollandes Privatnummer und Adresse, die er Abidal weitergab.

War Thierry Hollande ihr Mann? Aber warum? Wie hing er mit der Sache zusammen?

Dominique und Finot gingen zurück in den Vernehmungsraum. „Wussten Sie, dass Monsieur Hollande mit Madame Theillier bekannt ist?“ Finot konnte sich eine gewisse Süffisanz nicht verkneifen. Wenn alles sich so verhielt, wie er glaubte, hatte Dubois allen Grund, Angst vor Nathalie zu haben. Und wenn sie Hollande auf Dubois angesetzt hatte, dann konnte der Mann froh sein, im Kommissariat zu sitzen.

Dem bleichen Mann fiel im wahrsten Sinne des Wortes die Kinnlade herunter. „Glauben Sie, *er* hat Fresnel…“

Dominique und Finot sahen sich an und verständigten sich wortlos: Lassen wir ihn schmoren!

Wieder draußen, sagte Finot: „Verdammt, wir brauchen Hollande! Wo ist der Mann?“

„Wenn Abidal ihn zu Hause nicht antrifft, gebe ich eine Fahndung raus“, bestimmte Dominique.

Finots zustimmendes Nicken wurde vom Klingeln seines Telefons unterbrochen. „Nochmal die Sekretärin!“, sagte er verblüfft, als er die Nummer wiedererkannte. Wusste sie jetzt etwa, wo Hollande war? Vor lauter Aufregung wischte Finot mehrmals erfolglos über das Display und brauchte unnötig lange, den Anruf anzunehmen. Doch es ging nicht um Hollande…

„Hier war eben wieder dieser junge Mann, der kürzlich schon einmal da war und mit Monsieur Cassard gesprochen hat. Er ist kein Mandant.“

„Welcher junge Mann?“, fragte Finot verwirrt. „Wie sieht er aus?“

„Ende zwanzig, drahtig, trägt so moderne Turnschuhe…“

Warum, um alles in der Welt, hatte Pierre ausgerechnet mit Xavier gesprochen?

38

Als er Finot vor der Tür erblickte, senkte Xavier schamhaft die Augen. Er ließ ihn und Dominique stehen und ging den Flur hinunter. Die beiden Kommissare nahmen die stille Aufforderung an und traten ein. Dominique sah sich neugierig um. Finot seinerseits hatte das Fahrrad an der Wand schon bewundert und wusste auch, dass Xavier sie in die Küche führte. Dort setzten sie sich an den Tisch mit den vier verschiedenen Stühlen. Die traurige Birkenfeige tat Finot immer noch in der Seele weh.

„Möchten Sie etwas trinken?“

Die beiden Kommissare schüttelten den Kopf.

„Sie waren eben in der Kanzlei *Vincent, Cassard & Partner* und wollten Pierre Cassard sprechen. Warum?“, fragte Finot.

Er riss die Augen auf. „Ist Pierre etwa der Mörder?“

„Sie waren schon einmal bei ihm. Was war der Grund?“

Xavier zupfte ein paar verwelkte Blätter der Pflanze ab und legte sie auf den Tisch. „Das ist privat."

Finot rollte mit den Augen. Musste er jetzt wirklich den klischeehaften Spruch bringen, dass bei einer Mordermittlung nichts privat ist? Nein, musste er nicht. Es reichte, einen Moment zu warten und genervt zu gucken.

„Ist ja schon gut", lenkte Xavier ein. „Meine Mutter hat mir gegenüber so Andeutungen gemacht."

„Andeutungen?"

„Ja, also, dass…", druckste er herum.

„Ja also?", half Finot ihm auf die Sprünge.

„…dass Pierre mein Halbbruder sein könnte."

„Cassard und Ihre Mutter?", rief Dominique.

Finot war weniger überrascht, auch wenn sich die Annahme erst noch bewahrheiten musste. „Was genau hat Ihre Mutter gesagt?"

„Gar nichts Konkretes. Wie Sie vielleicht wissen, steht in meiner Geburtsurkunde *Vater unbekannt*."

Finot nickte.

„Seit ich denken kann, hat sie mir gegenüber behauptet, mein Vater sei einfach irgendein Typ, den sie auf einer Party kennengelernt hat und der weg war, bevor ich überhaupt geboren wurde." Xavier begutachtete seine Zimmerpflanze. Es waren kaum noch trockene Blätter übrig. Genau genommen waren auch so gut wie keine frischen Blätter mehr zu finden. Er legte die Hände auf den Tisch. „In den letzten Jahren hat sie dann angefangen, Andeutungen zu machen."

„Andeutungen welcher Art?", fragte Dominique.

„Dass das mit meinem Vater doch alles etwas komplizierter ist…, dass es Folgen für meine Zukunft haben könnte…, dass er keine so unbedeutende Person war, wie ich denke…, dass wenn Sabine davon wüsste…" Er sah die Kommissare Verständnis suchend an.

Zumindest eine Frage in diesem Fall schien sich langsam zu klären. „Hat Ihre Mutter uns die Fotos der beiden zukommen lassen?“

Er zerdrückte die trockenen Blätter zu Krümeln. Die Muskeln an den sehnigen Armen hüpften.

„Hat sie?“, hakte Finot nach. „Es wäre das kleinste Übel, wenn sie sich sonst nichts hat zuschulden kommen lassen.“

Er schlug die Hände gegeneinander, um die Brösel abzuschütteln, und sagte widerwillig: „Ja.“

„Gut“, sagte Finot, der froh war, wenigstens einen Punkt abgehakt zu wissen.

„Wann war das?“, fragte Dominique. „Ich meine, wann haben Sie mit Pierre Cassard gesprochen?“

„Vor ein paar Tagen, kurz nach dem Tod seines Vaters, wegen des Erbes. Wenn es stimmt, steht mir auch was zu! Wobei…“

„Wobei?“, fragte Finot.

Xavier strich sich mit der Hand durchs Haar. „Auch wenn die Vorstellung, Sohn eines bekannten Arztes zu sein, verlockend ist – ich bin mir nicht sicher, ob meine Mutter sich nicht etwas zurechtspinnt.“ Er fing an, mit den Bröseln zu spielen. „Andererseits – falls es doch stimmt… Ich wollte einfach sichergehen! Um mir Geld durch die Lappen gehen zu lassen, habe ich wirklich zu wenig davon!“

„Sie hätten Ihre Mutter fragen können.“

Xavier hob nur kurz den Blick.

Finot winkte ab. „Sind sie sich begegnet? Ihre Mutter und Stéphane Cassard? Wäre es theoretisch möglich, dass er Ihr Vater ist?“

„Ja, sonst hätte ich Pierre doch gar nicht angesprochen! Ich bin früher manchmal nach der Schule in die Praxis, wenn meine Mutter länger arbeiten musste. Ich habe dort meine Zeit verbracht, bis sie mich abgeholt hat.

Von daher ist Pierre auch kein Fremder für mich. Nicht, dass er mich je besonders beachtet hätte, aber wir sind lose miteinander bekannt."

„Wie hat Pierre auf Ihr Anliegen reagiert?"

„Sachlich. Sie haben ihn doch kennen gelernt. Er sagte, er müsse erst mal darüber nachdenken und ein paar Erkundigungen einziehen."

„Ein paar Erkundigungen einziehen?"

Xavier zuckte die Schultern. „Mit seiner Stiefmutter reden? Oder sich überlegen, wie das mit einem Vaterschaftstest funktioniert? Deshalb bin ich heute nochmal hin. Wollte hören, ob er etwas herausgefunden hat."

„Hat er sonst noch etwas gesagt? Wirkte er nervös? Hat er erwähnt, dass er demnächst wegfahren muss?"

„Nein. Er hat überhaupt nicht viel geredet. Das war geradezu unheimlich, weil ich nicht wusste, was er denkt."

Finot verstand, was Xavier meinte. Dennoch vermutete er, dass Pierre, wenn er schwieg, einfach nichts zu sagen hatte. Absicht oder nicht, die undurchsichtige Art half ihm in seinem Beruf sicher weiter.

Sie bedankten sich fürs Erste und gingen.

„Glauben Sie ihm?", fragte Dominique.

„Ja", sagte Finot. „Er ist jung und kann ein bisschen Kohle gebrauchen. Außerdem war es kein sehr ausgefeilter Plan, gerade Pierre wegen der möglichen Vaterschaft anzusprechen. Er hat sich einfach an die Person gewandt, die ihm am ehesten zu wissen schien, was bei so einer Frage zu tun ist."

„Wie wird Pierre auf die Nachricht reagiert haben?", fragte Dominique.

„Es wird ihn nicht geschockt haben, denke ich. Er war ja auch nicht geschockt über die Affäre seines Vaters mit Sabine. Er wirkt nicht wie jemand, der leicht aus der Fassung zu bringen ist. Und er scheint auch nicht sonderlich scharf auf das Geld seines Vaters zu sein. Will sagen, er wäre nicht geknickt, wenn er einen Teil seines Erbes an Xavier abtreten müsste."

„Im Testament deutet nichts darauf hin, dass der alte Cassard von dem potenziellen Sohn gewusst hat. Er wird mit keinem Wort erwähnt. Doch ein Hirngespinst von Annabelle?"

„Oder Cassard Senior hoffte, mit einer Lüge davonzukommen, ich weiß es nicht. Was Pierre angeht – so, wie ich ihn einschätze, hat er schlicht und einfach versucht herauszufinden, ob etwas an der Vermutung dran ist. Er hat vielleicht jemanden angerufen? Annabelle selbst?"

„Nein, seine Anrufliste sind wir durchgegangen."

„Hat er sich über Vaterschaftstests schlau gemacht?"

„Da müssten wir uns seinen Rechner vornehmen. Wobei ich glaube, dass er alles, was er dazu wissen muss, mit einem kurzen Anruf in Erfahrung bringen kann. Ein Mann mit seinem Status ist sicher gut vernetzt."

„Das glaube ich auch. Aber nichts, was wir über seine Beschäftigungen in den letzten Tagen herausgefunden haben, deutet darauf hin, dass er das getan hat." Finot griff zu seinem Telefon, um Cassards Sekretärin anzurufen. Die begrüßte ihn wie einen alten Bekannten.

„Kam Ihnen Monsieur Cassard nach dem ersten Besuch des jungen Mannes komisch vor?"

„Wissen Sie, es ist schwer, das zu sagen, man merkt Monsieur Cassard seine Verfassung nicht so an. Bitte verstehen Sie mich nicht falsch, er ist ein guter Chef, nur…"

„Keine Sorge, ich kann mir denken, was Sie meinen. Ich frage anders: Hat er etwas Besonderes getan? Etwas, das er sonst nicht tut?"

Die Sekretärin stieß nachdenklich Luft aus. „Nein, nichts Besonderes. Wobei, eigentlich schon, aber auch wieder nicht." Sie schien mehr zu sich selbst gesprochen zu haben. „Bitte entschuldigen Sie, es ist sonst nicht meine Art, so unentschlossen zu sein."

„Natürlich", murmelte Finot, obwohl er die Sache gerne beschleunigt hätte.

„Er war in Monsieur Hollandes Zimmer", erzählte sie in einem Tonfall, der andeutete, dass sie dies nicht für etwas Besonderes hielt. „Ich nehme an, er wollte irgendwas holen, ihm eine Nachricht auf den Schreibtisch legen oder ähnliches."

„Okay", sagte Finot gedehnt und sah zu Dominique hinüber, die mithörte, aber nur mit den Schultern zuckte.

„Und das ist besonders, aber auch wieder nicht?"

„Es kommt natürlich vor, dass man einem Kollegen eine Nachricht auf den Schreibtisch legt. Andererseits haben Monsieur Cassard und Monsieur Hollande wenig miteinander zu tun und gehen sich eher aus dem Weg."

„Das leuchtet mir ein", sagte Finot.

„Wo wir gerade davon reden", fuhr die Sekretärin fort. „Ich habe Monsieur Cassard bei unserem letzten Telefonat, also dasjenige, bevor er verschwunden ist, erzählt, dass ich Monsieur Hollande erzählt habe, dass er in seinem Büro war. Ich hätte es direkt sagen sollen, ich weiß, aber es fällt mir gerade erst ein, da wir von dem Besuch des jungen Mannes sprechen."

Finot runzelte angesichts der komplizierten Bezüge die Stirn. „Erklären Sie das bitte genauer."

„Es gibt nicht viel zu erklären, aber Sie haben recht, es klingt kompliziert. Ich habe Monsieur Cassard, wie gesagt, nach dem Besuch des jungen Mannes in Monsieur Hollandes Büro gesehen. Und dann sprach Monsieur Hollande mich heute Vormittag an, ob ich wüsste, ob Monsieur Cassard in seinem Zimmer gewesen sei, was ich bestätigt habe. Das wiederum habe ich Monsieur Cassard später am Telefon erzählt."

„Sie haben Cassard erzählt, dass Sie Hollande erzählt haben, dass er in dessen Büro war?“

„Genau. Wie gesagt, eigentlich ein unauffälliger Vorgang. Die Büros sind nicht verschlossen, nur die Schränke mit den Akten. Und die Rechner haben ja sowieso alle Passwörter.“

„Wann haben Sie Monsieur Hollande das letzte Mal gesehen?“

„Als ich ihn ein paar Stunden später gefragt habe, ob er wüsste, wo Monsieur Cassard ist.“

39

„Ist Pierre bei seinen Recherchen wegen der Vaterschaft einen etwas unkonventionelleren Weg gegangen?“, mutmaßte Finot nach dem Telefonat.

„Wie meinen Sie das?“, fragte Dominique.

„Sein Kollege Thierry Hollande vertrat Stéphane Cassard bei diesen Insidergeschäften. Vielleicht erhoffte Pierre sich aus den Unterlagen des Vaters, ich denke vor allem an Kontoauszüge, Aufschluss über die mögliche Vaterschaft und war deswegen in Hollandes Büro. Natürlich sind Akten in der Regel unter Verschluss, das sagte die Sekretärin ja, aber manchmal liegt halt doch etwas herum.“

„Sie denken an Alimente, die Stéphane Cassard an Annabelle gezahlt hat?“

Finot nickte. „Oder Schweigegeld zum Beispiel.“

„Und dabei hat Pierre etwas entdeckt, das Hollande mit den Morden in Zusammenhang bringt?“

„Genau. Er könnte unser Mann sein. Es ist doch kein Zufall, dass er direkt nach den Morden mit Nathalie telefoniert hat!“

„Sollen wir sie fragen?“

Finot zog seine Brille aus und rieb sich die müden Augen. Auf Dominiques Vorschlag ging er nicht ein, ihm war die leise Ironie in ihrer Stimme nicht entgangen. „Als Hollande gehört hat, dass Pierre in seinem Büro war, hat er es mit der Angst zu tun bekommen.“

„Hollande befürchtete, dass Pierre Bescheid weiß.“

„Genau. Und als Pierre gehört hat, dass Hollande von seinem Abstecher wusste…“

„Ist er abgehauen.“

„Pierre hat Angst, dass es ihm selbst an den Kragen geht?“

Finot zuckte mit den Schultern. „Gut, dass Dubois hier ist. Wir sollten noch einen zusätzlichen Kollegen zu meinem Vater schicken, vielleicht will Thierry die Sache zum Abschluss bringen. Auch wenn ich immer noch nicht weiß, was der Grund für all das sein soll. Prissettes Tod, das ist klar. Aber wie hängt Hollande mit Prissette und Nathalie zusammen?“

„Keine Bange, das finden wir heraus. Viel wichtiger scheint mir im Moment folgende Frage: Wenn Pierre herausgefunden hat, dass Thierry der Täter ist, warum ist er nicht direkt zu uns gekommen? Wir hätten ihn doch schützen können!“

„Vielleicht ist er gar nicht aus Angst verschwunden, sondern weil er noch etwas erledigen will, bevor Thierry es tun kann.“

„Aber was?“

Finot zog die Brille wieder an, als er das Klingeln seines Telefons vernahm. „Fresnels Ex-Frau!“ Er hatte bei dem ganzen Durcheinander völlig vergessen, dass er sie um Rückruf gebeten hatte.

„Ja, ich erinnere mich an diese Feier!“, sagte sie, als Finot im Anschluss an die Begrüßung danach fragte. Der Kommissar meinte herauszuhören, dass es keine gute Erinnerung war.

„Am darauffolgenden Tag hatten wir einen riesigen Streit. Roger hatte unser Auto einfach auf dem Parkplatz stehen lassen und sich nach Hause bringen lassen, von wem auch immer. Das an sich wäre ja kein Problem gewesen. Aber statt es, wie verabredet, am nächsten Tag abzuholen, hat er es einfach vergessen! Dabei hätte ich das Auto wirklich gebraucht." Sie machte eine Pause, wie um den Ärger, der wegen dieser Angelegenheit wieder in ihr aufstieg, durch ein paar ruhige Atemzüge zu bändigen. „Um unsere Ehe war es damals schon nicht so gut bestellt. Für mich war es nur ein weiterer Beleg dafür, dass wir uns trennen sollten."

„Ist Ihnen an dem Auto etwas aufgefallen, als Sie es wieder zurückhatten?"

„Wie meinen Sie das?", fragte sie argwöhnisch.

„War etwas anders? War das Auto kaputt? Oder besonders sauber?"

„Warum?"

„Ein Ja oder Nein würde mir völlig ausreichen", sagte Finot freundlich.

„Nein", antwortete sie leicht patzig.

„Wissen Sie noch, wie die Autowerkstatt hieß, die Sie seinerzeit genutzt haben?"

„Die Autowerkstatt? Warum? Das war ein Freund meines Mannes, der ist gestorben. Die Werkstatt gibt es lange nicht mehr."

„Meine Kollegin Martine hatte Sie schon nach Stéphane Cassard und Adrien Finot gefragt…", fuhr der Kommissar fort.

„Ja und? Die kenne ich nicht."

„Wie steht es mit Alexandre Dubois?"

„Alexandre? Ja, den kenne ich. Der war doch Architekt bei dieser Firma, so ein Frischling mit viel Ehrgeiz. Mein Ex-Mann hatte von ihm erzählt. Was ist mit ihm? Ist er etwa auch…?"

„Nein, nein… Danke, Madame… Das war's schon. Sie haben uns sehr geholfen." Er legte auf.

„Also war Fresnel der Fahrer?", folgerte Dominique. „Und er hat den Wagen nach dem Unfall zu seinem Freund in Reparatur gebracht." Sie dachte kurz nach. „Halt, nein, wir können nur sagen, dass es Fresnels Auto war. Und streng genommen wissen wir selbst das nicht mit Sicherheit."

„Nein, aber es würde mich doch schwer wundern, wenn es *nicht* sein Auto gewesen wäre." Und Finots Vater? Welche Rolle hatte er gespielt? Klar war, dass er weder erste Hilfe geleistet noch einen Krankenwagen gerufen hatte. War er gefahren? Wer konnte ihnen jetzt, nach all den Jahren, noch Auskunft darüber geben?

„Was meinen Sie, Madame Magimel, haben wir Dubois lange genug warten lassen?"

40

Finot kam Dubois noch einmal ganz nah, Gesicht an Gesicht. Er wollte jetzt endlich Antworten. „Es war Fresnels Wagen. Ist er auch gefahren?"

Dubois war den Tränen nah.

„Wer ist gefahren?"

„Fresnel", murmelte er leise.

„Wie bitte?"

„Roger, verdammt noch mal."

„Wo wollten Sie hin?"

„Wir wollten…" Er lockerte seinen Kragen. Eine nutzlose Geste bei dem dünnen Hals; es war nicht der Kragen, der ihm die Luft nahm. „Ich weiß nicht, was wir wollten. Wir waren betrunken, hatten auf der Feier unseren Spaß gehabt und ein bisschen mit Nathalie geflirtet… Wahrscheinlich einfach irgendwo weiterfeiern. Es war der reinste Irrsinn."

Finot lehnte sich im Stuhl zurück. „Und Adrien?"

„Was soll mit ihm sein?"

„Was war seine Rolle?" Gerne hätte Finot gehört, dass sein Vater darauf gedrängt hatte, einen Krankenwagen zu rufen, aber von den anderen mit Gewalt davon abgehalten worden war. Doch ihm schwante, dass Adrien einfach nichts getan hatte, außer seine Haut zu retten.

„Ich glaube, er fand sie sehr attraktiv. Er hatte kurz zuvor seine Frau verloren, wenn ich das richtig erinnere."

Das hatte Finot gar nicht gemeint, als er nach seinem Vater gefragt hatte, aber er sagte nichts.

„Und Fresnel?", fragte Dominique.

„Der hatte Eheprobleme, soweit ich weiß. Er war froh, einen Abend zu Hause raus zu sein."

„Und Sie?" Wieder Finot.

„Ich… Ich war jung und voller Selbstüberschätzung."

Dubois war bleich, ein Bild des Elends. Finot musste sich zwingen, kein Mitleid zu haben.

„Es war der Fehler meines Lebens."

„Was ist passiert?", fuhr Finot fort. „Sie sind ihm in dem Waldstück begegnet…"

„Es hat so laut geknallt! Ich werde es nie vergessen. Mein ganzes Leben hat mich dieser Knall verfolgt. Fresnel hat ihn nicht gesehen. Keiner von uns hat ihn gesehen, er war plötzlich da, wie aus dem Nichts. Wir sind ausgestiegen, er lag da…"

„Wieso haben Sie keinen Krankenwagen gerufen?"

„Glauben Sie mir, das habe ich mich jeden einzelnen Tag meines Lebens gefragt." Er starrte auf seine knochigen Finger. „Zuerst einmal habe ich mit Schrecken festgestellt, dass es Prissette war. Finot und Fresnel kannten ihn ja nicht, ich aber schon. Er war kein guter Bekannter, das nicht, aber ich wusste eben, wer er war. Er hat sich noch ein bisschen auf dem Boden gewälzt, die Augen leicht geöffnet, aber dann kam plötzlich nichts mehr. Wir dachten, er wäre tot. Wir haben diskutiert, was wir machen sollen."

Dubois schüttelte den Kopf. „Die Brücke! Fresnel sprach immer nur davon, dass er unbedingt dabei sein will. Er würde nicht ins Gefängnis gehen. *‚Und das Auto?‘*, habe ich gefragt. Fresnel meinte, das wäre kein Problem, er hätte da einen Freund. Ich habe gekuscht, genau wie Finot. Was bei ihm der Grund war, weiß ich nicht. Er war wie betäubt. Ich für meinen Teil dachte, wegen so eines… Fehlers mache ich mir doch nicht alles kaputt. Ich hatte mein Leben noch vor mir. Fresnel brachte mich nach Hause und Monsieur Finot ins Hotel.

Und dann passierte – nichts. Ich dachte, jeden Moment müsste die Polizei vor der Tür stehen, aber so war es nicht. Dann habe ich in der Zeitung gelesen, dass ein Taxifahrer ihn gefunden und einen Krankenwagen gerufen hat. Er wäre nicht mehr zu Bewusstsein gekommen und im Krankenhaus gestorben, hieß es. Ich habe mir das alles zurechtgebogen, habe mir gesagt, dass ich ja nicht gefahren bin, dass es ein Unfall war, dass man ihn nicht hätte retten können.“ Er machte eine Pause. „Und dann kam dieses Schreiben von einem Unbekannten. Er wisse, was passiert sei. Er wollte Geld.“

Erpressung, dachte Finot, natürlich. „Wer hatte den Brief geschrieben?“

Dubois zuckte die Achseln. „Ich wusste es nicht. Weiß es bis heute nicht. Ein Zeuge? Hat Prissette, anders als im Zeitungsartikel stand, doch noch geredet? Mit dem Taxifahrer? Einem der Rettungssanitäter? Dem Arzt?“

Finot stieß verblüfft Luft aus. Ja natürlich, Prissette hatte mit einem Arzt geredet, mit Stéphane Cassard! Der hatte bei der Einschätzung der Bewusstseinslage seines Patienten ein bisschen geschummelt und Profit aus der Sache gezogen. So ergab alles einen Sinn!

Als hätte er Finots Gedanken gelesen, fuhr Dubois fort: „Und derjenige hat das Wissen genutzt, um mich zu erpressen.“

„Was ist mit den anderen?", fragte Finot. „Wurden die auch erpresst?"

„Ich weiß es nicht."

Aber ich weiß es, dachte Finot. Ja, sie waren auch erpresst worden. Zumindest Fresnel. Finot dachte an das Geld, das dieser angeblich beim Spielen verloren hatte. Durch eine Spielsucht, die seiner Tochter bis dato entgangen war. Und sein Vater? „Was ist mit den fünftausend Euro, die Sie kürzlich abgehoben haben?"

„Diese Sache hat mich mein ganzes Leben lang verfolgt", sagte er. „Ich wusste, dass sie mich früher oder später einholen würde, dass es kein Entrinnen gab. Wenn ich doch nur…" Er beendete den Satz nicht. Stattdessen fuhr er fort: „Er hat einen Brief geschickt."

„Er?"

Dubois zuckte mit den Schultern. „Der Erpresser von damals? Der Mörder? Ist das ein und dieselbe Person? Ich weiß es doch nicht! Ich dachte, Fresnel wäre gestorben, weil er nicht gezahlt hat. Ich war so froh, dass wir nach England mussten."

„Was stand in dem Brief?"

„Ich weiß, was damals passiert ist. Wenn du nicht zahlst, passiert etwas Schreckliches." Er sah Finot flehend an. „Wenn es nur um mich gegangen wäre! Aber ich dachte, er tut meiner Frau etwas an, meinen Kindern oder Enkeln!"

„Was sollten Sie mit dem Geld machen?"

„In irgendeine Mülltonne stecken. Ich habe gezahlt und den Brief verbrannt."

Der Kommissar überlegte: Hatte Fresnel nach dem Mord an Cassard dessen Internetauftritt angeschaut und herausgefunden, dass er genau zur Zeit des Unfalls Arzt im *Saint-Etienne*-Krankenhaus gewesen war? Wie Dubois, so hatte auch Fresnel sich wahrscheinlich immer gefragt, wer der Erpresser von damals gewesen war. Die Antwort lautete Stéphane Cassard, das würde Fresnel vielleicht klargeworden sein. Genauso wie die Tatsache, dass jemand, der mit Prissette zusammenhing und alles wusste, die Täter bestrafen wollte. Das neue Erpresserschreiben, das er sicher auch bekommen hatte, würde letzte Zweifel ausgeräumt haben. Fresnel hatte versucht, mit Adrien über die Sache zu sprechen, und vielleicht hätte er auch Dubois noch informiert, wenn… Wenn er dazu gekommen wäre. Was seine eigene Person anging, schien er fatalistisch gewesen zu sein. Dazu passte der Eindruck des Philosophen, dass Fresnel wehmütig und traurig gewesen war und anscheinend nie mehr zu seinem inneren Gleichgewicht zurückgefunden hatte.

Eine Frage war immer noch offen: Wie hatte Cassard damals herausgefunden, wer außer Dubois an dem Unfall beteiligt gewesen war? Prissette hatte ihm ja nur den Namen *Dubois* nennen können, die anderen kannte er nicht. „Wann war das mit der Erpressung? Direkt nach dem Unfall?"

„Nein, es hat ein paar Wochen gedauert."

Das sprach dafür, dass Cassard sich erst hatte informieren müssen. Er hatte sicher Nathalie ausgequetscht und danach noch weitere Recherchen angestellt. Es würde nicht so schwer gewesen sein, die Namen der anderen zu erfahren.

„Wie hat die Erpressung ausgesehen?"

„Es waren Briefe ohne Absender. Mit der Schreibmaschine geschrieben."

„Haben Sie die Briefe aufbewahrt?"

„Nein. Schließlich kehrte Ruhe ein, kamen keine Forderungen mehr. Dann habe ich die Briefe verbrannt."

„Wie viel Geld war es?"

Dubois winkte ab. „Der Erpresser muss gewusst haben, dass ich nicht reich bin. Es waren Summen, die ich aufbringen konnte. Aber es hat weh getan."

War sein Vater auch erpresst worden? Wenn ja, hatte er die Beweise, genau wie Dubois, vernichtet. Und finanziell war er ebenfalls nicht in den Ruin getrieben worden.

Klar war aber auch, wofür Cassard das Geld genutzt hatte: Er hatte es in die eigene Praxis gesteckt.

„In welchem Zusammenhang steht Thierry Hollande mit Nathalie Theillier?", fragte Finot.

„Das weiß ich nicht", sagte Dubois langsam.

„Aber?"

„Ich habe eine Vermutung."

„Lassen Sie uns teilhaben!", forderte Dominique ihn auf.

„Es gab ein Kind, um das Prissette sich gekümmert hat." Er sah die beiden Kommissare an. „Womöglich ein Junge, und Monsieur Hollandes Alter würde auch passen. Es stammte aus einer früheren Beziehung Prissettes; ich glaube, die Mutter war an Krebs gestorben."

„Prissette hatte einen Sohn?"

Dubois runzelte die Stirn. „Ich weiß nicht, ob er der leibliche Vater war oder sich einfach nur des Jungen angenommen hatte. Nathalie müsste ihn kennen, sie wäre ja quasi seine Stiefmutter geworden."

Von einem Adoptiv- oder Ziehsohn Nathalies war Finot nichts bekannt. Klar war aber, dass Nathalie mit Thierry Kontakt gehabt hatte. Außerdem hatten sie hier ihr Motiv: Dem Jungen – Thierry – war der Ersatzvater genommen worden. Und das in einer Situation, in der er ihn besonders gebraucht hätte.

Das Telefon klingelte. „Julien, was gibt's?"

„Pierres Auto wurde gesichtet."

41

„Wo?"

„Auf dem alten Bauernhof."

„*La Ferme de Rivault?* In dem Waldstück, in dem der Unfall passiert ist?“

„So sieht es aus.“

Dominique, die nicht mithörte, sah Finot mit einem Ausdruck drängender Neugier an.

„Moment“, sagte er zu seinem Mitarbeiter und erklärte ihr, was los war. „Lassen Sie herausfinden, wem das Gebäude gehört.“

„Bin schon dabei.“

„Bleiben Sie, wo Sie sind!“, sagte Finot. „Gehen Sie nicht rein! Madame Magimel und ich machen uns sofort auf den Weg.“

Im Auto sprachen sie kein einziges Wort. Lebte Pierre noch? Die Frage lastete schwer auf Finots Schultern, und er war sich sicher, dass es Dominique nicht anders ging.

Die Zufahrt zu dem Gelände bestand aus zwei Spurrinnen im Gestrüpp und war rechts von Bäumen und links von einer Art Schuppen begrenzt.

Dominique parkte hinter Juliens Auto und dem Streifenwagen; Julien und die beiden Beamten, ein Mann und eine Frau, standen mit ernsten Gesichtern schweigend zusammen. Sie checkte die Nachrichten auf ihrem Smartphone. „Der Bauernhof gehört Thierry Hollande.“

„Warum wundert mich das nicht…“

Sie stiegen aus und schlossen vorsichtig die Autotüren. Finot richtete den Blick nach oben. Der Himmel zog sich zu, als würde das Licht ausgehen. Die Luft war schwer und spannungsgeladen.

„Wie ist die Lage?“, fragte er mit gedämpfter Stimmte.

„Keine offensichtliche Spur von Pierre“, sagte Julien, ebenfalls leise. „Er wird in einem der Gebäude sein, schätze ich.“ Er zeigte diffus in Richtung Bauernhof. Der bestand aus mehreren alten, aus Stein gemauerten Gebäudeteilen mit unterschiedlich hohen Dächern, die nahtlos ineinander übergingen und ein „L“ bildeten. Die

Mauern waren von Efeu überwuchert, viele Dachschindeln fehlten. Der Bereich vor dem Gebäude war mit Gras bewachsen und nach und nach zur Lagerstätte für Holzlatten, alte Fenster, Steine, Paletten und ähnlichen Unrat geworden.

„Wo ist Pierres Auto?“

Julien zeigte auf den Schuppen. Erst jetzt sah Finot das blaue Blech, das neben dem nicht vollständig geschlossenen Tor hervorlugte.

„Der Kollege ist hier in der Nähe aufgewachsen und kennt das Gelände“, sagte Julien. „Er hat der Kollegin vorgeschlagen, kurz ranzufahren und zu prüfen, ob alles in Ordnung ist. Dabei haben sie das Auto gesehen.“

Finot nickte den beiden aufmerksamen Beamten anerkennend zu. „Thierry Hollande oder sein Auto?“

Julien schüttelte den Kopf.

„Die Verstärkung müsste jeden Moment da sein“, sagte Dominique.

„Ich schlage vor, wir teilen uns auf“, sagte Finot. „Sie drei“, er zeigte auf Julien und die beiden Beamten, „übernehmen die lange Seite des Gebäudes.“ Das bedeutete zwar, dass sie ein größeres Terrain überprüfen mussten, aber es enthielt die Remise, die gut zu übersehen war. „Wir zwei übernehmen das Wohnhaus und den Stall. Er sah Dominique fragend an, sie nickte zustimmend.

„Ich nehme nicht an, dass Thierry sich plötzlich eine Schusswaffe zugelegt hat“, fuhr Finot fort, „aber sicher können wir nicht sein. Womit wir aber auf jeden Fall rechnen müssen, ist ein Messer. Also Vorsicht!“

Sie schlichen über den sandigen Boden los. Für einen kurzen Moment durchzuckte Finot die Sorge, dass Dominique mit ihren hochhackigen Schuhen nicht zurechtkommen würde, aber er hätte es inzwischen besser wissen müssen.

Das Wohnhaus bestand im Erdgeschoss aus einer Diele und einem kleineren Raum, der als Küche gedient haben mochte und von dem eine Tür abging. Dazu kam ein größerer Raum – das Wohnzimmer? – mit einem großen, zugemauerten Kamin.

Die Wände waren aus rohem Stein, der Putz war abgebröckelt. An der Decke Holzbalken, auf dem Boden Holzdielen mit dem gesammelten Dreck der letzten Jahre. Es knarzte und knirschte, als Finot und Dominique darüber liefen, so sehr sie sich auch bemühten, leise zu sein.

Eine Treppe führte nach oben, aber Dominique signalisierte Finot, zunächst durch die Küche in den Stall zu gehen. Sie öffnete die quietschende Tür und verzog dabei schmerzhaft das Gesicht. Sollte Thierry oder sonst ein Bösewicht da drin sein – er hätte sie spätestens jetzt gehört. Aber es half ja nichts, sie mussten da rein.

Finot trat mit gezückter Waffe einen Schritt vor, um den Raum, wie er es gelernt hatte, in einer schnellen Bewegung von einer Seite zur anderen zu erfassen. Er beschloss, zunächst nach links zu schauen, mit irgendeiner Seite musste er ja anfangen.

Eine folgenschwere Entscheidung.

Plötzlich riss ihn jemand an den Armen nach hinten, und noch bevor er begriff, was passierte, lag seine Pistole auf dem Boden und er spürte ein Messer am Hals.

Die Person in seinem Rücken kickte die Pistole in eine Ecke, wo sie unter einer locker über einem Stapel von Holzscheiten liegenden Plane verschwand.

Merde! Finot stand mitten in einem muffigen Raum mit niedriger Decke und einer weiteren Holztür aus senkrechten Holzlatten und mit einem Metallriegel. Das hier war nicht der Stall, wie Finot vermutet hatte.

Dominique hatte ihre Waffe schon auf die Person hinter Finot gerichtet. Und damit leider auch auf Finot selbst. „Lassen Sie das Messer fallen, Thierry!"

Er lachte ein irres Lachen. „Warum sollte ich? Ich habe doch einen wunderbaren Schutzschild."

Er hatte leider recht. Sobald Dominique sich ein Stück bewegte, tat der Verrückte es ihr spiegelbildlich nach.

„Sie kommen nicht heil aus der Sache raus!"

„Sie machen einen entscheidenden Denkfehler, Madame Magimel. Ich *will nicht* heil aus der Sache rauskommen. Schade um Ihren Freund, den Kommissar. Seinen Vater werde ich nicht ausschalten können. Der eine Finot für den anderen. So genau kommt es nicht drauf an."

Finot brach der kalte Schweiß aus. Sie hatten es mit einem Menschen zu tun, der nichts zu verlieren hatte. Eine schlechte Voraussetzung…

Breitbeinig stand Dominique vor den beiden Männern wie ein Sheriff im Wilden Westen. „Warum die beiden Morde?"

In gespielter Freundlichkeit sagte Thierry: „Oh, ich verstehe, die Kommissarin möchte Zeit schinden! Sehr gerne, ich habe es nicht eilig. Und Dubois kann ich sowieso vergessen." Er machte eine dramatische Pause. „Sie wissen also von dem Unfall."

Finot spürte Thierrys heißen Atem im Nacken.

„Wären Dubois und Cassard nicht so sehr mit sich selbst beschäftigt gewesen – wer weiß, vielleicht wäre Nathalie nie draufgekommen, was passiert ist", begann er zu erzählen. „Aber Dubois kam mit seinem schlechten Gewissen nicht klar. Nach der Feier war Nathalie plötzlich Luft für ihn, nachdem er sie vorher umschwirrt hatte wie ein liebestoller Schmetterling. Und *Docteur Cassard* löcherte sie mit dummen Fragen zu der Feier, dabei hatte sie wahrlich andere Sorgen; ihr Freund war ja gerade gestorben! Aber Nathalie war viel zu fertig, um das zu bemerken. Erst als Benoît unter der Erde war, kamen ihr plötzlich Zweifel. War Dubois an dem Unfall beteiligt gewesen? Und wusste der Arzt etwas davon? Doch es war viel zu monströs, als dass sie es wirklich geglaubt hätte."

„Wie sind Sie darauf gekommen, dass Fresnel und Finot mit im Auto saßen?"

„Nicht so schnell, Madame Magimel! Nathalie und ich haben den Kontakt über die Jahre aufrechterhalten; sie unterstützte mich. Sie hätte mich adoptiert, wenn sie gedurft hätte, aber meine Großeltern weigerten sich standhaft. Sie wollten mich bei sich haben, nicht aus Liebe, versteht sich. Als Hilfskraft für alles Mögliche. Meine Mutter war gestorben, mein Vater unbekannt. Prissette hat sich um mich gekümmert. Dann lernte er Nathalie kennen, sie war wunderbar zu mir. Ich hätte eine neue Familie gehabt! Diese Männer haben alles kaputtgemacht!"

„Hat Nathalie Sie in ihre Vermutung eingeweiht?"

„Zunächst nicht, nein. Aber ich habe immer gespürt, dass da etwas nicht stimmt."

Der Griff um Finots Brust lockerte sich etwas, aber zu wenig, als dass er sich hätte losreißen können.

„Und dann?"

„Dann fing ich an, bei Pierre zu arbeiten. Ich kleiner Wicht in dieser noblen Kanzlei! Ich hatte es geschafft. Obwohl meine Großeltern alles darangesetzt hatten, das zu verhindern. Pierre war mir noch nie sonderlich sympathisch, aber als ich dann herausfand, dass er Cassards Sohn war, dachte ich, dass es interessant werden könnte. Ich wusste inzwischen von Nathalie, dass der Arzt sich komisch verhalten hatte. Als Stéphane mich gefragt hat, ob ich das Mandat übernehmen möchte, habe ich nicht gezögert. Nicht nur wegen Benoît. Ich wollte Pierre ärgern; ich wusste, dass er sich darüber aufregen würde."

Unwillkürlich verdrehte Finot die Augen.

„Ich habe gar nicht damit gerechnet, Beweise zu finden. Aber dann fielen mir zufällig die alten Kredit-Unterlagen für die Praxis in die Hände. Sie wurde ein Jahr nach dem Unfall eröffnet. Cassard hatte nur einen kleinen Kredit aufgenommen; ich fragte ihn, wo das übrige Geld hergekommen war. Seine Reaktion hätten Sie sehen sollen! Er kam so richtig ins Schleudern, hat mir eine hanebüchene Geschichte erzählt, mit der er vielleicht damals die Bank beeindrucken konnte."

Thierry lachte wieder sein irres Lachen, Finot schauderte. „Ich habe viel nachgedacht. Ich schlafe schlecht, müssen Sie wissen. Cassards komisches Verhalten Nathalie gegenüber, sein komisches Verhalten mir gegenüber, als ich nach dem Geld für die Praxis gefragt habe. Dubois, der sich von Nathalie abgewendet und dann auch noch plötzlich den Job gewechselt hatte. Aber es waren nur Vermutungen, bis…" Er hielt inne.

Nur Vermutungen bis was?, dachte Finot grimmig. Wahrscheinlich würde er hier und heute aus dem Leben scheiden, aber nicht, ohne die Wahrheit erfahren zu haben! Das war Thierry ihm schuldig.

„Bis ich die Aktentasche gefunden habe. Ich war bei *Docteur Cassard* zu Hause, in seinem Arbeitszimmer; er musste kurz etwas erledigen und ließ mich allein."

Die vermisste Aktentasche, von der Pierre gesprochen hatte?

„Es waren Zeugnisse drin, Urkunden; all die Unterlagen, die man ein Leben lang beschützt wie einen wertvollen Schatz, obwohl die Nachfahren sie dann wegwerfen. Ich fand aber auch einen alten, vergilbten Notizzettel darin; *Clinique Saint-Étienne* war oben draufgedruckt. Cassard hatte ein paar Namen darauf notiert."

Nicht schwer zu erraten, welche das gewesen waren.

„An oberster Stelle stand Dubois, darunter, mit einem anderen Stift, Finot und Fresnel. Mit Adressen. Ich bin mir nicht mal sicher, dass Cassard noch von der Existenz des Zettels wusste. Ich habe ihn rausgenommen, aber ich wollte die Tasche. Ich hatte ja nicht viel Zeit gehabt, sie durchzusehen und wusste nicht, ob sie noch weitere wichtige Informationen enthielt. Ich habe das alte Ding dann gestohlen; es war nicht sonderlich schwierig."

Thierrys Überheblichkeit war greifbar. „Ich bin eines morgens über die Terrasse rein; ich wusste ja, dass Stéphane und Eugénie in der Praxis sind. Es hat doch etwas Gutes, bei Großeltern aufzuwachsen, die einen nicht mehr reinlassen wollen, wenn man fünf Minuten nach der verabredeten Zeit nach Hause kommt. Es lehrte mich zumindest, alte Fenster zu öffnen. Von außen, versteht sich. Man will ja im Winter nicht erfrieren. Tja, leider hat sich der Aufwand nicht gelohnt."

„Sie haben Cassard, Dubois und Fresnel erpresst, um sicherzugehen, dass Sie die richtigen Männer erwischen."

„Natürlich, ich bin doch kein Unmensch. Es sollte doch kein Unschuldiger zu Schaden kommen. Alle haben anstandslos gezahlt und damit zugegeben, dass ich recht habe mit meiner Vermutung. Jeder sollte seine passende Strafe bekommen. Cassard in aller Öffentlichkeit, wie er in aller Öffentlichkeit Benoîts Zustand verschleiert und die Information über den Unfallfahrer für sich genutzt hatte. Die anderen feige und nachts, ohne dass jemand in der Nähe ist."

„Sie haben das Gespräch zwischen Pierre und seiner Sekretärin über das Telefonat mit dem *Docteur* belauscht, habe ich recht?"

„Der Arme hatte Zahnschmerzen! Und ich eine gute Gelegenheit." Thierrys Griff wurde wieder fester. „Und dann hat Pierre in meinem Büro herumgeschnüffelt und diese blöde Schnalle gefunden! Sie hatte sich gelöst, kein

Wunder, so ramponiert, wie die Tasche war. Ich habe sie als kleinen Talisman unter meine Ablage gelegt. Ich konnte doch nicht ahnen, dass er das tut! Normalerweise meidet er mein Büro wie der Teufel das Weihwasser!"

Julien betrat den Raum. Er setzte vorsichtig einen Fuß vor den anderen, aber es war in diesen Räumlichkeiten schlicht nicht möglich, unbemerkt zu bleiben.

„*Salut,* Monsieur Lafosse!", sagte Thierry. „Haben Sie Verstärkung mitgebracht?"

Ein paar vermummte Beamte folgten Julien wie aufs Stichwort und visierten Thierry an.

„Woher wussten Sie, dass Pierre Ihnen auf die Schliche gekommen ist?"

„Das fragen Sie jetzt nicht allen Ernstes, oder? Haben Sie nicht mit unserer Sekretärin gesprochen? Pierre war zu dumm, die Schnalle genau an der Stelle zurückzulassen, wo ich sie hingelegt hatte. Ich hätte ihm mehr Präzision zugetraut. Aber in dem Moment war ihm vielleicht noch gar nicht klar, auf was er da gestoßen ist."

Während Dominique immer noch vor ihnen stand, näherte sich Julien schrittweise von der Seite. Thierry zog sich und Finot nach hinten zurück; sie standen jetzt direkt vor der Tür mit den Holzlatten. Er fing an, Finot wild hin und her zu schubsen, so dass niemand auf ihn schießen konnte.

Finots Kopf rauschte, er ließ es geschehen. Wenn er eine Chance hatte, lebend aus dieser Sache herauszukommen, dann so. Es würde nichts bringen, Thierry noch mehr Widerstand zu leisten.

Finot nahm das Ganze wie im Traum wahr. Auch die Irritation, die sich plötzlich in Dominiques zuvor undurchdringlichen Augen spiegelte. Finot hätte es gerne genauer analysiert, aber Thierry schleuderte ihn immer noch durch die Gegend, so dass er nur Schnappschüsse einfangen konnte. Dominiques Irritation hatte nichts mit

Thierrys zu tun, soviel war klar, sondern mit etwas, das hinter ihnen passierte. Was war da los?

Ohne Vorwarnung und von einem lauten Quietschen begleitet wurde Finot plötzlich mit Wucht nach vorne geschubst und fiel auf den Boden. Es folgte ein Schuss, ein Schmerzschrei gellte durch den Raum. Finot dachte für einen Moment, er sei getroffen, doch dann sank Thierry zu Boden.

Dominique stürzte auf Finot, Julien schnappte sich das Messer, zwei Beamte überwältigten den ohnehin schon hilflosen Thierry.

Mit einem Mal stand Pierre neben ihnen. Nur langsam begriff Finot, dass er im Stall hinter der Tür gewesen war und diese ruckartig geöffnet und Thierry in den Rücken gerammt hatte. Daraufhin hatte Thierry, vom Schmerz überfallen, Finot losgelassen, so dass der hingefallen war. In dem Moment hatte einer der Polizisten geschossen.

„Ich habe bemerkt, dass der Türriegel verschoben wurde", sagte Dominique. „Ich dachte, ich sehe Gespenster!"

„Es hat mich Nerven gekostet, das können Sie mir glauben!", sagte Pierre.

Er sah völlig aufgelöst aus. Die Haare zerzaust, die Jeans und das Polohemd voller Dreck und zerknittert. Finot hätte ihn kaum wiedererkannt. Nicht nur deswegen. In zivil – sprich ohne Anzug – war Pierre ein anderer Mensch.

„Ich musste langsam vorgehen, um keinen Lärm zu machen. Zum Glück war Thierry durch sein Herumgehampel abgelenkt, sonst hätte es nicht funktioniert."

„Danke!", sagte Finot, der vor lauter Erleichterung nur ein heiseres Krächzen hervorbrachte.

„Lassen Sie uns rausgehen", sagte Dominique, doch ein heftiger Regen brach gerade über den alten Bauernhof hinein, begleitet von Blitz und Donner. So blieben sie im Wohnzimmer stehen.

„Ich habe das ganze Gelände abgesucht!", erzählte Pierre.

„Warum haben Sie uns nicht direkt angerufen?"

„Ich war mir nicht darüber im Klaren, wie viele potenzielle Verstecke es hier gibt. Ein Wunder, dass ich die Tasche überhaupt gefunden habe. Ich dachte, ich hole sie schnell, bevor Thierry etwas merkt, und dann bringe ich sie Ihnen. Bis ich Ihnen alles erklärt hätte…"

„Ein Telefon wäre auch hilfreich gewesen", sagte Dominique und reichte ihm sein Smartphone.

Er warf ihr einen giftigen Blick zu.

„Lag Ihr Alleingang eventuell auch ein kleines bisschen daran, dass Sie Thierry eins auswischen wollten?", fragte Finot, ein großes Pflaster am Hals. „Wie sind Sie überhaupt darauf gekommen, hier nach der Tasche zu suchen?"

Pierre zuckte mit den Schultern. „Ich wusste, dass ihm das Gelände gehört. Wenn ich an seiner Stelle gewesen wäre, hätte ich sie hier versteckt." Sein Magen knurrte laut. „Entschuldigung, ich habe seit dem Frühstück nichts mehr gegessen." Dann fuhr er fort: „Erst während des Joggens wurde mir klar, was ich da in Thierry Büro gefunden hatte. Es fiel mir wie Schuppen von den Augen. Ich habe mich gefragt, warum Thierry im Besitz dieser Tasche sein sollte; mein Vater hatte sie ihm bestimmt nicht freiwillig gegeben! Das wiederum hieß, dass etwas nicht mit rechten Dingen zugeht. Aber Thierry ein Mörder? Ich kannte ja die Hintergründe nicht. Nach dem Joggen bin ich dann Hals über Kopf los."

Er steckte sein Handy in die Hosentasche. „Ich dachte, es wären Beweise in der Tasche, die Thierry überführen könnten. Als ich dann auch noch die Perücke und das Messer gefunden habe…" Er schluckte schwer.

„Zum Glück habe ich Thierry früh genug bemerkt und konnte mich im Stall verstecken. Aber dann hat er sich häuslich vor der Tür niedergelassen! Hatte er mich doch gesehen und wollte warten, bis ich rauskomme? Wollte er mich schmoren lassen? Und hat dann in dem ganzen Durcheinander schlicht vergessen, dass ich auch noch da war?“

„Entweder das oder er hat auf uns gewartet“, sagte Finot düster.

„Warum sind Sie nicht durch das Stall-Tor raus?“, fragte Dominique.

„Können vor Lachen! Ich habe es kurz versucht, aber schnell aufgegeben. Mit viel Mühe hätte ich es aufgekriegt, aber es hätte einen Heidenlärm gemacht.“ Er seufzte. „Zum Glück waren da diese Lücken zwischen den Latten der Tür, durch die ich durchgucken und die Chose beobachten konnte.“

„Um im richtigen Moment zu reagieren!“, fügte Finot hinzu. Sollte er doch anfangen, an Schutzengel zu glauben? „Danke!“, sagte er. Und noch einmal: „Danke!“

Epilog

Laura trug ein rotes Kleid mit weißem Blumenmuster und einem weißen Blazer darüber, dazu schicke Pumps. In der Hand hielt sie eine elegante, kleine Tasche. Die blonden Haare fielen in sanften Wellen auf ihre Schultern. Sie sah bezaubernd aus, fand Finot, wie immer, völlig egal, was sie trug. Er selbst steckte in einem dunkelblauen Anzug, genauer gesagt in *dem* dunkelblauen Anzug, den er neben dem schwarzen besaß, und den er natürlich nicht mehr in die Reinigung gebracht hatte. Irgendwie saßen weder Hose noch Jackett richtig, ärgerte er sich. Aber es dünkte Finot, dass nicht der Anzug das Problem war, sondern sein Träger. „Wie sehe ich aus?"

Laura richtete Finots Krawatte. „Hervorragend." Sie drückte ihm einen Kuss auf die Wange.

„Du hast schon besser gelogen", sagte Finot lächelnd und öffnete Laura die Tür, sodass sie ins Auto einsteigen konnte.

Er fuhr mit gemischten Gefühlen zu Serges Hochzeit. Grund dafür war die Videoshow, von David herbeigesehnt, von Serge gefürchtet. Völlig in Gedanken fuhr er auf eine Kreuzung zu.

„Francois!"

Finot bremste abrupt. Aus dem Kofferraum war ein lautes Rumpeln zu vernehmen.

Finot drehte sich um. War ihm irgendwer hintendrauf gefahren? War noch jemand so unaufmerksam gewesen wie er selbst?

„Was war das?", fragte Laura.

„Keine Ahnung!", sagte Finot, doch dann machte es Klick. „Halt, doch, ich weiß, was es ist. Roses Bild!" Finot hatte vergessen, es aus dem Kofferraum zu nehmen.

„Ich hoffe nur, es ist gut eingepackt!"

Finot parkte bei nächster Gelegenheit und versicherte sich, dass das Bild keinen Schaden genommen hatte. Der Rest der Fahrt verlief ruhig.

Es wurde nur standesamtlich gefeiert; das Rathaus war ein kleines, aber dennoch repräsentatives Gebäude mit den obligatorischen drei Flaggen – Frankreichs, der Europäischen Union und der Normandie – am üppig mit Petunien bepflanzten Balkon über der Eingangstür. An der Außenwand waren die Begriffe *Liberté*, *Egalité* und *Fraternité* aufgepinselt.

Finot und Laura gesellten sich zu den übrigen Gästen, die in Grüppchen oder allein und etwas abseits rauchend vor dem Rathaus warteten. Zum Teil mit aufgeregten Gesichtern und kleinen Geschenke und Blumensträußen in den Händen. Nur die engsten Familienmitglieder bekamen das Ja-Wort hautnah im Rathaus mit. Ein paar freundliche Helfer hatten einen Tisch aufgestellt, hübsch mit weißem Stoff drapiert und waren nun eifrig dabei, Champagnergläser zu füllen und auf Tabletts zu verteilen.

Alle waren dem Anlass entsprechend festlich gekleidet; Finot fand, man sah es den Leuten an, wer daran gewöhnt und für wen es die Ausnahme war. Dies wiederum brachte seine Gedanken auf Dominique, die er bis auf eine Ausnahme während ihrer Zusammenarbeit immer schick erlebt hatte. Er bedauerte, dass sie nicht dabei war, nach den ereignisreichen Stunden, die sie zuletzt miteinander verbracht hatten. Sie hatten ausgemacht, in Kontakt zu bleiben und bei Gelegenheit zusammen etwas trinken zu gehen.

David, der Kollege mit der Videoshow, hatte hektische rote Flecken im Gesicht und einen panischen Ausdruck in den Augen.

„Ich glaube, es gibt Probleme“, murmelte Finot.

Endlich trat das Brautpaar durch die Rathaustür und schritt feierlich die Stufen hinab. Herausgeputzte Kinder hatten Lorbeerblätter darauf verstreut, die einen aromatischen Duft verströmten.

Genau wie David, wirkte auch Serge ein bisschen gestresst, aber auf eine glückliche Art. Er trug einen perfekt gebügelten, hellblauen Anzug, der allenfalls eine Nummer zu groß war und nicht wie sonst zwei bis drei. Odette strahlte in ihrem sonnengelben Kostüm mit der Sonne um die Wette.

Der Champagner wurde verteilt. Finot und Laura standen mit Motas und dessen Frau Margarete zusammen. Sie stießen auf das Brautpaar an. „Und auf den gelösten Fall!“, ergänzte Motas.

Es schwang Besorgnis in seiner Stimme mit. Er wusste, dass der Fall für Finot nicht einfach gewesen war und ihn die Sache mit seinem Vater sicher noch beschäftigen würde. Doch Finot signalisierte ihm, dass alles okay war, zumindest für heute. Es würde viel geben, worüber er noch nachdenken und auch mit Marcel reden müsste.

„Dank der übereinstimmenden DNA und der Tatsache, dass das Messer und die Perücke auf Hollandes altem Bauernhof gefunden wurden, können wir ihm die Morde eindeutig nachweisen. Selbst wenn er kein Geständnis abgelegt hätte“, sagte Motas.

„Mal abgesehen von den aktuellen Erpresserschreiben, die wir auf seinem Rechner gefunden haben“, ergänzte Finot. „Sie haben alle gezahlt, Cassard, Fresnel und Dubois und damit ihre Schuld zugegeben. Nur bei meinem Vater konnte er sich nicht sicher sein.“ Er schüttelte immer noch ungläubig den Kopf. „Und Dubois wäre das nächste Opfer gewesen…“

„…wenn er nicht überraschend verreist wäre“, sagte Laura. „Sein Enkel hat ihm das Leben gerettet.“

Motas klopfte Finot aufmunternd auf die Schulter und wechselte zu einem unverfänglicheren Thema.

Entgegen den sonstigen Gepflogenheiten gab es bei dieser Hochzeit keinen hupenden Autokorso. Die meisten Gäste ließen ihre Autos stehen und gingen die anderthalb Kilometer zum Restaurant zu Fuß. So auch Finot und Laura; sie würden später mit dem Taxi nach Hause fahren. Laura hatte sich bei Finot untergehakt. Martine spazierte mit Julien und dessen Familie vorneweg. „Weißt du inzwischen, woher Martine und Dominique sich kennen?“, fragte Laura.

„Keine Ahnung“, sagte Finot, „aber es würde mich schon interessieren.“ Er erinnerte sich daran, wie er Martine vor ein paar Tagen danach gefragt hatte und ziemlich ins Fettnäpfchen getreten war.

In dem Gartenrestaurant waren die Tische fein in Weiß eingedeckt, mit einer dezenten Blumendekoration und Kerzen in Fuchsia- und Lilatönen. Ein kleiner Springbrunnen plätscherte vor sich hin, während die Gäste geschützt unter einer mit Wein bewachsene Pergola saßen, durch die die Sonnenstrahlen brachen. Ein Bereich war zum Tanzen freigehalten worden. Auf den Tischen lagen Menükarten in verschnörkelter Schrift, farblich passend zur Blumendekoration und mit einem Bändchen verziert.

Finot hatte Hunger und freute sich auf die Vorspeise. Er hatte in der Menükarte die Stichworte Gänseleber und Cidre aufgeschnappt. Nach dieser kalten Vorspeise sollte es ein Süppchen geben, danach Filetsteak, Fisch oder, man höre und staune, eine vegetarische Alternative, was in Frankreich längst noch nicht selbstverständlich war. Das Dessert würde in Form eines Buffetts serviert, zu dem auch die Hochzeitstorte gehörte.

David lief immer noch wie ein aufgescheuchtes Huhn durch die Gegend, sodass Finot sich genötigt sah, nachzufragen, was los sei.

„Es ist eine Katastrophe…“, sagte David.

Gerade wurde der erste Gang serviert. Laura sah zu Finot hinüber, zuckte hilflos mit den Schultern und fing an zu essen.

„Was genau…"

David winkte ab. „Zwischen Suppe und Hauptspeise sollte es losgehen, aber das können wir vergessen."

„Kann ich etwas tun?"

David klärte Finot auf, dass es ein zweiteiliges, exakt aufeinander abgestimmtes, Präsent hätte sein sollen. Der eine Teil war eine große Skulptur für Serge und Odettes Garten, der andere die passende Videoshow. David hatte zahlreiche Gäste dazu ermuntern können, sich mit einer Pappmaché-Version der Skulptur filmen zu lassen und ihre guten Wünsche für das Brautpaar in Worte zu fassen.

„Jean wollte heute mit dem Geschenk aus Beauvais kommen, aber er hatte einen Unfall!"

„Oh, mein Gott!", entfuhr es Finot.

„Nein, nein, es geht ihm gut, aber das Geschenk ist hinüber."

„Zeig den Film doch trotzdem!", schlug Finot vor.

Aber davon wollte David nichts wissen. „Es dreht sich ja alles um die Skulptur! Wenn wir die Skulptur nicht haben, können wir die Show vergessen! Höchstens Teile davon sind brauchbar." David sah aus wie ein Häufchen Elend. „Jetzt steht die komplette Abteilung ohne Geschenk da!"

Finot empfand tiefes Mitgefühl für den enttäuschten David. „Ich glaube, ich habe da eine Idee… Bin gleich wieder da." Er rief ihm noch zu: „Organisiere einen großen Bogen Geschenkpapier und eine Schleife!"

Finot rannte zu seinem Auto und holte schweren Herzens Roses Bild aus dem Kofferraum. Sein Bild! Es hätte wirklich ganz ausgezeichnet in sein Ferienhaus gepasst. Aber gut, es ging immerhin um Serge und Odette. Hoffentlich gefiel es ihnen.

Wieder am Restaurant angekommen, stand David draußen mit Laura und Louise, der Sekretärin.

„Ah, das habe ich mir schon gedacht, dass du das Bild holst. Nachdem du weggerannt bist, habe ich David gefragt, was los ist. Dann habe ich Louise gefragt, ob sie eine Idee hat, wie wir das Bild verpacken können."

Louise erklärte, dass sie kurzerhand die Chefin des Restaurants angesprochen und ihr zwei bunte Tischdecken, die im regulären Betrieb genutzt wurden, abgekauft hatte. „In die eine wickeln wir das Bild ein. Die andere Tischdecke schneiden wir in Streifen, und basteln daraus eine Schleife."

Gesagt, getan.

Finot, verschwitzt und immer noch knallrot im Gesicht vom Laufen, fand das Ergebnis nahezu perfekt.

„Naja!", sagte Louise.

Ihm war ein bisschen wehmütig zumute, das Bild herzugeben, aber er würde schnell drüber hinwegkommen, da war er sich sicher. Und es bliebe immer noch die Möglichkeit, Rose einen weiteren Besuch abzustatten…

Über die Hau-Ruck-Aktion mit dem Bild war die Hochzeitsgesellschaft zur Suppe vorgedrungen; die Geschenk-Übergabe stand langsam an. David war völlig in sich zusammengefallen und schaffte es gerade noch mit letzter Kraft, die passenden Ausschnitte des Videomaterials herauszusuchen, in denen die Skulptur nicht vorkam.

Finot stand mit dem Bild in der Hand da und sah sich hoffnungsvoll nach Motas um. Der wäre doch ein geeigneter Kandidat. Aber Finots Chef hatte von der Aufregung nichts mitbekommen und saß, völlig ins Gespräch vertieft, mit ein paar anderen Gästen zusammen.

„François, los!", rief Louise, die ihn sonst nie beim Vornamen nannte. „Gehen Sie nach vorne, Sie müssen das Geschenk überreichen!" Sie flüsterte dem

Zeremonienmeister etwas ins Ohr. Woraufhin er „eine Rede des Kommissars“ ankündigte.

Finot, dem man den Hochzeitsgast inzwischen kaum noch ansah, stellte sich den erwartungsvollen Blicken der zum Glück schon etwas angeschickerten Leute. Ebenso erleichtert nahm er zur Kenntnis, dass David die Videoshow parallel gestartet hatte.

Und so schenkte Finot den hinreichend abgelenkten Gästen ein paar unbeholfene, gestammelte Sätze über Liebe, die Zukunft, gute und schlechte Zeiten sowie Dankbarkeit, dann winkte er Serge und die Braut herbei und überreichte das Geschenk wie eine heiße Kartoffel. Erleichtert trat er zur Seite und überließ dem Brautpaar das Feld.

Er ließ sich neben Laura auf seinen Stuhl fallen und trank ein großes Glas Wasser in einem Zug aus.

„Ich glaube, es gefällt Ihnen!“, sagte Laura, die netterweise kein Wort über Finots Rede verlor.

Auf dem Weg zurück zu seinem Platz kam Serge bei Finot vorbei und flüsterte ihm ins Ohr: „Das Bild ist toll! Zum Glück nur eine kleine Videoshow!“ Er kniff ein Auge zusammen und hob den Daumen.

Der Rest der Feier verlief entspannt. David hatte sich wieder gefangen, denn es war ja nicht alles umsonst gewesen. Er ließ Finot wissen, dass das Glas seiner Meinung nach halb voll, und nicht halb leer war. Und möglicherweise konnte man Serge und Odette den restlichen Teil der Show ja doch noch irgendwann zeigen.

Die meisten klassischen Bräuche – Versteigerung des Strumpfbandes, die Entführung der Braut, das Über-die-Schwelle-tragen derselben – hatten Serge und Odette ausgespart. Das galt allerdings nicht für die Festreden. Es wurde zudem getanzt und die Säckchen mit den fünf Mandeln, je eine für Glück, Gesundheit, Wohlstand,

Fruchtbarkeit und ein langes Leben, lagen als Abschiedsgeschenk für die Gäste bereit.

Später saß Finot mit Martine zusammen. Er hatte für sie beide ein Stück der Hochzeitstorte, *Croquembouche,* geholt; eine mit Karamellguss überzogene Pyramide aus gefüllten Windbeuteln, die beim Essen im Mund krachte und so ihrem Namen alle Ehre machte.

Martine hatte schon ordentlich einen im Tee. „Jetzt sagen Sie mal“, begann Finot, bevor er den ersten Bissen nahm, „woher kennen Sie Dominique?“

Martine holte ihr Smartphone hervor, wischte kichernd darauf herum und hielt ihm ein Foto unter die Nase.

Finot traute seinen Augen nicht. „Bauchtanz?“

Printed in Poland
by Amazon Fulfillment
Poland Sp. z o.o., Wrocław

88311865R00150